जीवनी

सरदार वल्लभभाई पटेल

(लक्ष्य अखंड भारत का)

लेखन एवं संपादन

शुभम गुप्ता

प्रभाकर प्रकाशन

ISBN: 978-93-90605-20-0
eISBN: 978-93-90605-28-6

प्रकाशक: प्रभाकर प्रकाशन
प्लॉट नं.-55, मेन मदर डेयरी रोड
पांडव नगर, ईस्ट दिल्ली-110092
फोन: 011-40395855
व्हाट्स ऐप: +91 8447931000
ई-मेल: Sales@pharosbooks.in
वेबसाइट: www.pharosbooks.in
संस्करण: 2021
कवर डिज़ाइन: वीरेन्द्र सिंह भंडारी
इनर डिज़ाइन: रोनी उराँव

जीवनी: सरदार वल्लभभाई पटेल (लक्ष्य अखंड भारत का)

लेखन एवं संपादन: शुभम गुप्ता

भूमिका

जब हम एक साथ होते हैं, परिवार में, दोस्तों में, समाज में, देश में या फिर विदेश में, तो एक ताक़त बनकर रहते हैं। एक-दूसरे से हमारी ताक़त बढ़ती है और हमारा विश्वास भी बढ़ता है। जितना आसान एक अकेली लकड़ी की डंडी को तोड़ना है, उतना ही मुश्किल है उस लकड़ी के पूरे गट्ठर को तोड़ना। अंग्रेज़ी हुकूमत उस अकेली लकड़ी के समान हमारे देश को दो हिस्सों में तोड़ने में तो सफल हो गई, लेकिन वह देश के भीतर उस लकड़ी के गट्ठर के समान एक राष्ट्र को नहीं तोड़ सकी।

भारतीय स्वतंत्रता सेनानी सरदार वल्लभभाई पटेल ने विभिन्न स्वतंत्रता आंदोलनों में सक्रिय रूप से भाग लिया। वे जानते थे कि स्वतंत्रता केवल तभी हासिल की जा सकती है जब हम अंग्रेज़ों के ख़िलाफ एकजुट हो जाएँ। आज़ादी के बाद देश को एक पायदान पर लाकर खड़ा करने में व राष्ट्र की एकता, अखंडता और सुरक्षा को कायम रखने में सरदार वल्लभभाई पटेल की भूमिका अहम रही। खंड-खंड में बँटे भारत को अखंड भारत बनाने में उनके योगदान को कभी नहीं भुलाया जा सकता। सरदार पटेल ने अपने जीवन में एक सच्चे देशभक्त, नेता, वकील, राजनीतिज्ञ, सामाजिक कार्यकर्ता आदि सभी की भूमिका कर्तव्यनिष्ठ होकर अदा की है।

अंग्रेज़ों को डर था कि स्वाधीनता मिलने के बाद भारत अगर एकजुट रहा तो वह बड़ी ताक़त बन जाएगा। इसलिए उन्होंने ऐसी कूटनीति अपनाई कि ब्रिटिश भारत दो भागों में विभाजित हो गया। उनकी देश-विभाजन की रणनीति तो कामयाब हो गई, किंतु वे भारत को एकजुट होने से नहीं रोक सके। आज़ादी के बाद एकजुट भारत का महत्त्व समझाते हुए सरदार वल्लभभाई पटेल ने अनेक जन-सभाएँ की और लोगों के बीच इसका प्रचार-प्रसार किया। लौह पुरुष सरदार वल्लभभाई पटेल ने पूरी आत्मनिर्भरता, दृढ़ता और साहस के साथ अपने अखंड भारत के लक्ष्य की प्राप्ति के लिए कड़ी मेहनत की। स्वतंत्रता संग्राम और देश के निर्माण में सरदार वल्लभभाई पटेल का योगदान त्रुटिहीन रहा है।

जिस प्रकार सरदार पटेल ने देश को एक धागे में पिरोने का काम किया है, उसी प्रकार उनके जीवन के संघर्षों, साहसिक कार्यों और विचारों को एक जगह पिरोने का प्रयास इस किताब के माध्यम से किया गया है। हमें आशा है कि पाठकगण सरदार वल्लभभाई पटेल के जीवन पर आधारित इस किताब को पढ़ने के बाद अवश्य प्रेरित होंगे।

शुभम गुप्ता

॥ क्रम ॥

जीवन परिचय

आज जब भी भारत की एकता, अखंडता और सुरक्षा का ज़िक्र होता है, तो सरदार वल्लभभाई पटेल का नाम सबसे पहले याद किया जाता है। देश की स्वतंत्रता, राष्ट्र-निर्माण और देश के विकास में उनके योगदान को कभी नहीं भुलाया जा सकता है। भारत को अखंड-भारत बनाने में सरदार वल्लभभाई पटेल का योगदान महत्त्वपूर्ण रहा है। कश्मीर से कन्याकुमारी तक फैले जिस विशाल और एकजुट भारत को आज हम देख पाते हैं, उसकी कल्पना सरदार वल्लभभाई पटेल के बिना शायद अधूरी ही रह जाती। उनकी दृढ़ इच्छाशक्ति और अदम्य साहस का ही कमाल था, कि जिसने छोटे-छोटे देशी रजवाड़ों, राजघरानों और रियासतों को भारत में सम्मिलित कर दिया। इसी वजह से भारत के पहले गृह मंत्री और पहले उप-प्रधानमंत्री सरदार वल्लभभाई पटेल को 'लौह पुरुष' (Iron Man) के नाम से भी जाना जाता है।

जन्म-

सन् 1875 तारीख़ 31 अक्टूबर को आणंद नामक तालुका, करमसद गाँव, नडियाद तहसील, खेड़ा जिला, गुजरात राज्य में लौह पुरुष सरदार वल्लभभाई पटेल का जन्म अपनी नानी के यहाँ हुआ था। सरदार पटेल का अपनी इस जन्मतिथि के बारे में कहना था कि स्कूल में मेरे जन्म की जो तारीख़ लिखवाई गई है, वो सही नहीं है। इसे मेरी आयु में फेरबदल करके लिखवाया गया है। सरदार वल्लभभाई पटेल अपने माता-पिता की चौथी संतान थे। वह जन्म से ही ज़मीन से जुड़े हुए थे और हमेशा जुड़े रहे।

परिवार-

सरदार वल्लभभाई पटेल एक किसान परिवार में जन्मे थे और उनके पिता का नाम श्री झबेरभाई और माँ का नाम श्रीमती लाड़बाई था। उनके पिता ज़्यादा पढ़े-लिखे नहीं थे, लेकिन वे बहुत परिश्रमी और कर्तव्यनिष्ठ व्यक्ति थे। वे गुजरात के बोरसद तालुका के करमसद गाँव में खेती किया करते थे। उनके पास दस एकड़ ज़मीन थी और वह लेवा नामक क्षत्रिय जाति के थे, जो खुद को भगवान् श्री राम के पुत्र लव का वंशज मानते हैं। उनके बारे में ऐसा कहा जाता है कि वे पंजाब से आकर यहाँ बस गए थे।

झबेरभाई स्वामी नारायण संप्रदाय में शामिल थे और उन्होंने रानी लक्ष्मीबाई की सेना में भी काम किया था। वह रानी लक्ष्मीबाई को साक्षात देवी का रूप मानते थे और उनका कहना था कि झाँसी की रानी लक्ष्मीबाई जैसी देशभक्त और वीरांगना न तो इस देश में पहले कभी हुई है और न ही कभी होगी। लेवा जाति के अनेक लोगों और सरदार पटेल के पिता ने सन् 1857 के प्रथम भारतीय स्वतंत्रता संग्राम में बहुत उत्साह के साथ भाग लिया था।

सरदार वल्लभभाई पटेल की माँ लाड़बाई बहुत ही कोमल और धार्मिक स्वभाव की महिला थीं। लाड़बाई के माता-पिता चाहते थे कि उनकी बेटी की सभी संतानें उन्हीं के यहाँ जन्में। लाड़बाई अपने माता-पिता की बहुत दुलारी बेटी थीं और इसी वजह से उनका नाम लाड़बाई रखा गया था। लाड़बाई के मायके वाले हर तरह से संपन्न थे और वह सब तरह की सुख-सुविधा में पली-बढ़ी थीं। उनका विवाह एक ऐसे परिवार में हुआ था जिसकी आर्थिक स्थिति ठीक नहीं थी। इसके बावजूद उन्होंने कठिन परिश्रम से अपने परिवार को संभाला और अपने बच्चों को उच्च शिक्षा प्राप्त करवाई। लाड़बाई के मन में दीन-दु:खियों के प्रति करुणा और सहानुभूति की भावना हमेशा ही ज़िंदा रहती थी। वह गरीबों को दान दिया करती थीं, अतिथियों का आदर-सत्कार किया करती थीं और सभी लोगों से प्यार से बात किया करती थीं। लाड़बाई, झबेरभाई की दूसरी पत्नी थीं। पहली पत्नी के देहांत के बाद झबेरभाई ने अपनी उम्र से अठारह वर्ष छोटी लाड़बाई से विवाह किया था। पहली पत्नी से उनकी कोई संतान नहीं थी। लाड़बाई से उनके पाँच बेटे सोभाभाई, नरसिंहभाई, विट्ठलभाई, वल्लभभाई, काशीभाई और एक बेटी डाहीबा थी। सरदार वल्लभभाई पटेल उनके चौथे नंबर के बेटे थे। सरदार पटेल के बाद एक भाई और एक बहन का जन्म हुआ था। वह कुल छह भाई-बहन थे और सभी भाई-बहनों में बहुत प्यार था। बहन डाहीबा सबसे छोटी थीं और सभी भाइयों की दुलारी भी थीं।

शिक्षा-

सरदार वल्लभभाई पटेल की पढ़ने-लिखने में बहुत रुचि थी। उन्होंने करमसद, पेटलाड, नडियाद, बड़ौदा आदि अलग-अलग जगहों पर जाकर अध्ययन किया और शिक्षा ग्रहण की। शिक्षा प्राप्त करने के लिए उन्होंने बहुत-सी कठिनाइयों का सामना किया, लेकिन उन्होंने कभी भी हार नहीं मानी और कठोर परिश्रम एवं सच्ची लगन के साथ पढ़ाई की। गाँव का स्कूल सिर्फ तीसरी कक्षा तक ही था। इसलिए जब वल्लभभाई ने तीसरी कक्षा उत्तीर्ण कर ली, तो यह समस्या आ गयी कि अब आगे उनका प्रवेश किस विद्यालय में करवाया जाए। काफी सोचने के बाद वल्लभभाई का दाखिला करमसद से सात मील की दूरी पर स्थित गाँव पेटलाड के एक विद्यालय में हुआ।

सरदार वल्लभभाई पटेल की शुरुआती शिक्षा उन्हीं के गाँव करमसद के प्राथमिक स्कूल से शुरू हुई। वह स्कूल के बाद भी घर पर जितना हो सकता था पढ़ाई किया करते थे। उनकी गिनती गाँव के सबसे प्रतिभावान् छात्रों में होने लगी। कई बार तो अध्यापक भी उनके सवाल सुनकर आश्चर्य चकित रह जाते थे और उनके सवालों का जवाब नहीं दे पाते थे। स्कूल की पढ़ाई के दौरान ही सरदार पटेल में संघर्ष करने की क्षमता और नेतृत्व का गुण शामिल हो गया था।

सरदार पटेल के नेतृत्व वाले गुण से जुड़ा एक किस्सा है कि एक बार स्कूल के कुछ अध्यापकों ने आपस में मिलकर यह नियम बना डाला कि किताबें स्कूल से ही खरीदनी होंगी। वे बच्चों से किताबों के मनचाहे दाम लिया करते थे। सरदार पटेल से छात्रों पर स्कूल वालों का यह आर्थिक शोषण देखा नहीं गया। उन्होंने इस शोषण के विरुद्ध आवाज़ उठाई और अपने सभी साथियों को संगठित कर लिया। सरदार पटेल ने सबसे कह दिया कि कोई भी छात्र स्कूल से पुस्तकें नहीं खरीदेगा और उनका मार्गदर्शन किया। सभी छात्रों ने सरदार पटेल की बात मानते हुए स्कूल से पुस्तकें नहीं लीं और इस आंदोलन के कारण स्कूल पाँच-छह दिन बंद भी रहा। आखिरकार अध्यापकों को हार माननी पड़ी और स्कूल से किताबें खरीदने के नियम को वापिस ले लिया गया।

एक और किस्सा तब का है, जब सरदार पटेल छठी कक्षा में पढ़ाई करते थे। उस ज़माने में अध्यापक अकसर बच्चों को मारते-पीटते थे। स्कूल में एक गुरुजी कुछ ज़्यादा की सख़्त मिजाज़ के थे। एक दिन उन गुरुजी ने एक बच्चे को बेंत से बहुत बुरी तरह से मारा। इतना मारा कि उस बच्चे को चोट भी लग गई। गुरुजी का उस बच्चे को इतनी निर्दयता से पीटना सरदार पटेल से सहन नहीं हुआ। वह छात्र नेता तो थे ही, तो उन्होंने सबको इकट्ठा किया और स्कूल में हड़ताल करवा दी। जब स्कूल के प्रिंसिपल ने इस मामले की जाँच की, तो गुरुजी को ही दोषी पाया गया। प्रिंसिपल ने उन गुरुजी से वचन लिया कि भविष्य में फिर कभी वह किसी बच्चे को ऐसे नहीं मारेंगे। इसके बाद तब कहीं जाकर यह मामला शांत हुआ। अंत में इसका परिणाम ये हुआ कि सरदार पटेल को स्कूल से निकाल दिया गया।

इसके बाद वल्लभभाई का दाखिला बड़ौदा के हाईस्कूल में करवा दिया गया। उनके घर की आर्थिक स्थिति अच्छी नहीं थी और उधर बड़ौदा एक शानदार नगर होने की वजह से वहाँ के छात्र अच्छे-अच्छे कपड़े पहनकर स्कूल में आया करते थे। सरदार पटेल स्कूल में एकदम सादा कपड़ों में जाया करते थे। उनके पिता झबेरभाई के लिए मुश्किल हो रहा था कि पाँच अन्य बच्चों के पालन-पोषण और शिक्षा व्यवस्था के साथ-साथ वल्लभभाई को बड़ौदा में शिक्षा प्राप्त करवाने का खर्च उठा सकें। इसलिए उन्होंने वल्लभभाई को स्कूल से निकाल लिया। स्कूल से निकलने के बाद वल्लभभाई

गाँव में पिता के साथ खेतों पर काम करते थे और घर पर ही स्वतंत्र रूप से पुस्तकों का अध्ययन किया करते थे।

सरदार वल्लभभाई का ननिहाल नडियाद में था। वहाँ उनका दाखिला हाईस्कूल में करवा दिया गया। वहाँ अंग्रेज़ी की पढ़ाई उनके अनुरूप नहीं थी, इसलिए वह बड़ौदा के हाईस्कूल में भर्ती हो गए। मैट्रिक में विद्यार्थियों को सभी विषयों के साथ संस्कृत या गुजराती में से किसी एक भाषा का चुनाव करना होता था। सरदार पटेल ने गुजराती भाषा को चुना। वहाँ गुजराती के टीचर छोटेलाल थे, लेकिन वह संस्कृत भाषा के भक्त थे। उन्हें संस्कृत से विशेष लगाव था। यदि कोई छात्र संस्कृत को छोड़कर गुजराती को चुनता था, तो उन्हें दुःख होता था। उन्होंने नाराज़गी ज़ाहिर करते हुए पटेल से प्रश्न किया कि तुमने संस्कृत को छोड़कर गुजराती को ही क्यों चुना? क्या तुन्हें यह भी पता है कि संस्कृत के बिना गुजराती ठीक से नहीं आती? वल्लभभाई ने अध्यापक के प्रश्न का उत्तर सीधा देने के बजाये ज़रा टेढ़ा दिया और कहा 'गुरुजी, अगर सभी बच्चे संस्कृत ही ले लेंगे तो फिर आप गुजराती किसे पढ़ाएँगे? फिर तो शायद आप घर पर ही बैठे रहेंगे।' सरदार पटेल का यह जवाब सुनकर सारी कक्षा ठहाकों से गूँज उठी, तो अध्यापक छोटेलाल के दिमाग का पारा हाई हो गया। उन्होंने कभी ऐसा नहीं सोचा था कि वल्लभभाई से उन्हें ऐसा जवाब मिलेगा। गुस्से में आकर उन्होंने वल्लभभाई को दंड देते हुए बेंच पर खड़ा कर दिया और घर से दो सौ तक पहाड़े लिखकर लाने को कहा। पटेल को लगा कि यह कोई न्याय नहीं हुआ और उन्होंने यह दंड न मानने का निश्चय कर लिया।

अगले दिन जब वल्लभभाई स्कूल पहुँचे तो गुरुजी ने पूछा कि क्यों, तुम दो सौ तक पाड़े लाए हो न? गुजराती में पहाड़े और भैंस के बच्चे दोनों को पाड़ा कहा जाता है। वल्लभभाई ने गुरुजी को उत्तर देते हुए कहा कि 'गुरुजी, पूरे दो सौ पाड़े लाए था लेकिन उनमें से दो बहुत ही शरारती थे। दोनों ने ऐसा आतंक मचाया कि सारे के सारे भाग गए।' इस पर अध्यापक ने सरदार पटेल की शिकायत स्कूल के प्रिंसिपल से कर दी। प्रिंसिपल के पूछने पर वल्लभाई ने सारी बातें उनके सामने रख दीं और कहा 'महोदय, गुरुजी गुजराती के शिक्षक हैं। अगर ये मुझसे गुजराती में कुछ लिखकर लाने को कहते तो मैं ज़रूर इनकी आज्ञा का पालन करता, लेकिन इन्होंने तो मुझे पहाड़े लिखकर लाने को कहा। आप ही बताएं कि गुजराती भाषा और पहाड़ों में क्या संबंध है। पहाड़े लिखने से मेरी गुजराती कैसे सुधरेगी? मैं कक्षा छह में पढ़ता हूँ और मुझे उसी के अनुसार दंड मिलना चाहिए। अब आप मुझे जो भी सज़ा दें, मैं उसे स्वीकार करता हूँ।'

सरदार पटेल की सारी बातें विस्तार से सुनने के बाद प्रिंसिपल महोदय उनसे बहुत प्रभावित हुए और इस नतीजे पर पहुँचे कि वल्लभभाई की कोई गलती नहीं है। वह अध्यापक की ज़िद का शिकार हो गया है। उन्होंने वल्लभभाई को माफ कर दिया।

सरदार वल्लभभाई पटेल ने अन्य चार-पाँच बालकों के साथ मिलकर एक कमरा लिया हुआ था। उसी में वो रहा करते थे। इस छात्रावास में रहते हुए बहुत छोटी अवस्था में ही वल्लभभाई ने आत्मनिर्भरता का पाठ पढ़ना आरम्भ कर दिया था। शनिवार को स्कूल से छुट्टी मिलने के बाद वे सात मिल पैदल चलकर करमसद अपने घर चले जाया करते थे और रविवार को दोपहर के बाद दोबारा वापिस आ जाया करते थे। वल्लभभाई बुद्धि के जितने तेज़ थे उतने ही परिश्रमी भी थे।

सरदार वल्लभभाई पटेल की रुचि अंग्रेज़ी भाषा की तरफ अधिक थी। अंग्रेज़ी इसलिए कि वह सरकारी कामकाज और अदालती कामकाज दोनों की भाषा थी। अंग्रेज़ी पढ़ने के लिए वह अपने गाँव करमसद से सात मील दूर पेटलाड आया करते थे। अपना गाँव छोड़कर विद्या-धन अर्जित करने की जिज्ञासा से आए इन बच्चों के प्रति स्कूल के अध्यापकों ने भी स्नेह-भाव प्रदर्शित किया था। इससे वल्लभभाई और उनके साथियों का उत्साह और बढ़ गया था। सरदार वल्लभभाई पटेल ने सन् 1897 में 22 वर्ष की आयु में नडियाद के हाईस्कूल से मैट्रिक की परीक्षा पास कर ली।

सरदार वल्लभभाई पटेल को अब उच्च शिक्षा प्राप्त करनी थी, लेकिन घर की आर्थिक स्थिति ठीक न होने के कारण वल्लभभाई को कॉलेज में प्रवेश कराने का सवाल ही नहीं उठता था। वल्लभभाई ने वकालत की किताबें पढ़ना आरंभ कर दिया। एल.एल.बी. करने के लिए जितने पैसे और समय की ज़रूरत थी वह उनके पास नहीं था। अपनी ही मेहनत और परिश्रम से उन्होंने सन् 1900 में अच्छे अंकों से जिला वकील की परीक्षा पास कर ली।

विवाह-

उन दिनों कम उम्र में ही शादी कर लेना आम बात थी। सरदार वल्लभभाई पटेल का विवाह विद्यार्थी जीवन में ही अठारह वर्ष की आयु में हो गया था। वल्लभभाई की शादी उन्हीं के पास के एक गाँव, गाना की झबेरबा नाम की लड़की से सन् 1893 में हो गई थी। तब झबेरबा की उम्र मात्र 13 साल की थी। शादी के बाद उनका गौना तब हुआ जब सरदार वल्लभभाई पटेल वकील बन गए और अपने घर-परिवार की ज़िम्मेदारी संभालने लग गए।

शादी के बाद एक दिन वल्लभभाई ने अपनी पत्नी झबेरबा से कहा कि 'अब मुझे पढ़ाई बंद करके गृहस्थी चलाने के लिए कोई काम करना चाहिए।' उनकी पत्नी बोलीं 'क्यों? अभी तो आपको आगे और पढ़ना चाहिए।' वल्लभभाई ने झबेरबा से कहा कि 'हाँ, वो तो ठीक है, लेकिन तुम्हारे आने से खर्च भी तो बढ़ गया है। जब तक मैं अकेला था तब तक मेरा खर्च मेरे घर वाले ही उठा रहे थे, लेकिन अब तुम्हारे आने

से उन्हें दो लोगों का खर्च उठाना पड़ेगा।' झबेरबा ने कहा, 'तो क्या आप मुझे बोझ समझते हैं? लेकिन पत्नी का खर्च उठाना तो उसके पति की ही ज़िम्मेदारी होती है। आप ठीक कहते हैं, पर मैं चाहती हूँ कि आप पढ़-लिखकर एक बड़े अधिकारी बनो।' वल्लभभाई ने कहा, 'मेरा सपना तो कुछ और ही है। मैं उसे पूरा करना चाहता हूँ।' झबेरबा ने पूछा कि, 'क्या सपना है आपका?' वल्लभभाई ने अपनी पत्नी के सवाल का जवाब देते हुए कहा कि, 'मैं वकील बनना चाहता हूँ और गरीब, मजबूर, पीड़ित, बेसहारा लोगों की सहायता करना चाहता हूँ।'

झबेरबा ने वल्लभभाई का समर्थन किया और उनकी पढ़ाई में अपने आपको एक अड़चन समझते हुए वह अपने पिता के यहाँ पर चली गई। अब वल्लभभाई कड़ी मेहनत के साथ स्वयं पढ़ाई करने लगे। कुछ दिनों बाद जब उनके पास घर चलाने के लायक पैसा आने लगा, तो उन्होंने अपनी पत्नी को पिता के घर से वापिस बुला लिया। उन्होंने सन् 1904 में एक पुत्री और सन् 1905 में एक पुत्र को जन्म दिया। उनकी पुत्री का नाम मणि और पुत्र का नाम डाह्याभाई था। वकालत की परीक्षा की तैयारी करने से पहले सरदार पटेल अपने एक मित्र के घर बाकरोल में जाकर रहे थे। वहाँ उन्हें एक अलग कमरा मिल गया था, जहाँ पर वह एकान्त में अध्ययन किया करते थे।

❑

सरदार पटेल और उनकी वकालत

सरदार वल्लभभाई पटेल ने सन् 1897 में मैट्रिक की परीक्षा उत्तीर्ण करने के बाद नडियाद में एक वकील के सहायक के रूप में काम करना शुरू किया था। उन्होंने उसी वकील से किताबें लीं और स्वयं ही पढ़ना शुरू कर दिया। तीन साल की कड़ी मेहनत के बाद उन्होंने सन् 1900 में मुख्तारी की परीक्षा पास कर ली। मुख़्तार बन जाने के बाद वल्लभभाई पटेल को कई वकीलों ने उनसे अपने साथ काम करने के लिए आग्रह किया, लेकिन वल्लभभाई पटेल स्वतंत्र रूप से ही काम करना चाहते थे। अत: उन्होंने सभी प्रस्तावों को ठुकरा दिया और गोधरा चले आए तथा वहाँ आकर वह अपना काम शुरू करने की कोशिश करने लगे। वल्लभभाई पटेल की वकालत के शुरू के दिन काफी संघर्षपूर्ण थे और शुरू के कुछ ही मुकदमों में सफलता उनके हाथ लगी। कम आय की वजह से उनका गुज़ारा नहीं हो पा रहा था।

सरदार वल्लभभाई पटेल के बड़े भाई विट्ठलभाई पटेल भी गोधरा में ही वकालत किया करते थे। अपने बड़े भाई से सरदार पटेल को सहयता मिलती रहती थी। दूसरे लोगों को कानून के बारे में जानकारी केवल पुस्तकों तक ही सीमित रहती थी, जब तक कि वे वकालत की और अदालतों की कार्य-पद्धति की व्यावहारिक जानकारी प्राप्त न कर लें, लेकिन सरदार पटेल को यह जानकारी और अनुभव पहले से ही था। जब भी वे वकील के सहायक के रूप में अदालत जाते थे, तो वहाँ की सारी कार्रवाई और कार्य-पद्धति का बड़ी बारीकी से अध्ययन करते थे। गोधरा में फौजदारी की वकालत शुरू करने पर उनका यह व्यावहारिक-ज्ञान बहुत काम आया। सरदार पटेल ने गोधरा में जैसे-तैसे एक छोटा दफ्तर जमा लिया था। अपने एक मित्र की सहायता से उन्होंने घर-गृहस्थी का सामान खरीदा और जीवन-यापन के शुरुआती संघर्ष में जुट गए। गोधरा में वकालत में सरदार वल्लभभाई पटेल का नाम धीरे-धीरे चमक रहा था। उन्हें लगा कि अब धीरे-धीरे सब कुछ ठीक हो जाएगा, लेकिन किस्मत को शायद कुछ और ही मंजूर था।

गोधरा एक छोटी जगह थी। विट्ठलभाई को लगने लगा कि उन्हें बोरसद जाकर वकालत करनी चाहिए। उन्होंने बोरसद जाने की तैयारी कर ली और वहाँ के लिए

रवाना हो गए। वल्लभभाई पटेल को गोधरा में वकालत करते हुए दो साल ही हुए थे। उन्हें खबर मिली कि उनके भाई विट्ठलभाई एक मामले में उलझ गए हैं। हुआ यह था कि विट्ठलभाई ने बोरसद के एक मजिस्ट्रेट के खिलाफ शिकायत दर्ज करवाई थी। उनकी शिकायत करने के बाद इस पर जाँच शुरू हो चुकी थी। इस बात का पूरा संदेह था कि दूसरे अंग्रेज़ प्रशासनिक अधिकारी बदले की भावना से विट्ठलभाई को किसी मामले में फँसाने की कोशिश कर सकते हैं या फिर उन्हें किसी और तरह से परेशान कर सकते हैं। ऐसे समय में सरदार वल्लभभाई पटेल ने अपना कर्तव्य समझा कि वह इस मुश्किल की घड़ी में वे अपने भाई के साथ रहें। सरदार पटेल भी गोधरा छोड़कर विट्ठलभाई के पास बोरसद आ गए। वल्लभभाई के बोरसद आने की दूसरी वजह यह भी थी कि उन्हें भी इस बात का अहसास हो गया था कि गोधरा एक छोटी जगह है। गोधरा के मुकाबले बोरसद में काम की संभावनाएं ज़्यादा हैं। यहाँ आकर उन्होंने अपने भाई की समस्या में उनका साथ दिया और साथ-ही-साथ अपना एक अलग कार्यालय भी खोल लिया तथा काम में जुट गए। सरदार पटेल की वकालत में सफलता का कारण उनकी अद्‌भुत तर्क-शक्ति और तीक्ष्ण बुद्धि थी। वह अपनी किसी भी बात को बहुत सहज ढंग से पेश करते और फिर अचानक ऐसा निष्कर्ष निकालते कि पासा पलट जाता।

उस समय अंग्रेज़ों की हुकूमत थी। लोगों को झूठे मामलों में फँसाकर सज़ा देना आम बात थी। अंग्रेज़ तो अधिकतर उन लोगों को फँसाते थे जिस पर सुरागी होने का शक हो, लेकिन नौकरशाही को बदले की भावना से किसी को भी फँसाने की आदत पड़ गई थी। वल्लभभाई पटेल ने निरपराध लोगों को फँसाने के पुलिस के हथकंडों और झूठे मामले गढ़ने के तौर-तरीकों का सूक्ष्मता से अध्ययन किया था। वह किसी भी मामले का बहुत ही बारीकी और गंभीरता से अध्ययन करते और फिर उसमें से ऐसी बात खोज निकालते जो उसके मनगढंत होने को साबित कर सके। इससे वकालत में सफलता और धनार्जन के साथ-साथ सरदार पटेल को झूठे मामलों में फँसाए गए लोगों को न्याय दिलाने की संतुष्टि भी प्राप्त होती थी।

सरदार पटेल की तर्क-शक्ति और बुद्धि का एक उदाहरण है कि एक बार वल्लभभाई पटेल के एक मुवक्किल पर चोरी का झूठा आरोप लगाया गया। वह रेलवे पुलिस में इंस्पेक्टर के पद पर था। उसकी अपने अंग्रेज़ अफसर से किसी बात को लेकर बहस हो गई, तो उसने इंस्पेक्टर को चोरी के झूठे मामले में फँसा दिया। इतना ही नहीं, उसके खिलाफ मामले की सुनवाई के लिए एक विशेष मजिस्ट्रेट की तैनाती की गई। उसने अपना वकील सरदार पटेल को किया। सरदार पटेल ने इंस्पेक्टर को सलाह देते हुए कहा कि वह एक बार उस अंग्रेज़ अफसर से मिले। उसने सरदार

पटेल की बात मान ली और वह उस अंग्रेज़ अफसर से मिलने गया। सरदार पटेल की दी हुई सलाह के मुताबिक वह अग्रेंज अफ़सर से बोला, 'सर, मैं आपके सामने कुछ स्वीकार करना चाहता हूँ। मैं आज से तीस साल पहले भी चोरी के जुर्म में सज़ा पा चुका हूँ।' अंग्रेज़ यह बात सुनकर बहुत खुश हुआ और उसने अपने आरोप-पत्र में यह बात भी जोड़ ली।

जब मामला अदालत में पहुँचा, तो सरकारी वकील अपनी बात शुरू करते हुए बोला कि, 'यह एक इंस्पेक्टर द्वारा चोरी करने का संगीन मामला है। जिसे चोरी रोकने और चोरों को पकड़ने का काम सौंपा गया, वह खुद ही ऐसे गंभीर अपराध में शामिल है। इसे तो दंड ज़रूर मिलना चाहिए।' इंस्पेक्टर के बचाव पक्ष की तरफ से सरदार पटेल बोले, 'पहले आरोप तो तय होने दीजिए, फिर दंड की बात भी हो जाएगी। आरोप है क्या और वह कैसे सिद्ध होता है?' सरकारी वकील ने अपनी बात पर ज़ोर देते हुए कहा, 'जनाब, यह आदमी अपराध करने का आदी है। इसने स्वयं भी पहले का अपना एक अपराध स्वीकार किया है।' इसके बाद अदालत में सबूत के तौर पर वह दस्तावेज़ पेश किए गए जिसमें आरोपी को तीस साल पहले चोरी के आरोप में नौ महीने की सज़ा सुनाई गई थी। आरोप-पत्र में दर्ज इस बात को खुद वल्लभभाई पटेल ने अदालत को साफ-साफ शब्दों में पढ़कर सुनाया था।

सरकारी वकील बोला, 'महोदय, यही बात तो मैं कह रहा था। इसे तीस साल पहले भी सज़ा हो चुकी है। यह शातिर अपराधी है। कृपया इस बात पर गौर किया जाए।' सरदार पटेल ने पलटकर कहा, 'इस बात पर अवश्य गौर किया जाना चाहिए, लेकिन इसके साथ-साथ आरोप-पत्र में दर्ज इस बात पर भी गौर किया जाना चाहिए कि आज से तीस साल पहले चोरी के अपराध में सज़ा पाए इस व्यक्ति की उम्र इस समय तीस साल के आस-पास है।' थोड़ी देर के लिए अदालत में सन्नाटा छा गया। कुछ देर बाद अदालत में मौजूद जब सभी लोगों के यह बात समझ में आई, तो अदालत का गंभीर वातावरण भी ठहाकों से गूँज उठा। न्यायाधीश ने अपना फैसला इंस्पेक्टर के पक्ष में सुनाया।

सरदार पटेल की तर्क-शक्ति का एक और उदाहरण है। अंग्रेज़ निरंकुश शासक थे और वह अपनी मनमानी किया करते थे। एक मजिस्ट्रेट ऐसा पियक्कड़ था कि वह सुबह-सुबह ही शुरू हो जाता था और कुर्सी पर बैठा-बैठा ऊँघता रहता था। उसकी जगह पर उसका सहायक मामले सुनता था। सरदार पटेल का मुवक्किल एक सुनार था। उस पर यह आरोप लगा था कि वह व्यभिचार करने के इरादे से एक महिला के घर में घुसा था। जब यह मामला अदालत में पहुँचा, तो अपनी आदत के मुताबिक मजिस्ट्रेट पिए हुए था। वल्लभभाई पटेल ने सहायक के सामने अपना तर्क रखने से साफ मना

कर दिया। उन्होंने कहा कि मैं केवल मजिस्ट्रेट साहब के सामने ही अपना पक्ष रखूँगा। वही केस को सुनने के अधिकारी हैं। सरदार पटेल की बात सुनकर मजिस्ट्रेट राज़ी हो गया। आरोप पक्ष की सारी बात सुनने के बाद मजिस्ट्रेट ने सरदार पटेल से सवाल किया कि, 'क्या यह अपराध नहीं है?'

सरदार वल्लभभाई पटेल ने बड़ी विनम्रता से मजिस्ट्रेट के सवाल का जवाब देते हुए कहा कि, 'महोदय, हमारे जैसे पिछड़े और रूढ़िवादी समाज में उसे अपराध माना जाता है, लेकिन जैसा कि आपका समाज है, जो उन्नत और आधुनिक है, उसमें यह कोई अपराध नहीं।' अपने समाज की प्रशंसा एक भारतीय से सुनकर अंग्रेज़ मजिस्ट्रेट की बाँछें खिल गईं। नशे में होने की वजह से कुछ बात उसे समझ में आई थी और कुछ नहीं। सरदार पटेल ने अपनी तीक्ष्ण बुद्धि से इसका फायदा उठाकर मजिस्ट्रेट को और भ्रमित कर दिया था। मजिस्ट्रेट उनकी बात से सहमत हुआ और उसने सुनार को बरी कर दिया।

अदालतों में सरदार वल्लभभाई पटेल की जिरह करने की प्रतिभा अद्‌भुत थी। उन्होंने स्वतन्त्र रूप से कानून की किताबों का सूक्ष्म अध्ययन कर रखा था। सरदार पटेल स्मृति के बल पर सही हवाले पेश करके सरकारी वकीलों का मुँह बंद कर देते थे और सरकार द्वारा खड़ा किया गया मुकदमा देखते-ही-देखते बालू की दीवार की तरह ढेर हो जाता था। उनकी आय न सिर्फ अन्य वकीलों की अपेक्षा, बल्कि अपने बड़े भाई विट्ठलभाई की अपेक्षा भी बढ़ गई थी।

❑

सरदार पटेल का व्यक्तित्व

सरदार वल्लभभाई पटेल के वैवाहिक जीवन में अब धीरे-धीरे आर्थिक संकट का अंधकार दूर हो रहा था और संपन्नता का उजाला फैल रहा था। सरदार पटेल की पत्नी झबेरबा बड़ी ही समझदारी से अपने घर-परिवार को संभाल रही थीं। उन्हें मालूम था कि वल्लभभाई पटेल की इच्छा इंग्लैंड जाकर बैरिस्टरी करने की है। इसलिए वह बड़े ही मनोयोग से सरदार पटेल के इंग्लैंड जाने के लिए थोड़े-थोड़े करके पैसे जमा कर रही थीं। कुछ ही दिनों में उन्होंने एक अच्छी-खासी रकम जमा कर ली और चुपचाप सरदार पटेल की इंग्लैंड जाने की तैयारी शुरू कर दी। सन् 1904 में उनके जाने की तैयारियाँ पूरी हो चुकी थीं। अब तो सिर्फ टॉमस कुक ऐंड कंपनी से यात्रा की सारी व्यवस्था हो जाने के अंतिम पत्र का इंतज़ार था, जिसे उन्होंने यह काम सौंपा था। उसी दौरान एक बड़ी अजीब-सी गलती हो गई। हुआ यह था कि वल्लभभाई और विट्ठलभाई दोनों अपना नाम अंग्रेज़ी में संक्षेप में वी.जे. पटेल लिखते थे। इसलिए टॉमस कुक ऐंड कंपनी का उनकी इंग्लैंड यात्रा का अंतिम पत्र गलती से विट्ठलभाई को दे दिया गया। जब उन्होंने पत्र को देखा तो उन्हें सारी बात तुरंत समझ में आ गई। विट्ठलभाई स्वयं भी इंग्लैंड जाकर बैरिस्टरी पास करना चाहते थे, लेकिन वह चाह कर भी इतना पैसा जमा नहीं कर पाए थे।

विट्ठलभाई अपने भाई वल्लभभाई के पास गए और उनसे कहा कि, 'देखो, तुम तो अभी छोटे हो। इसलिए पहले मुझे इंग्लैंड जाकर बैरिस्टरी पास करने दो। जब मैं लौट आऊँ तो तुम चले जाना। अगर पहले तुम चले गए, तो फिर बाद में मेरा जाना असंभव हो जाएगा।' सरदार पटेल पहले अपने बड़े भाई को इंग्लैंड भेजने के लिए राज़ी हो गए और उन्होंने विट्ठलभाई के इंग्लैंड जाने का सारा खर्च भी दिया। जब विट्ठलभाई इंग्लैंड चले गए, तो छोटे भाई ने उनकी अनुपस्थिति में उनके परिवार का सारा खर्च भी उठाया। इस बात से प्रमाणित होता है कि सरदार पटेल का हृदय कितना विशाल था और उनके मन में अपने बड़े भाई के लिए असीम आदर और प्रेम था। अगर वल्लभभाई आर्थिक सहायता न करते, तो विट्ठलभाई इंग्लैंड नहीं जा पाते। विट्ठलभाई के इंग्लैंड जाकर बैरिस्टरी करने की ख़बर इतनी गुप्त रखी गई कि किसी को ज़रा

भी ख़बर नहीं हुई। दोनों भाई मुकदमे की पैरवी करने के नाम पर बंबई (अब मुंबई) गए और जब भाई को जहाज़ पर सवार कराने के बाद वल्लभभाई घर लौटे, तब घर वालों को इसकी ख़बर हुई।

विट्ठलभाई के इंग्लैंड जाने के बाद वल्लभभाई दुगने उत्साह के साथ वकालत में लग गए, क्योंकि अब उन्हीं के कंधों पर बड़े भाई के परिवार को संभालने की ज़िम्मेदारी भी आ गई थी। इसके अलावा विट्ठलभाई को विदेश में लगातार खर्च भेजते रहने की भी समस्या थी, जिससे कि उनके अध्ययन में किसी भी तरह से रुकावट न आए। इसलिए वल्लभभाई को अब अधिक धन अर्जित करने की आवश्यकता थी और उन्हें स्वयं भी बैरिस्टर की पढ़ाई करने के लिए इंग्लैंड जाना था। विट्ठलभाई की पत्नी इन्हीं के घर आकर रहने लगी थीं। वल्लभभाई की पत्नी झबेरबा और उनकी आपस में बनती नहीं थी। दोनों के रोज़-रोज़ के विवाद से वल्लभभाई की मानसिक शान्ति भंग हो गई और काम में भी अड़चन पैदा होने लगी। यह विवाद बढ़ता ही गया और जब किसी भी तरह से बात नहीं संभली तो वल्लभभाई ने अपनी पत्नी को उसके मायके भेजना ही सही समझा। उन्होंने अपनी पत्नी से यह भी कह दिया कि वह तब तक न लौटे, जब तक विट्ठलभाई विदेश से वापिस न लौट आएँ। वल्लभभाई पटेल अपनी भाभी के प्रति कर्तव्य पूरा करने के साथ-साथ अपनी पत्नी के प्रति भी पूरा कर्तव्य निभा रहे थे और हर महीने निश्चित राशि खर्च के लिए भेजना न भूलते थे।

विट्ठलभाई सन् 1908 में इंग्लैंड से बैरिस्टरी पास करके भारत लौट आए। उस ज़माने में विलायत की डिग्री बहुत मायने रखती थी। बैरिस्टरी पूरी करने के बाद विट्ठलभाई ने वकालत करने के लिए बंबई को चुना और वह अपने परिवार के साथ बंबई चले गए, जिसकी देखभाल उनकी अनुपस्थिति में वल्लभभाई कर रहे थे। कुछ ही दिनों में विट्ठलभाई की वकालत बंबई में बहुत अच्छी जम गई और उनका काफी नाम हो गया। इधर विट्ठलभाई के विदेश जाने से कुछ ही वर्षों में वल्लभभाई की ज़िम्मेदारी बहुत बढ़ गई थी। दो परिवारों का खर्च चलाने के लिए उन्हें दिन-रात मेहनत करनी पड़ रही थी। उनकी पत्नी झबेरबा इन दिनों अकसर बीमार रहने लगी थीं। वल्लभभाई उनके स्वास्थ्य के बारे में भी पूरा ध्यान नहीं दे पा रहे थे और धीरे-धीरे झबेरबा का स्वास्थ्य बिगड़ता चला गया।

❑

पत्नी का निधन और इंग्लैंड गमन

अपनी पत्नी झबेरबा के स्वास्थ को लेकर सरदार वल्लभभाई पटेल की चिंता बढ़ गई थी, क्योंकि डॉक्टरों के अनुसार उनके पेट में कोई ग्रंथि थी, जिसे ऑपरेशन करके निकालना बहुत ज़रूरी था। झबेरबा का स्वास्थ्य इतना बिगड़ चुका था कि वह ऑपरेशन झेल नहीं पातीं। इसलिए वल्लभभाई ने यह निश्चय किया कि पहले उनके स्वास्थ्य में थोड़ा और सुधार हो जाए, उसके बाद ऑपरेशन करवाया जाएगा। उनके इलाज के लिए बंबई ही उपयुक्त जगह थी। बड़े भाई विट्ठलभाई वहाँ पर पहले से ही रह रहे थे, तो वल्लभभाई अपनी पत्नी और दोनों बच्चों को लेकर उनके पास बंबई पहुँच गए। वहाँ पर झबेरबा की जाँच करवाई तो डॉक्टरों ने कहा कि पहले उनके स्वास्थ्य को सुधारने के लिए थोड़ा और समय देना होगा, उसके बाद ही ऑपरेशन हो सकेगा। ऑपरेशन की तारीख़ भी बाद में ही निश्चित की जाएगी। सरदार वल्लभभाई पटेल अपनी पत्नी और बच्चों को बड़े भाई के पास छोड़कर काम पर लौट आए। वल्लभभाई को एक कत्ल के मुकदमे की पैरवी के लिए बोरसद पहुँचना था। उन्होंने विट्ठलभाई से कहा कि जैसे ही ऑपरेशन की तारीख़ निश्चित हो जाए, तो उन्हें तुरंत सूचित कर दें ताकि वह बंबई आ जाएँ।

विट्ठलभाई ने उनकी पूरी देख-रेख करने का आश्वासन दिया। झबेरबा का इलाज बंबई के एक अस्पताल में चलने लगा और उनका कष्ट कुछ कम हुआ, लेकिन रोग पूरी तरह सही नहीं हुआ था।

वल्लभभाई ने बोरसद आकर अपना ध्यान पूरी तरह से उस कत्ल के मुकदमे की तैयारी करने पर ही लगा दिया। अपने मुवक्किल को बचाने का उत्तरदायित्व वल्लभभाई पटेल के ऊपर ही था। सरदार पटेल जानते थे कि उनके अभियुक्त का कोई दोष नहीं है। अदालत में मुकदमे की सुनवाई के दौरान सरदार वल्लभभाई पटेल अभियुक्त की ओर से पैरवी कर रहे थे। इतने में उनके नाम से एक तार आया। वल्लभभाई ने तार को पढ़कर अपनी जेब में रख लिया और वापिस मुकदमे की सुनवाई में लग गए। सुनवाई ख़त्म होने तक वे दलील-पर-दलील और प्रमाण-पर-प्रमाण पेश करते रहे।

बंबई में झबेरबा की तबीयत अचानक कुछ ऐसी बिगड़ी कि डॉक्टरों को आनन-फानन में उनका ऑपरेशन करना पड़ा। ऑपरेशन पूरा होने के कुछ देर बाद फिर

अचानक ही झबेरबा की हालत बिगड़ गई। इससे पहले कि डॉक्टर कुछ समझ पाते कुछ कर पाते, उन्होंने सन् 1909 में इस दुनिया को अलविदा कह दिया। वल्लभभाई पटेल को तुरंत ही इस दुःखद समाचार की तार द्वारा सूचना दी गई।

सुनवाई ख़त्म होने पर जब वल्लभभाई बाहर आए, तो उनके मित्रों ने उनसे पूछा कि तार में क्या था? वल्लभभाई ने उत्तर दिया, मणिबेन की माता का देहान्त हो गया। मैं क्या करता, तार पढ़ने के बाद कुछ देर के लिए मैं कुछ न समझ सका कि अब क्या करना चाहिए। लेकिन मृत्यु के आघात से जीवन का कर्तव्य कैसे छोड़ता? अगर आज मैं दृढ़तापूर्वक यह जिरह न करता, तो अभियुक्त को फाँसी की सज़ा भी हो सकती थी। आखिर यह एक आदमी की ज़िंदगी और मौत का सवाल था। जो चला गया, वह लौटकर आने वाले न था। जिसे बचाया जा सकता था, उसके लिए प्रयास करना एक वकील का पहला कर्तव्य था। वल्लभभाई ने यह सिद्ध कर दिया कि भावना से कर्तव्य ऊँचा है।

जिस समय सरदार वल्लभभाई पटेल के दुःख-सुख की साथी झबेरबा का निधन हुआ था, उस समय उनके बच्चे भी बहुत छोटे थे। बेटी मणिबेन कुल चार साल और बेटा डाह्याभाई तीन ही साल का था। कम उम्र में ही दोनों बच्चों के ऊपर से माँ का साया उठ गया था। वल्लभभाई सत्रह वर्ष विवाहित रहे थे, पर उनको और झबेरबा को साथ रहने का सुखद संयोग सिर्फ छह वर्ष ही नसीब हुआ। पत्नी की कमी और उसे न बचा सकने का दुःख वल्लभभाई को आजीवन कचोटता रहा। पत्नी के निधन के समय वल्लभभाई की आयु मात्र तैंतीस वर्ष की थी, लेकिन उन्होंने दोबारा विवाह न करने का दृढ़ निश्चय कर लिया। पत्नी की मृत्यु के कुछ समय बाद मित्रों तथा संबन्धियों की ओर से वल्लभभाई पर दबाव दिया जाने लगा कि वे दूसरा विवाह कर लें। लेकिन उन्होंने इस बात से साफ इनकार करते हुए कहा कि, 'झबेरबा की याद इस दिल में सदा ताज़ा रहेगी। मणि और डाह्या उसकी निशानियाँ मेरे पास हैं ही, तो मुझे फिर और क्या चाहिए?'

बड़े भाई विट्ठलभाई की पत्नी के पास ही वल्लभभाई और झबेरबा के दोनों बच्चे रहते थे। जब वे भी गंभीर रूप से बीमार रहने लगीं, तो वल्लभभाई का दिल काँप उठा, लेकिन विट्ठलभाई ने कहा, 'वल्लभ! ईश्वर जो भी परीक्षा ले, उसके लिए हमें अपना हृदय वज्र की तरह से कठोर करना पड़ेगा।' बड़े भाई के धैर्य को देखकर वल्लभभाई ने भी अपना मन कठोर कर लिया। विट्ठलभाई उन दिनों काम में ज़्यादा व्यस्त रहते थे, इसलिए वल्लभभाई ने अपनी भाभी को इलाज के लिए बोरसद बुलवा लिया। अचानक एक दिन वह गंभीर रूप से बीमार पड़ गई और सन् 1910 में उनका भी निधन हो गया। वल्लभभाई को अपनी पत्नी के निधन के दूसरे ही साल भाभी के निधन पर इतना दुःख हुआ कि विदेश जाने का उनका उत्साह कम हो गया। इस गम

से दोनों भाइयों को बाहर आने में कुछ दिन लगे। वल्लभभाई का इंग्लैंड जाकर बैरिस्टरी पास करने का कार्यक्रम स्थगित हो गया था। इस दु:खद घटना के बाद परिवार को संभालने की व्यावहारिक समस्याएँ भी थीं। इसलिए विट्ठलभाई के लौटने के बाद भी वल्लभभाई इंग्लैंड नहीं जा पाए।

वल्लभभाई को अब वकालत के लिए किसी बड़ी डिग्री की ज़रूरत नहीं थी, क्योंकि उनकी वकालत अब अच्छी चल पड़ी थी और उन्हें धन की भी कोई कमी नहीं थी। वल्लभभाई के लिए ये बातें ज़्यादा महत्त्व नहीं रखती थीं, क्योंकि उन्हें तो आगे पढ़ने और ज़्यादा योग्य बनने की चाह थी। वे तो बाहर के स्वतंत्र समाज को देखना-समझना चाहते थे। अपने और अपनी पत्नी के सपने को पूरा करने के लिए और बड़े भाई के समझाने पर वल्लभभाई इंग्लैंड जाने के लिए राज़ी हो गए। अत: वह अपने दोनों बच्चों को बंबई के क्वीन मेरी स्कूल की मिस विल्सन के पास छोड़कर और दस हज़ार रुपये दोनों बच्चों के व्यय के लिए बड़े भाई को देकर विदेश जाने की तैयारी में जुट गए। वल्लभभाई के छोटे भाई काशीभाई ने भी उसी साल वकालत पास कर ली थी। इसलिए इंग्लैंड जाने से पहले वल्लभभाई ने अपनी सारी वकालत उसे सौंप दी और बोरसद का अपना घर भी उसे दे दिया, जिससे उसे अपनी वकालत की शुरुआत में ज़्यादा संघर्ष न करना पड़े।

सरदार वल्लभभाई पटेल सन् 1910 में बैरिस्टरी की पढ़ाई करने के लिए जहाज़ से इंग्लैंड के लिए रवाना हो गए। इंग्लैंड के लिए रवाना होने से पहले वल्लभभाई ने सूट भी पहली बार सिलवाया था और छुरी-काँटे से खाने का थोड़ा-बहुत अभ्यास भी किया था। उन्होंने उससे पहले कभी जहाज़ की यात्रा भी नहीं की थी। इंग्लैंड तक की यात्रा के दौरान सरदार वल्लभभाई पटेल के पास बहुत समय था। उन्होंने इसका सदुपयोग रोमन कानून का अध्ययन करने में किया। इंग्लैंड पहुँचने तक उन्होंने इसकी कई पुस्तकें पढ़ डाली थीं। इंग्लैंड पहुँचने के बाद वल्लभभाई के सामने रहने की समस्या थी। काफी मेहनत के बाद उन्होंने एक महिला के यहाँ, जो उचित व्यय पर बाहर से आये हुए लोगों को रखती थी, अपने आवास की व्यवस्था कर ली। यहाँ उनकी कम पैसों में ही रहने और खाने की समस्या हल हो गई।

सरदार पटेल ने अपना अध्ययन इंग्लैंड के मिडिल टेंपल से शुरू किया। उन दिनों इंग्लैंड में बैरिस्टरी के अध्ययन तथा परीक्षा के लिए चार संस्थाएँ 'लिंकन्स इन', 'इन्नर टेंपल', 'मिडिल टेंपल', और 'ग्रेज इन' थीं। वह अपना सारा समय तथा ध्यान केवल अपने अध्ययन पर ही केंद्रित रखते थे। सर्वप्रथम उन्होंने अपनी यात्रा के दौरान किए गए अपने अध्ययन का उपयोग करते हुए रोमन-लॉ की परीक्षा दी और उसमें सफलता प्राप्त की। वल्लभभाई एक सीमित रकम लेकर ही इंग्लैंड में पढ़ने के लिए आए थे और उन्हीं पैसों में ही उन्हें अपना गुज़ारा करना था। इसलिए अपनी पढ़ाई के

दौरान उन्होंने हर तरह की किफायत से काम लिया। वह ज़रा भी फिज़ूलख़र्ची नहीं किया करते थे। उनका बोर्डिंग हाउस कॉलेज से लगभग बारह मील की दूरी पर था। फिर भी वे बचत करने के उद्देश्य से हमेशा पैदल चलकर वहाँ आते-जाते थे। वे सुबह जल्दी उठकर अपना सारा खत्म करके निकल पड़ते, ताकि नौ बजे पुस्तकालय खुलने से पहले वह कॉलेज पहुँच जाएं। इंग्लैंड की चमक-दमक और वहाँ के आधुनिक जीवन के विलास से उनका कोई वास्ता न था। वह एक विद्यार्थी के रूप में इंग्लैंड आए थे और सिर्फ अध्ययन ही उनका एकमात्र उद्देश्य था। एक विद्यार्थी होने के साथ-साथ वह पूर्ण भारतीय भी थे। उन्होंने विदेश में भी अपने स्वदेशी संस्कारों को बनाए रखा और पूरी मेहनत व लगन के साथ अपनी पढ़ाई जारी रखी। वल्लभभाई ने अपने अध्ययन का मुख्य स्रोत पुस्तकालय को बनाया। इससे उन्हें कानून की महँगी किताबों को खरीदना नहीं पड़ता था और पुस्तकालय में हर प्रकार की किताबें बहुतायत में उपलब्ध थीं। पुस्तकालय का वातावरण भी अध्ययन के लिए बोर्डिंग हाउस से बेहतर था। उन्हें अध्ययन के लिए जितना भी समय मिलता, वे पुस्कालय में ही बिताते थे।

पुस्तकालय का समय सुबह नौ बजे से शाम छह बजे तक का था। सरदार पटेल वहाँ एकाग्र मन होकर पढ़ाई किया करते थे। कई बार तो वे किताबों में ऐसे खो जाते थे कि उन्हें न अपनी सुध रहती थी और न ही अपने आस-पास की दुनिया की। जब लाइब्रेरी का कर्मचारी आकर उन्हें बताता था कि समय समाप्त हो गया है, तब कहीं वल्लभभाई का ध्यान टूटता था और वे अपने कागज़ों को समेटते हुए बाहर आ जाते।

सरदार वल्लभभाई पटेल की इस कड़ी मेहनत का परिणाम भी उनके अनुरूप ही सामने आया। इंग्लैंड में बैरिस्टरी की पढ़ाई पूरी करने के लिए कुल बारह टर्म पास करने होते थे। पहली टर्म के पहले प्रश्न-पत्र में ही वल्लभभाई ने सबसे अधिक अंक हासिल किए। इसके लिए उन्हें पाँच पाउंड का पुरस्कार भी मिला, जो उस ज़माने में बहुत बड़ी रकम थी। परीक्षाओं में बहुत अच्छे परिणाम के कारण वल्लभभाई को दो टर्म की छूट मिल गई थी। इस तरह उन्होंने अपनी बैरिस्टरी की पढ़ाई निर्धारित समय से छह महीने पहले ही पूरी कर ली थी। वल्लभभाई ने अपनी परीक्षा प्रथम श्रेणी में प्रथम स्थान हासिल कर पास की, तो उनकी इस सफलता की गूँज पूरे लंदन में सुनाई दी और इसके साथ उन्होंने भारत का नाम भी ऊँचा कर दिया।

कॉलेज के सभी अध्यापक और विद्यार्थी सरदार वल्लभभाई पटेल की प्रतिभा को देखकर चकित रह गए थे। उन्हें विशेष आश्चर्य यह था कि जिस भारत को वह अपने अधीन और अपना दास समझते थे, उस भारत के ही एक विद्यार्थी ने कॉलेज के सभी विद्यार्थियों को पीछे छोड़ दिया था। प्रथम श्रेणी में प्रथम स्थान प्राप्त करने के कारण, दीक्षांत समारोह में वल्लभभाई का भव्य जुलूस निकाला गया। जुलूस में सबसे आगे मिडिल टेंपल की कार्यकारिणी के अध्यक्ष महोदय थे, उनके पीछे वल्लभभाई

पटेल थे, पटेल के पीछे सभी बेंचर थे और बेंचर्स के पीछे बैरिस्टर की पदवी प्राप्त करने वाले अन्य विद्यार्थी थे।

सरदार वल्लभभाई पटेल ने सन् 1911 में बैरिस्टरी की परीक्षा उत्तीर्ण की। इंग्लैंड में बसने वाले भारतवासियों की खुशी का जैसे ठिकाना ही न रहा हो। चारों तरफ से उन्हें बधाइयाँ मिल रही थीं। अंग्रेज़ आमतौर पर भारतीयों को हर तरह अपने से पिछड़ा मानते थे। जब वल्लभभाई पटेल की सफलता की ख़बरें वहाँ के समाचार-पत्रों में छपीं तो अंग्रेज़ भी उनसे बहुत प्रभावित हुए। कई अंग्रेज़ों ने खुले दिल से सरदार पटेल की प्रशंसा की और उन्हें बधाई भी दी। एक शेडर्ज नाम के अंग्रेज़ ने जब वल्लभभाई की सफलता का समाचार पढ़ा, तो वह इतने प्रभावित हुए कि स्वयं उनसे मिलने चले आये। बधाई देने के साथ-साथ उन्होंने सरदार पटेल को अपने घर पर भोजन का निमंत्रण भी दिया।

सरदार वल्लभभाई पटेल ने बैरिस्टर की परीक्षा तो पास कर ली थी, लेकिन उन्हें बैरिस्टर की डिग्री प्राप्त करने में अभी कुछ समय था और कुछ औपचारिकताएँ भी बाक़ी थीं। वे अभी तक इंग्लैंड में ज़रूर थे, लेकिन उन्हें अपने दाएँ-बाएँ भी देखने की फुर्सत न थी। उनकी सफलता की सुगंध चारों तरफ फैल गई थी और इंग्लैंड के समाज में विचरण अब उनके लिए पहले से आसान हो गया था। सरदार पटेल का एक अध्ययन समाप्त हुआ तो दूसरा अध्ययन शुरू हो गया। यह व्यावहारिक अध्ययन भी उस पुस्तकीय अध्ययन के जितना ही ज़रूरी था।

अपने व्यावहारिक अध्ययन के दौरान वल्लभभाई पटेल ने इंग्लैंड की अदालतों में जाकर वहाँ की न्याय-व्यवस्था और कार्य-प्रणाली को देखने-समझने का प्रयास किया। एक स्वतंत्र देश और एक परतंत्र देश की न्याय-व्यवस्था का अंतर कम चौंकाने वाला न था। इसके अलावा वहाँ की अदालती कार्रवाईयाँ देखकर उन्होंने न्याय-व्यवस्था की अलग-अलग बारीकियों को भी समझने की कोशिश की। सरदार पटेल ने देखा कि इंग्लैंड के निवासी अपने नागरिक अधिकारों के प्रति कितने सजग और जागरूक हैं। उनका ज़रा-सा भी हनन उन्हें सहन नहीं होता। मानव अधिकारों का महत्त्व इस समाज ने किस हद तक समझा और यहाँ उसका कितना आदर-सम्मान किया जाता है। वल्लभभाई यह सोचकर बहुत दुःखी हुए कि यही लोग भारत आकर कितने निरंकुश हो जाते हैं और किस कठोरता से मानव-अधिकारों को अपने पैरों तले कुचल देते हैं।

पश्चिमी-समाज में विचरण करने और उनके तौर-तरीकों को सीखने का भरपूर लाभ सरदार वल्लभभाई पटेल ने उस दौरान उठाया। उन्होंने अंग्रेज़ी खान-पान और पहनावा अपना लिया था। अब फिर चाहे भारत हो या इंग्लैंड, यह उस समय की माँग थी। इसी का आदर-सम्मान होता था और यह प्रतिष्ठा उनकी व्यावसायिक सफलता में भी मददगार बनी।

❑

भारत में वापसी

इंग्लैंड से बैरिस्टर की पढ़ाई पूरी करने के बाद सरदार वल्लभभाई पटेल सन् 1913 में भारत वापिस आ गए। बंबई (अब मुंबई) पहुँचने पर वल्लभभाई पटेल ने उच्च न्यायालय के मुख्य न्यायाधीश सर बेसिल स्कॉट से मुलाकात की। उन्होंने सरदार पटेल का बहुत सम्मान किया। सर बेसिल ने वल्लभभाई की योग्यता को देखते हुए उन्हें न्यायाधीश का पदभार संभालने के लिए दिया, परन्तु सरदार पटेल ने यह कहते हुए कि उनका इरादा अपनी स्वयं की वकालत शुरू करने का है, न्यायाधीश के पद को स्वीकार करने से मना कर दिया। जिस समय सरदार पटेल विदेश गए थे, उस समय वे एक सीधे-सादे भारतीय के रूप में गए थे, लेकिन जब वह भारत लौटकर आए, तो अपने आपको पूरी तरह पश्चिमी रंग में ढाल चुके थे।

जब सरदार वल्लभभाई पटेल भारत वापिस आए थे, तो उनके बड़े भाई विट्ठलभाई बंबई में वकालत किया करते थे। उस समय भी बंबई एक महानगरी था, जो वल्लभभाई की वकालत के लिए बहुत उपयुक्त स्थान था। उन्होंने अपनी वकालत के लिए बंबई को न चुनकर अहमदाबाद को चुना। इसकी वजह शायद यह कही जाती है कि अहमदाबाद से उनका पैतृक गाँव करमसद जिला खेड़ा लगभग पचास मील की दूरी पर स्थित था और खेड़ा की सेशन कोर्ट भी अहमदाबाद में ही थी। कहीं न कहीं वल्लभभाई यह भी चाहते थे कि उनकी बैरिस्टरी की योग्यता का लाभ खेड़ा के लोगों को भी प्राप्त हो। वल्लभभाई के बहुत से पुराने मुवक्किल भी आस-पास में रहते थे, जिससे उन्हें अहमदाबाद में अपनी वकालत ज़माने में आसानी रहती। अहमदाबाद में पटेल का नाम तो पहले से ही सभी लोग जानते थे, इसलिए उन्हें वहाँ अपनी बैरिस्टरी ज़माने में ज़्यादा कठिनाई नहीं हुई और कम समय में ही सरदार वल्लभभाई पटेल की बैरिस्टरी चमक उठी। उनके कानून से जुड़े ज्ञान और वकालत में दाँव-पेंच की तारीफ़ पूरे गुजरात में होने लगी। सरदार वल्लभभाई पटेल का नाम अब प्रसिद्ध और बड़े वकीलों के साथ जोड़ा जाने लगा।

उन दिनों अहमदाबाद में बहुत-से नामी और बड़े वकील हुआ करते थे। उन्हें अपने पेशे का अच्छा-खासा अनुभव था और सरदार वल्लभभाई पटेल अभी उनके

लिए नए थे, परन्तु उनकी अनोखी तर्कशक्ति और निर्भीकता को सभी लोग पहले से ही जानते थे। विदेश से बैरिस्टरी पास करने के बाद से तो उनकी वकालत में चार-चाँद लग गए और वह पुराने जमे हुए वकीलों पर भी भारी पड़ने लगे। अपनी ओर सबका ध्यान खींचने वाला उनका मुख्य गुण था और अदालत के साथ उनका व्यवहार पूर्ण निर्ममता का रहता था। उन्हें अपना वकील बनाकर उनके मुवक्किलों को निश्चिन्तता रहती थी। वे अदालत और दावेदारों को उचित मर्यादा में रखते थे। सरदार पटेल अभी भी पहले की तरह फौजदारी के मुकदमे ही लड़ा करते थे। सन् 1915 तक वल्लभभाई ने फौजदारी वकील के रूप में बहुत ख़्याति प्राप्त कर ली थी। उधर बंबई में विट्ठलभाई की वकालत भी अच्छी चल रही थी और कीर्ति के साथ-साथ प्रचुर धन की प्राप्ति होने लगी थी। बैरिस्टरी के अलावा वे अपना कुछ-न-कुछ समय सामाजिक कार्यों में दिया करते थे। सरदार वल्लभभाई पटेल के पास अधिकतर वे मुवक्किल आते थे जिन्हें झूठे आरोप में फँसाया जाता था, क्योंकि वे जानते थे कि झूठ पर से पर्दा हटाने में वल्लभभाई पटेल का कोई मुकाबला नहीं। गवाहों से वे ऐसे तर्क-वितर्क किया करते थे कि उनका झूठ ज़्यादा देर तक वल्लभभाई के सामने टिक नहीं पाता था।

सरदार वल्लभभाई पटेल की बैरिस्टरी से जुड़ा एक किस्सा है कि उन दिनों एक मिस्टर फोक्स नाम का मजिस्ट्रेट हुआ करता था। वह दिन की जगह रात के नौ बजे से बारह बजे तक अपनी अदालत लगाता था। वकीलों और मुवक्किलों को मजबूर होकर उस समय उसकी अदालत में पेश होना पड़ता था। वल्लभभाई ने उसे सबक सिखाने का अनोखा तरीका ढूँढ़ निकाला। एक मुकदमा फोक्स की अदालत में था। वल्लभभाई उसमें एक पक्ष की तरफ से मुकदमा लड़ रहे थे। उन्होंने लगातार उसकी ऐसी जिरह की कि रोज़ सुबह होने तक अदालत की कार्रवाई चलती रहती थी। मजिस्ट्रेट फोक्स के ऐसी जिरह देखकर पसीने छूट गए, लेकिन वह बैरिस्टर पटेल से कुछ कह भी नहीं सकता था। उसने अपनी अदालत का समय बदलकर बाक़ी अदालतों की तरह ही दिन का कर दिया।

सरदार वल्लभभाई पटेल खुद तो पश्चिमी पहनावे में रहते थे, लेकिन उन्होंने अपना दफ्तर भी बहुत आधुनिक साज-सज्जावाला बनाया था। सरदार पटेल को ब्रिज खेलने का बहुत शौक था और वह इस खेल में माहिर भी थे। इससे जुड़ा एक किस्सा है। वकीलों के क्लब में एक मिस्टर वाडिया थे। उन्हें भी अपनी ब्रिज की महारत पर बहुत नाज़ था। एक बार उन्होंने सरदार पटेल को चुनौती दें डाली। उन्हें सबक सिखाने के लिए सरदार पटेल से कहा कि वह पैनी-पैनी का खेल पसंद नहीं करते। सौ-पाइंट के लिए पाँच-पाउंड की शर्त हो, तो चुनौती मंज़ूर है। पाँच-पाउंड उस ज़माने में बहुत बड़ी रकम होती थी। मिस्टर वाडिया को अपनी ब्रिज की महारत पर पूरा भरोसा था।

वह मान गए और ब्रिज का दौर आरंभ हुआ। सारा क्लब बड़ी उत्सुकता से यह मैच देख रहा था। क्लब के बाहर भी इसकी चर्चा हो रही थी। पहले दिन मिस्टर वाडिया ने बीस-पौंड हारे। अगले दिन उन्होंने और ज़ोर मारा, लेकिन वह तीस-पौंड और हार गए। मिस्टर वाडिया की पत्नी तीसरे दिन क्लब में आई और उन्होंने वल्लभभाई से अनुरोध किया कि मुकाबले की शर्तों को भुलाकर इस खेल को यहीं समाप्त कर दीजिए। वल्लभभाई हँस दिए और उन्होंने खेल को वहीं बंद कर दिया।

उन दिनों सरदार वल्लभभाई पटेल की वकालत अपनी ऊँचाइयों पर थी। उनका नाम दूर-दूर तक फैल गया था और धन भी कोई कमी न थी। उनके बड़े भाई विट्ठलभाई बंबई में अब वकालत से ज़्यादा देश की सेवा और समाज की सेवा की तरफ अधिक ध्यान देने लगे थे। दोनों भाइयों में एक दिन यह समझौता गया कि वल्लभभाई परिवार की देखभाल करेंगे और विट्ठलभाई समाज की सेवा करेंगे, क्योंकि परिवार की जिम्मेदारियाँ उठाना अब वल्लभभाई के लिए आसान था। तब तक वल्लभभाई को भी इस बात का पता नहीं था कि वह भी जल्द ही देश की सेवा में लगने वाले हैं। विट्ठलभाई पटेल ने देश की सेवा को ही अपने जीवन का पहला उद्देश्य बना लिया और उन्होंने यह निश्चय कर लिया कि वह वकालत छोड़ देंगे और अपना सारा समय देश के स्वतंत्रता आंदोलनों में लगाएँगे।

❑

सरदार पटेल और महात्मा गांधी

सन् 1915 में महात्मा गांधी दक्षिण-अफ्रीका से भारत वापिस आ गए थे। उनके आने से पहले ही उनकी ख़्याति भारत पहुँच चुकी थी। भारत लौटने पर गांधी जी का सम्मान और स्वागत किया गया। वल्लभभाई पटेल उस समय गांधी जी के व्यक्तित्व या विचारों से ज़्यादा प्रभावित नहीं हुए। उनके मित्र मावलंकर गांधीजी का भाषण सुनने जा रहे थे, तो सरदार पटेल ने उन्हें जाने से रोक दिया और कहा कि, वहाँ जाकर क्या करोगे। उनका भाषण सुनकर क्या होगा, जो अंग्रेज़ों को ब्रह्मचर्य का उपदेश देता है।

उसके कुछ समय बाद सन् 1917 में अहमदाबाद में प्लेग की महामारी फैली और चारों तरफ इस जानलेवा रोग के कारण डर का माहौल बन गया। उस समय सरदार वल्लभभाई पटेल शहर के बहुत स्वच्छ और संभ्रांत लोगों के इलाके में रहते थे, परन्तु वहाँ पर भी कुछ लोगों की मौत प्लेग बीमारी से ही हुई थे। सरदार पटेल को लगा कि इस महामारी से बचने के उपायों की पूरी जानकारी न होने की वजह से ही लोग इसकी चपेट में आते जा रहे हैं। उन्होंने एक कमेटी बनाई और महामारी से बचने के कार्यों में व्यस्त हो गए। यह काम इतना आसान न था, क्योंकि इस काम में जान का पूरा खतरा था। सरदार वल्लभभाई पटेल ने सार्वजनिक हित के आगे अपनी निजी सुरक्षा की कोई चिंता नहीं की। उनके भीतर समाज के लोगों को इस बीमारी से बचाने और उनके कष्टों को दूर करने की जो भावना थी, उसका एक प्रत्यक्ष प्रमाण देखने को मिला।

अहमदाबाद में फैले प्लेग से स्कूल, अदालतें सब बंद हो गए और बहुत सारे लोग शहर छोड़कर जाने लगे। अहमदाबाद की उस समय ख़्याति वहाँ के कपड़ा उद्योग के कारण थी। प्लेग की वजह से कपड़ा मिलों में सन्नाटा छा गया। मज़दूरों को रोकने के लिए मिलों ने अलग से प्लेग एलाउंस दिए। सरदार पटेल उस समय गांधी के प्रभाव में आ चुके थे। उन्होंने व्यक्तिगत सुरक्षा की अनदेखी करते हुए, शहर छोड़ने से इनकार कर दिया। उस दौर के बारे में भारत के पहले लोकसभा अध्यक्ष बने जी.वी. मावलंकर ने लिखा है, 'वह जाने-माने चेहरे थे, जो अहमदाबाद की गलियों में घूमते थे, सीवर की सफाई कराते और प्लेग प्रभावित इलाकों में दवाओं का छिड़काव कराते थे। जब

कोई मित्र उनके काम या उनकी सुरक्षा को लेकर तर्क करता था, तो वह खामोशी से उसकी तरफ देखते थे।' मावलंकर आगे लिखते हैं कि 'पटेल की आँखें कहती थीं, मैंने स्वच्छता समिति के चेयरमैन का दायित्व लिया है और मैं कैसे सुरक्षा की माँग कर सकता हूँ? अगर मैं अपने पद का दायित्व छोड़ता हूँ, तो यह लोगों के साथ विश्वासघात होगा। मैं कैसे बचाव में जुटे अपने सफाई कर्मचारियों को यहाँ प्लेग के जोखिम में छोड़कर अपनी सुरक्षा के लिए भाग सकता हूँ?'

गुजरात के अहमदाबाद सहित कई शहरों में प्लेग से हज़ारों लोगों की मौत हुई थी। किसान सन् 1915 के सूखे और सन् 1917 में आई बाढ़ से तबाह थे। उसी समय खेड़ा के किसानों पर भारी मात्रा में टैक्स लाद दिया गया था, जबकि खेड़ा जिले में ही प्लेग से लगभग 18,067 लोगों की मौत हो चुकी थी। अहमदाबाद प्लेग के दौरान सरदार पटेल की सेहत पर भी बुरा असर पड़ा था, लेकिन ये पहला मौका था, जब उनकी नेतृत्व क्षमता से लोग प्रभावित हुए। प्लेग का प्रकोप जनवरी, 1918 के अंत तक कम हो गया था। इसके फौरन बाद खेड़ा में पटेल ने गांधी के साथ मिलकर किसानों के आंदोलन का नेतृत्व भी किया।

सन् 1917 में ही महात्मा गांधी एक निर्धन किसान राजकुमार शुक्ला ही गुहार पर चंपारण, बिहार के किसानों की व्यथा-कथा सुनने वहाँ पहुँचे। उन दिनों बिहार में चंपारण आन्दोलन की चर्चा थी। वहाँ नील की खेती करने वाले किसानों पर अंग्रेज़ों और उनका समर्थन करने वाली सरकार द्वारा आर्थिक शोषण और अत्याचार हो रहा था। गांधीजी को जैसे ही इस बात का पता चला, तो वह चंपारण पहुँच गए। अंग्रेज़ जिला अधीक्षक ने गांधीजी को वहाँ से तुरन्त लौटने के लिए कहा, पर गांधीजी ने उसकी बात नहीं मानी और गांधीजी ने किसानों पर हो रहे इस अन्याय के विरुद्ध एक सत्याग्रह छेड़ दिया, तो उसका समाचार देश-भर में फैल गया। उस समय वल्लभभाई पटेल दक्षिण-अफ्रीका में थे। गांधीजी के छेड़े आंदोलन की ख़बर दक्षिण-अफ्रीका में सरदार पटेल को हो चुकी थी। अपने देश में भी अन्याय व अत्याचार वे विरुद्ध संगठित संघर्ष करने के उनके साहस और तौर-तरीके से वल्लभभाई बहुत प्रभावित हुए। सरदार पटेल के जीवन पर गांधीजी का ऐसा प्रभाव पड़ा कि वे गांधीजी द्वारा संचालित प्रत्येक कार्यक्रम और आन्दोलन में उनके साथ शामिल होते रहे और उनके आदेश पर देश के लिए बड़े से बड़ा त्याग करते चले गए। इस एक घटना से महात्मा गांधी के प्रति वल्लभभाई की राय पूरी तरह से बदल गई थी।

सन् 1917 में सरदार वल्लभभाई पटेल अहमदाबाद नगर पालिका के सदस्य चुने गए। इस चुनाव के विरुद्ध चुनौती दी गई और याचिका स्वीकार करके चुनाव रद्द कर दिये गए, लकिन अलग-अलग संस्थाओं के माध्यम से सरदार पटेल का व्यक्तित्व

प्रकाश में आ चुका था। जब उप-चुनाव हुआ, तो वे प्रत्याशी के रूप में दोबारा चुनाव में खड़े हुए। सरदार पटेल के विरुद्ध चुनाव में किसी को खड़े होने का साहस न हुआ और वे निर्विरोध चुन लिए गए।

इन्हीं दिनों महात्मा गांधी को 'गुजरात प्रान्तीय कांफ्रेंस' का प्रथम अध्यक्ष चुना गया। उन्होंने एक कार्यकारिणी समिति नियुक्त की। इस समिति का सचिव सरदार वल्लभभाई पटेल को बनाया गया। गांधीजी के व्यक्तित्व में अद्भुत सम्मोहन शक्ति थी, जिसके द्वारा लोग धीरे-धीरे उनकी ओर आकर्षित होते चले आते थे। महात्मा गांधी में जो आत्मविश्वास था, सरदार वल्लभभाई पटेल पर उसकी गहरी छाप पड़ी। महात्मा गांधी के कार्यक्रमों की सरदार पटेल प्रशंसा करने लगे। गांधीजी ने अपने विचारों को कार्यान्वित करने के लिए जो कार्यक्रम निर्धारित किया उससे वल्लभभाई बहुत प्रभावित हुए। उन्होंने गांधीजी के साथ मिलकर देश की सेवा करने का निश्चय कर लिया। सरदार पटेल का महात्मा गांधी से मिलन देशहित में अत्यन्त उपयोगी सिद्ध हुआ।

गोधरा सम्मेलन-

सरदार वल्लभभाई पटेल और महात्मा गांधी के करीब आने का संयोग सन् 1917 में ही गुजरात सभा की राजनीतिक परिषद् की बैठक की वजह से बन गया था। गोधरा में संपन्न हुए इस सम्मेलन में वल्लभभाई ने सार्वजनिक जीवन के प्रभाव और गांधीजी की कार्यशैली को करीब से देखा था। परिषद् की यह बैठक वैसे तो गुजरात के लोगों के लिए थी, परन्तु इसमें भाग लेने के लिए बंबई से भी बहुत से नेता आए थे। विट्ठलभाई भी इसमें शामिल हुए थे। मुहम्मद अली जिन्ना, लोकमान्य बाल गंगाधर तिलक व उनके सहयोगी शापर्डे भी पधारे। सभी लोगों का गोधरा आने पर भव्य स्वागत हुआ। सम्मेलन को सफल बनाने के लिए गोधरा के नागरिकों ने काफी चंदा जमा किया था और बड़ी मेहनत से एक दूसरे पंडाल को भी तैयार किया। गोधरा सम्मेलन की अध्यक्षता करने के लिए महात्मा गांधी को विशेष रूप से निमंत्रण भेजा गया था। सम्मेलन की शुरुआत में ही गांधीजी ने अपनी मौलिक सोच की छाप उसपर छोड़ी। सबसे पहला निर्णय यह लिया गया कि सम्मेलन में कोई भी भाषण अंग्रेज़ी में नहीं दिया जाएगा और सभी गुजराती में ही बोलेंगे। लोकमान्य तिलक को छोड़कर सभी गुजराती में ही बोले। तिलक की विवशता थी कि उन्हें गुजराती नहीं आती थी। उनके भाषण का अनुवाद शापर्डे ने दुभाषिया बनकर गुजराती में कर दिया था। गांधीजी ने यह निर्णय स्वदेशी के प्रति अपने अनुराग और आम आदमी से अपनी सभी गतिविधियों को जोड़ने की सोच की वजह से लिया था।

सम्मेलन में इस निर्णय के बाद दूसरा महत्त्वपूर्ण निर्णय यह लिया गया था कि कार्यक्रम की शुरुआत ब्रिटिश साम्राज्यवाद के प्रति वफादारी की शपथ लिये बिना करना। इससे पहले सभी कार्यक्रम इस शपथ के साथ शुरू किये जाते थे। गांधीजी ने यह कहते हुए इस परंपरा को भंग किया कि जब खुद अंग्रेज़ अपने किसी कार्यक्रम की शुरुआत में ऐसी कोई शपथ नहीं लेते, तो फिर हम क्यों लें।

उन दिनों सरकारी ऑफिसर जब भी किसी गाँव के दौरे पर आते थे, तो उनकी खातिरदारी की पूरी ज़िम्मेदारी गाँव वालों पर होती थी। वे जिस किसी से भी चाहते, मनमाना काम लेते। यह बेगारी के नाम से जानी जाती थी और बेगारी के लिए किसी भी तरह का कोई भुगतान नहीं किया जाता था। अब तक होमरूल लीग का गठन हो चुका था। इसके सदस्यों ने अन्य बातों के साथ बेगार का भी विरोध किया था। गोधरा में हुए गुजरात सभा के अधिवेशन में एक प्रस्ताव पास करके बेगारी बंद करने की माँग की गई थी। गांधीजी ने इस समस्या के बारे में एक पत्र तैयार किया। यह पत्र उत्तरी विभाग के कमिश्नर मिस्टर प्रेट को दिया जाना था। उन दिनों गांधीजी चंपारण में व्यस्त थे, इसलिए इस काम को सरदार वल्लभभाई पटेल को करना था।

सरदार पटेल ने मिस्टर प्रेट को पत्र भेजकर बंगाल के औचित्य पर सवाल खड़ा किया और इस पर कमिश्नर से सरकारी दृष्टिकोण स्पष्ट करने की माँग की। किसी भी अंग्रेज़ अधिकारी को इस प्रकार की चुनौती की उम्मीद नहीं थी। पत्र को पढ़ने के बाद प्रेट ने अपना आपा खो दिया और बिना कुछ सोचे-समझे उसे फाड़ दिया। जब कमिश्नर की ओर से सरदार पटेल को कोई जवाब नहीं मिला, तो उन्होंने दूसरा पत्र भेजा। उस पत्र का भी कोई जवाब नहीं आया। इसके बाद सरदार पटेल ने तीसरा पत्र दस दिन की चेतावनी के साथ भेजा और उसमें लिखा कि अगर कमिश्नर ने इस अवधि के अंदर भी कोई जवाब नहीं दिया, तो फिर उन्हें मजबूर होकर संघर्ष का रास्ता अपनाना होगा। वह बेगारी के खिलाफ पैंफ्लेट छपवाकर जनता में बाँटेंगे और ग्रामीणों का आह्वान करेंगे कि किसी को भी बेगार न दें। अब प्रेट को लगने लगा कि मामला गंभीर होता जा रहा है, तो उसने इसके जवाब में लिखा कि पटेल जब चाहें उसके दफ्तर में आकर इसके बारे में बात कर सकते हैं। प्रेट शायद यह बात भूल गया था कि उसका वास्ता कानून के माहिर एक दक्ष बैरिस्टर से पड़ा है।

सरदार वल्लभभाई पटेल ने जवाब में प्रेट को एक पत्र और भेजा जिसमें लिखा था कि बातचीत की ज़रूरत कहाँ है। यदि बेगार संबंधी कोई कानून है, तो उसके बारे में हमें जानकारी दीजिए। इसके साथ यह भी लिख दिया कि प्रेट जब चाहें मेरे दफ्तर में आकर इस बारे में बातचीत कर सकते हैं। दस दिन बीत गए और कमिश्नर की तरफ से कोई जवाब नहीं आया। सरदार पटेल ने अपनी योजना के अनुसार पैंफ्लेट छपवाकर

गाँव के लोगों में बाँटना शुरू कर दिए। इसके बाद संघर्ष का दौर शुरू हुआ और गाँव के लोगों ने बेगार से मना कर दिया तथा कोई काम बताए जाने पर उन्होंने उसका भुगतान माँगना शुरू कर दिया। बेगार का कोई कानूनी आधार तो था नहीं, इसलिए सरकारी अफसरों को अपनी इस हरकत से बाज़ आना पड़ा और सरदार वल्लभभाई पटेल के किए गए प्रयासों की वजह से गाँव के लोगों को बेगार से मुक्ति मिली।

खेड़ा सत्याग्रह-

चंपारण सत्याग्रह के बाद देश में दूसरे महत्त्वपूर्ण सत्याग्रह खेड़ा सत्याग्रह की शुरुआत हुई। सन् 1917 तक भारी बारिश की वजह से खेड़ा में फसलें नष्ट हो गई थीं और जो किसान कृषि पर आधारित थे उनके भूखे मरने की नौबत आ गई थी। पहले के मुकाबले अगर पच्चीस प्रतिशत भी फसल न हुई तो सरकार के लिए लगान वसूल करने का कोई औचित्य नहीं बनता था। इसलिए उन्होंने चालाकी से लगान वसूल करने के लिए झूठे आँकड़ें जमा किए और उनके आधार पर किसानों से लगान वसूलने के लिए ज़ोर-ज़बरदस्ती शुरू कर दी। किसानों द्वारा सरकार से गुहार लगाने पर भी जब कोई हल नहीं निकला, तो वह सरदार वल्लभभाई पटेल के पास मदद के लिए पहुँचे।

सरदार वल्लभभाई पटेल ने किसानों से कहा कि पहले मैं स्वयं जाकर वहाँ की स्थिति देखूँगा, उसके बाद ही कोई निर्णय लूँगा। उन्होंने सबसे पहले जिले का दौरा किया और किसानों की दुर्दशा देखी। इसके बाद सरदार पटेल ने बंबई सरकार को पत्र लिखा, जिसमें किसानों का लगान माफ करने के लिए गुहार लगाई। जब पटेल के इस पत्र का कोई असर नहीं हुआ, तो उन्होंने इस विषय में गांधीजी से सहायता माँगी। सरदार पटेल ने गांधीजी को सारी स्थिति के बारे में बताया और उनसे संघर्ष का नेतृत्व करने का आग्रह किया। गांधीजी ने सरदार पटेल की बात मानते हुए इस सत्याग्रह के लिए हाँ कर दिया, लेकिन उन्होंने कहा कि मुझे अपने साथ गुजरात सभा का कम-से-कम एक सदस्य चाहिए, जो संघर्ष समाप्त होने तक पूरा समय इसके लिए दे सके। सरदार पटेल गांधीजी की बात से सहमत हो गए और अपनी सेवाएँ देने के लिए तैयार हो गए। उस समय गांधीजी की खुशी का कोई ठिकाना न था, जब सरदार पटेल ने सत्याग्रह के लिए अपना पूरा समय देने को कहा था।

खेड़ा सत्याग्रह शुरू करने से पहले महात्मा गांधी ने सरदार वल्लभभाई पटेल को स्वदेशी महत्त्व के बारे में अच्छे से बता दिया था। सरदार पटेल ने गांधी जी की बात मानते हुए पश्चिमी पहनावे को त्याग दिया और खादी का धोती-कुर्ता पहनकर खेड़ा सत्याग्रह में कूद पड़े।

सन् 1918 तारीख़ 22 मार्च। एक विशाल किसान-सभा में भाषण करते हुए गांधीजी ने किसानों का आह्वान किया कि वे सरकारी आदेश की अवहेलना करके लगान न दें। जब तक सरकार हमारी माँग स्वीकार न करे, सरकार से कह देना चाहिए कि तब तक हम लगान नहीं देंगे और उसके लिए हमें जो भी कष्ट सहन करना पड़ेगा उसके लिए हम तैयार हैं।

इसके बदले में सरकार ने लगान-वसूलने के लिए किसानों की ज़मीनें जब्त कर लीं और उनकी संपत्ति पर कब्ज़ा कर लिया। यहाँ तक कि उनके पशुओं की भी नीलामी करके ज़बरदस्ती लगान वसूला गया। खेड़ा के किसानों पर पहले ही अकाल का पहाड़ टूट पड़ा था और अब उनके लिए लगान को झेल पाना बहुत मुश्किल था। सत्याग्रह के बीच में ही गांधीजी को खेड़ा छोड़कर चंपारण में अपना काम पूरा करने के लिए जाना पड़ा, क्योंकि यह काम भी बहुत ज़रूरी था। गांधीजी के चले जाने के बाद सत्याग्रह का सारा भार सरदार पटेल पर आ गया। वह खेड़ा जिले के गाँव-गाँव में जाकर किसानों का हौसला बढ़ाते रहे और उन्हें समझाते रहे कि चाहे जितना भी कष्ट झेलना पड़े, सरकार के अत्याचारों के सामने हम झुकेंगे नहीं। किसानों को भी सरदार वल्लभभाई पटेल पर पूरा विश्वास था। वे हर तरह के दमन का मुकाबला करने के लिए पूरी दृढ़ता के साथ जुटे हुए थे।

सत्याग्रहियों की माँग थी कि जो किसान लगान देने की स्थिति में हैं, सिर्फ उन्हीं किसानों से लगान वसूला जाए और बाक़ी किसानों का लगान माफ कर दिया जाए। आखिरकार नतीजा यह हुआ कि सरकार को आंदोलनकारी किसानों के सामने झुकना पड़ा और उसने मान लिया कि जो किसान लगान दे सकते हैं, सिर्फ उन्हीं से लगान वसूला जाएगा और बाकियों को लगान माफी दी जाएगी। इसके साथ ही इस आंदोलन का यहीं पर अंत हुआ। खेड़ा सत्याग्रह को दो कारणों की वजह से ऐतिहासिक महत्त्व दिया जाता है। पहला तो यह कि इससे ये साबित हो गया था कि सत्याग्रह का तरीका प्रभावशाली है और इसके प्रयोग से हुकूमत की ताक़त को झुकाया जा सकता है। यह संगठन की शक्ति का एक ऐसा प्रत्यक्ष प्रमाण था जिसने निराशा के अंधकार में डूबे जनसाधारण में एक नए उत्साह का संचार किया, जो आगे चलकर स्वतंत्रता संग्राम का संबल बना। दूसरा कारण था सरदार पटेल का राष्ट्रीय नेता के रूप में उभरकर सामने आना। उन्होंने अपने अथक प्रयास और संगठन शक्ति के बल पर इस सत्याग्रह को सफल बनाया था। आगे चलकर यही सरदार वल्लभभाई पटेल राष्ट्रीय स्वतंत्रता संग्राम के एक महान् सेनानायक बने।

खेड़ा सत्याग्रह का समापन समारोह नडियाद में सन् 1918 में मनाया गया। इस मौके पर एक विशाल जुलूस निकाला गया, जो बाद में जनसभा में परिवर्तित हो गया।

नडियाद के लोगों ने जगह-जगह पर जुलूस के ऊपर फूलों की बारिश की और नारों से स्वागत करके उसमें भाग लेने वालों का उत्साह बढ़ाया। सभा में गांधीजी का सम्मान करते हुए उन्हें एक प्रशस्ति-पत्र भेंट किया गया। गांधीजी ने संघर्ष की सफलता का श्रेय सरदार वल्लभभाई पटेल को देते हुए उनकी प्रशंसा की।

सरदार वल्लभभाई पटेल में अद्‌भुत संगठन शक्ति थी। कार्यकर्त्ताओं को एकत्र कर वे उनमें पहले सैनिक-सुलभ अनुशासन पैदा करते थे, फिर उनके हृदयों में कर्तव्य और उत्तरदायित्व की भावनाएँ भर देते थे तथा इसके बाद ही उन्हें काम में नियोजित करते थे। इस तरह से तैयार किए हुए कार्यकर्त्ताओं के बल पर वह काम करते और सफलता प्राप्त करते। वे स्वयं तो कर्मठ थे ही और अपने सहयोगियों से भी कर्मठ बनने की अपेक्षा रखते थे।

❑

देश की सेवा में योगदान

प्रथम विश्वयुद्ध के लिए अंग्रेज़ों को बड़ी संख्या में सैनिकों की ज़रूरत थी। वायसराय का विचार था कि इसके लिए अंग्रेज़ी सरकार को जबरन भर्ती का आदेश निकालना पड़ेगा। उन्होंने इस बारे में बातचीत के लिए अप्रैल, 1918 में दिल्ली में युद्ध परिषद् की बैठक बुलाई। इस बैठक में गांधीजी भी शामिल हुए थे। जबरन भर्ती का विरोध करते हुए गांधीजी ने वायसराय को आश्वस्त किया कि भारतवासी इस मुश्किल घड़ी में ब्रिटिश साम्राज्य की मदद करेंगे। गांधीजी ने ब्रिटिश सरकार की सहायता करने का निश्चय किया था और भारतीयों से कहा था कि वे ब्रिटिश सरकार की भारतीय सेना में ज़्यादा से ज़्यादा भर्ती हों। सरदार वल्लभभाई पटेल ने इसमें गांधीजी का साथ दिया था। गांधीजी और सरदार पटेल भर्ती के लिए लोगों को प्रेरित करने के काम में जुट गए। इसके लिए उन्हें गाँव-गाँव घूमकर लोगों को समझाना पड़ा कि वह अंग्रेज़ों के विरुद्ध होते हुए भी इस मामले में उनका साथ क्यों दे रहे हैं। बहुत से ग्रामीण इस बात से परेशान थे कि आखिर गांधीजी सेना में भर्ती होने के लिए क्यों कह रहे हैं और सरदार पटेल को उन्होंने रिक्रूटिंग सार्जेंट क्यों बनाया है?

इस संकट के समय में गांधीजी ने हर तरह से ब्रिटिश सरकार का साथ देने का वादा किया था। सरदार वल्लभभाई पटेल भी इस काम में गांधीजी के साथ थे। गांधीजी को विश्वास था कि युद्ध समाप्त हो जाने के बाद ब्रिटिश सरकार भारत को कुछ राहत ज़रूर देगी। भारत के सपूतों ने जिस अंग्रेज़ी सरकार के लिए अपने प्राणों की बलि दी, उसके प्रतिफलस्वरूप सरकार ने भारतवासियों को रॉलेट एक्ट दिया।

रॉलेट एक्ट-

अंग्रेज़ी सरकार ने युद्ध के बाद रॉलेट कमेटी की रिपोर्ट प्रकाशित करके सारे देश को आश्चर्य में डाल दिया। उस रिपोर्ट में दो विधेयक पारित करने की सिफारिश की गई थी। अंग्रेज़ी सरकार ने सन् 1918 में सर सिडनी रॉलेट की अध्यक्षता में एक समिति बनाई। समिति ने अपनी रिपोर्ट में कहा कि, एक ऐसा कानून बनाने की आवश्यकता है, जो युद्ध के बाद भारत रक्षा कानून के लिए मददगार हो और कानूनों में ऐसे स्थायी बदलाव हों जिससे राजनीतिक आंदोलनों से आसानी से निबटा जा सके। सन् 1919

में यह बिल विलियन विंसेंट ने कौंसिल में प्रस्तुत किया। भारत के नेताओं ने इसके विरुद्ध अपनी प्रतिक्रिया व्यक्त की, लेकिन बहुत से विरोधों के बावजूद यह बिल पास हो गया। इसका विरोध करने पर मार्शल लॉ लागू किया गया।

सन् 1919 में रॉलेट एक्ट के विरोध में सार्वजनिक हड़ताल करने का निर्णय किया गया। अंग्रेज़ सरकार ने एक कानून बनाया जिसमें सरकार बिना मुकदमा चलाए किसी भी ऐसे व्यक्ति को कैद कर सकती थी, जो सरकार का विरोध करता हो। इसे ही रॉलेट एक्ट का नाम दिया गया। इस एक्ट के खिलाफ गांधीजी तथा सरदार पटेल ने संघर्ष छेड़ दिया। पूरे भारत में इसको लेकर धरना-प्रदर्शन हुए, कार्यक्रम हुए और देश-भर में हड़ताल हुई। इस एक्ट के खिलाफ अहमदाबाद में वल्लभभाई पटेल के नेतृत्व में हड़ताल हो रही थी। हड़ताल को विफल करने के लिए अंग्रेज़ सरकार ने दंगे-फसाद करवाने शुरू कर दिए। दिल्ली में आर्यसमाज के प्रसिद्ध नेता और गुरुकुल कांगड़ी विश्वविद्यालय के संस्थापक स्वामी श्रद्धानन्द ने इस एक्ट के विरोध में रैली निकाली। अंग्रेज़ सरकार ने आन्दोलनकारियों को रैली रोकने के लिए कहा और ऐसा न करने पर उनपर गोलियाँ चलाने की धमकी भी दी। स्वामी श्रद्धानन्द ने अंग्रेज़ सैनिकों से कहा कि, सबसे पहले मुझ पर गोली चलाओ, यह रैली नहीं रुकेगी। यह कहते हुए स्वामी जी आगे आए। स्वामी जी ने हिन्दू-मुस्लिम एकता को लेकर जामा-मस्जिद से विशाल जनसभा को संबोधित किया। स्वामी जी ने कहा, रॉलेट एक्ट लाकर अंग्रेज़ सरकार हम भारतीयों का दमन करना चाहती है, पर अब हम सब ऐसा नहीं होने देंगे। हम स्वतंत्र होने के लिए संघर्ष करते रहेंगे।

यह सरकार के हाथों में असीमित अधिकार देने की बात थी। यह भारत के साथ वादा-खिलाफी थी। ब्रिटिश सरकार का इस तरह से पलट जाने पर सारे देश में तीव्र प्रतिक्रिया हुई। उस समय गांधीजी की सेहत सही नहीं थी, लेकिन ऐसी हालत में भी उनसे इस तरह का अन्याय सहन नहीं हुआ। उन्होंने नागरिक अवज्ञा आंदोलन की रूपरेखा तैयार की और सरकार को चेतावनी दी कि अगर रॉलेट एक्ट पास होता है तो सत्याग्रह व नागरिक अवज्ञा से उसका जवाब दिया जाएगा। गांधीजी ने गुजरात से इस आंदोलन की शुरुआत करने का मन बनाया और सरदार पटेल को इसका सूत्रधार नियुक्त किया। पूरे देश में इसकी व्यापक प्रतिक्रिया हो रही थी, फिर भी सरकार ने इसकी कोई परवाह नहीं की और रॉलेट एक्ट पास कर दिया। अहमदाबाद में उग्र भीड़ ने पुलिस स्टेशन, तार घर और अन्य सरकारी भवनों में आग लगा दी और ज़बरदस्त प्रदर्शन करके इस काले कानून का विरोध किया। यह समाचार पूरे देश में फैल गया।

गांधीजी दिल्ली जाना चाहते थे, लेकिन अंग्रेज़ सरकार डर गई और उसने गांधीजी को जेल में डाल दिया। देश के कई हिस्सों में अंग्रेज़ों ने दंगे-फसाद करवाए। सरदार

वल्लभभाई पटेल दंगों को रोकना चाहते थे, लेकिन पुलिस ने उनके घर को चारों तरफ से घेर लिया।

सन् 1919 तारीख़ 13 अप्रैल। रॉलेट एक्ट के खिलाफ अमृतसर स्थित जलियाँवाला बाग में सभा हो रही थी। सभा में हज़ारों लोग मौजूद थे और नेताओं की बात सुन रहे थे। उसी समय जनरल डायर ने निर्दोष जनता पर गोलियाँ चलाने का आदेश दे दिया। जनरल डायर ने वहाँ एकत्र निहत्थे लोगों की भीड़ पर गोलियों की बौछार करवा कर उनकी हत्या करवा दी। इस कांड में निर्दोष भारतीय मारे गए, जिसका पूरी दुनिया में जमकर विरोध हुआ। सरदार वल्लभभाई पटेल अपने विचारों को लोगों तक पहुँचाकर उनसे अंग्रेज़ों के खिलाफ चल रहे संघर्ष में सहयोग चाहते थे। वह दंगों को रोकने के लिए अहमदाबाद का दौरा करना चाहते थे, लेकिन सरकार उन्हें घर से ही निकलने का मौका नहीं दे रही थी। उस समय सरदार पटेल अहमदाबाद म्युनिसिपल बोर्ड की प्रबंध समिति के अध्यक्ष थे। उन्होंने रॉलेट एक्ट के खिलाफ आन्दोलन संगठित किया, क्योंकि भारत के नेता रॉलेट एक्ट को देश की आज़ादी के रास्ते में अड़चन मानते थे।

सन् 1919 में ही अहमदाबाद में एक विशाल जुलूस निकाला गया, जिसका नेतृत्व सरदार वल्लभभाई पटेल ही कर रहे थे। सरदार पटेल ने जन-सभा में भाषण दिया, जिसमें उन्होंने रॉलेट बिल की धज्जियाँ उड़ा दीं। उन्होंने गांधीजी की जब्त की गई पुस्तकों, 'हिन्द स्वराज्य' और 'सर्वोदय' को खुलेआम बेचा। इसके बाद सरदार पटेल ने गुजराती में 'सत्याग्रह पत्रिका' का प्रकाशन शुरू कर दिया। लोग सरदार पटेल के एक इशारे पर कुछ भी करने के लिए तैयार रहते थे, इसलिए सरकार उनके खिलाफ ज़्यादा कुछ नहीं कर सकी। उन्हीं दिनों अहमदाबाद में दंगे शुरू हो गए। सरकार ने नागरिकों पर जुर्माना लगाना शुरू कर दिया। सरदार पटेल पर भी सौ रुपये का जुर्माना लगाया गया।

जलियाँवाला हत्याकांड और सरकारी अन्याय का जवाब गांधीजी ने डायर के खिलाफ जाँच की माँग करके और देशभर में असहयोग आंदोलन शुरू करने का आह्वान करके दिया। कलकत्ता में हुए कांग्रेस अधिवेशन में असहयोग आंदोलन का प्रस्ताव पास करने के बाद पार्टी ने यह निर्णय गांधीजी पर छोड़ दिया कि आंदोलन कब, कैसे और कहाँ से शुरू करना है। सरदार वल्लभभाई पटेल गांधीजी से पूरी तरह से सहमत थे कि सरकार को इसका जवाब असहयोग आंदोलन से ही दिया जा सकता है। गांधीजी ने गुजरात के बारदोली को ही आंदोलन की शुरुआत के लिए चुना। इसकी दो वजह थीं। पहली तो यह कि गांधीजी की राय में यहाँ के लोग शांत और दृढ़ निश्चयी थे। वे किसी के भड़काने पर हिंसा पर उतारू नहीं होते थे। दूसरी वजह यह थी कि वहाँ पर सरदार वल्लभभाई पटेल जैसे नेता मौजूद थे, जो इस आंदोलन को सुचारू

रूप से चलाते। जब आंदोलन शुरू हुआ तो लोगों ने इसमें बढ़-चढ़कर हिस्सा लिया। धीरे-धीरे यह आंदोलन तेज़ी से फैल गया और सरकार को इसे रोक पाना मुश्किल हो गया। गांधीजी का संकेत पाकर सरदार पटेल ने तो पहले ही आंदोलन शुरू कर दिया था। उन्होंने कलकत्ता अधिवेशन से पहले ही नडियाद में हुए सम्मेलन में असहयोग आंदोलन का प्रस्ताव पारित कर लिया था।

सन् 1920 में अहमदाबाद म्युनिसिपल बोर्ड के चुनाव में कांग्रेस दल की तरफ से चुनाव अभियान का नेतृत्व सरदार वल्लभभाई पटेल को सौंपा गया। सरदार पटेल की संगठन शक्ति का ऐसा चमत्कार हुआ कि कांग्रेस लगभग सारी सीटें जीत गई। एक दिन वल्लभभाई पटेल के बड़े भाई विट्ठलभाई ने कहा, 'वल्लभ! मैं तुमसे बड़ा हूँ। इसलिए मुझे देश की सेवा करने दो और तुम परिवार को संभालो।' वल्लभभाई ने अपने बड़े भाई की बात मान ली थी और उन्होंने अपने एक भाषण में कहा, 'स्वतंत्रता चाहिए, तो इस देश में संन्यासी होना चाहिए और अपना स्वार्थ त्याग के सेवा करनी चाहिए। इसलिए हम दोनों ने यह निर्णय लिया है कि दोनों में से एक देश की सेवा करेगा और दूसरा कुटुम्ब की सेवा करेगा। उस वक्त मेरे भाई ने अपना इतना अच्छा काम छोड़कर देश की सेवा करने का काम शुरू किया और घर चलाने का काम मेरे ऊपर आ गया। इस तरह से पुण्य का कार्य उनके हिस्से में आया और मेरे सिर पाप का काम आ पड़ा, लेकिन मैं यह समझकर अपने मन को शांत करता कि उनके पुण्य में मेरा भी हिस्सा है।'

सरदार वल्लभभाई पटेल के लिए भी अब स्वयं कर्तव्य क्षेत्र में अवतीर्ण होने का समय आ गया था। उन्होंने पश्चिमी वेशभूषा को त्याग कर खादी का धोती-कुर्ता और पैरों में चप्पल को अपना लिया था। उन्होंने अपने विदेशी कपड़ों को जला डाला। उनके रहन-सहन और खान-पान में भी बदलाव आ गया था। वे अब पूरी तरह से गुजराती ढंग से जीवन व्यतीत करने लगे।

गांधीजी ने लोगों से आह्वान किया कि वह भविष्य में विदेशी वस्त्रों को न पहनने का प्रण लें और स्वदेशी को अपनाएँ। ऐसा करने से विदेशियों को होने वाला भारी मुनाफा बंद होता और स्वदेशी अपनाने से भारतीय हथकरघा उद्योग को सहायता मिलती। 2 अक्टूबर, 1921 को गांधीजी का 53वाँ जन्मदिवस था। उस समय गांधीजी बंबई में थे। अहमदाबाद के लोगों ने इस दिन को एक विशाल जुलूस निकालकर मनाया था। इस विशाल जुलूस का नेतृत्व सरदार पटेल ने किया था। यह जुलूस खानपुर नदी के किनारे जाकर खत्म हुआ। यहाँ जनसभा का आयोजन किया गया था। विदेशी कपड़ों की होली भी इसी जगह पर जलाई गई थी। सभी लोग अपने साथ भारी मात्रा में विदेशी कपड़े लाए थे और उनको नदी किनारे बनाए गए ढेर में डाल रहे थे। विदेशी कपड़ों का यह

ढेर काफी ऊँचा हो गया। इसी ढेर के ऊपर खड़े होकर सरदार पटेल ने जनसमुदाय को संबोधित किया और सभी से यह निवेदन किया कि वे विदेशी माल का बहिष्कार करें। इसके बाद उन्होंने गांधीजी की जय और नारों के साथ विदेशी वस्त्रों की होली जलाई। देश के दूसरे स्थानों पर भी विदेशी वस्त्रों की होली जलाई गई थी। अहमदाबाद में हुई विदेशी वस्त्रों की होली की एक खास बात यह हुई कि होली के बाद बची राख को यादगार के तौर पर रखने के लिए जन-समूह उमड़ पड़ा। राख की नीलामी की गई और उससे जमा किए गए 626 रुपये स्वदेशी फंड में जमा कर दिए गए।

सरदार वल्लभभाई पटेल ने गुजरात के राजनीतिक कार्यकर्त्ताओं का एक सम्मेलन बुलाया। सम्मेलन में उन्होंने भाषण दिया और एक प्रस्ताव पास कराया, जिसमें गांधीजी के 'सविनय अवज्ञा आन्दोलन' का समर्थन करना स्वीकार किया गया। इसी सम्मेलन में सरदार पटेल ने 'गुजरात विद्यापीठ' की स्थापना का प्रस्ताव रखा, जो सभी की सहमति से स्वीकार किया गया। गांधीजी ने कांग्रेस के नागपुर अधिवेशन में 'तिलक स्वराज्य फंड' के लिए अपील निकाली। सरदार पटेल ने गुजरात राज्य में दस लाख रुपये जमा करने और कांग्रेस के तीन लाख सदस्य बनाने का वचन दिया। वल्लभभाई पटेल ऐसे दृढ़ निश्चयी व्यक्ति थे जिनका वचन कभी टल नहीं सकता था, लेकिन आश्चर्य की बात तो यह थी कि उन्होंने अपना यह वचन तीन महीनें में ही पूरा कर दिया था। इसके बाद गांधीजी सत्याग्रह आंदोलन चलाने की पूरी तैयारी करने लगे थे।

सन् 1920 में कलकत्ता कांग्रेस का विशेष अधिवेशन बुलाकर उसमें गांधीजी ने असहयोग का प्रस्ताव रखा जो बहुमत से पारित हो गया। उसके बाद गांधीजी ने सारे देश का दौरा करते हुए जनता को असहयोग का अर्थ समझाया और देश की आज़ादी के लिए जनता से त्याग करने की अपील की। जिस समय गांधीजी ने सत्याग्रह का ऐलान किया था, उस समय उन्होंने अपने अनुयायियों के लिए निर्देश भी जारी किए थे।

सन् 1921 में कांग्रेस के 36वें अधिवेशन में, जो अहमदाबाद में हुआ था, सरदार वल्लभभाई पटेल ने स्वागतकारिणी समिति के अध्यक्ष का पद संभाला था। अधिवेशन के लिए साबरमती के तट पर जो स्थान नियत किया गया था, वहाँ सरदार पटेल ने 21 एकड़ ज़मीन में एक अस्पताल, एक प्रसूतिका गृह और एक फव्वारा बनवाया था।

जलियाँवाला बाग हत्याकांड के बाद गांधीजी के आह्वान पर सरकार के न्यायालयों का बहिष्कार करने के उपक्रम में गुजरात में सरदार वल्लभभाई पटेल और विट्ठलभाई पटेल ने, पूना में नरसिंह चिन्तामणि केलकर ने, मध्यप्रान्त में अभयंकर और डॉ. भुंजे ने, बिहार में बाबू राजेन्द्र प्रसाद ने, मद्रास में चक्रवर्ती राजगोपालाचार्य, टी. प्रकाशन और सत्यमूर्ति ने, पंजाब में लाला लाजपतराय ने, यू.पी. में मोतीलाल नेहरू

और पंडित जवाहरलाल नेहरू ने वकालत का परित्याग कर दिया और अन्य अनेक सुप्रसिद्ध वकीलों ने भी कचहरियों के बहिष्कार में इनका अनुकरण किया। इसके बाद ये सब स्वाधीनता-संघर्ष में ही अपना पूरा समय देने लग गए।

असहयोग आंदोलन जिस समय अपने चरम पर था, उसी समय चौरी-चौरा की भयंकर हिंसक घटना घट गई। वहाँ हिंसा पर उतारू भीड़ ने थाने में आग लगा दी, जिसमें 21 पुलिसवाले जलकर मर गए। गांधीजी इससे बहुत उदास हुए और उन्होंने आंदोलन वापस ले लिया। गांधीजी अपने आंदोलन में किसी भी प्रकार की हिंसा सहन नहीं कर सकते थे। कांग्रेस के बहुत से नेताओं ने गांधीजी के इस निर्णय की कटु आलोचना की। पंडित मोतीलाल नेहरू, लाला लाजपत राय और चित्तरंजनदास ने इसे गांधीजी की सबसे बड़ी भूल बताया, लेकिन वल्लभभाई पटेल ने गांधीजी का पूरा समर्थन किया। उन्होंने आंदोलनकारियों को शांत करते हुए समझाया कि एक सच्चा सिपाही वही होता है, जो अपने सेनापति के आदेश का पालन करता है। जब सेनापति आगे बढ़ने को कहे तो अपनी जान की परवाह न करते हुए आगे बढ़ता है और जब वह पीछे हटने को कहे तो पीछे हट जाता है।

सरदार वल्लभभाई पटेल भी इस बात का समर्थन करते थे कि आंदोलन किसी भी तरह से हिंसक नहीं होना चाहिए। वह इसी शर्त पर आंदोलन का नेतृत्व स्वीकार करते थे कि सरकार की तरफ से कितनी भी भड़काने वाली कार्रवाई किए जाने पर भी कोई हिंसा नहीं की जाएगी, जिससे सरकारी तंत्र को पाशविक दमन करने का बहाना मिले। इसके अलावा एक और वजह यह थी कि गांधीजी के निकट होने की वजह से सरदार पटेल उन्हें बहुत अच्छी तरह समझते थे। इसलिए उन्होंने किसी भी तरह का कोई असमंजस ज़ाहिर नहीं किया।

पंजाब के जलियाँवाला बाग में हुई हिंसक घटना ने पूरे देश को झकझोर कर रख दिया था। गांधीजी ने सत्याग्रह का बिगुल बजा दिया था और असहयोग की ज़ोर की आँधी चली। सन् 1921 में सरदार वल्लभभाई पटेल को गुजरात प्रान्तीय कांग्रेस का अध्यक्ष बनाया गया। सरदार पटेल ने गुजरात में सत्याग्रह की ज्वाला को तीव्र कर दिया और गांधीजी को गिरफ्तार कर लिया गया।

सरदार पटेल ने अपने एक भाषण में कहा कि 'लोगों का गांधीजी के प्रति प्रेम और उनके जेल जाने से स्वराज्य की जागृत भावना ही उनकी सबसे बड़ी पूँजी है। गांधीजी की अहिंसा वृत्ति, उनका प्रेम, उनकी ममता, उनकी स्वराज्य की लगन और उनका अथक परिश्रम आँखों के सामने रखकर अगर वे दिन-रात मेहनत करेंगे और गांधीजी को तैयार करके दिया हुआ स्वराज्य का चतुर्विध कार्यक्रम पूरा करेंगे, तो वे

अपनी तमाम गलतियों को दरकिनार करके गांधीजी के नाम और अपनी वफादारी को उज्ज्वल करेंगे।'

सन् 1922 में म्युनिसिपल स्कूलों के संचालन से जुड़े प्रश्न को लेकर बंबई सरकार और अहमदाबाद म्युनिसिपल बोर्ड में विवाद छिड़ गया। विवाद इतना बढ़ गया कि बंबई सरकार ने अहमदाबाद म्युनिसिपल बोर्ड को निलंबित कर दिया। तब सरदार पटेल ने 'पीपल्ज प्राइमरी एजुकेशन बोर्ड' के तत्त्वावधान में पर्याप्त चन्दा जमा किया और अनेक जनता स्कूलों की स्थापना करके बंबई सरकार को नीचा दिखाया। सन् 1922 की ऐतिहासिक घटना जो भारतीय स्वतंत्रता संग्राम में विशेष रूप से सरदार वल्लभभाई पटेल की प्रसिद्ध उपलब्धियों में एक महत्त्वपूर्ण और स्मरणीय घटना है, उसे 'नागपुर झंडा सत्याग्रह' के नाम से जाना जाता है।

नागपुर झंडा सत्याग्रह-

इस सत्याग्रह का संचालन सरदार पटेल के हाथों में सौंप दिया गया। उन्होंने अपनी पूरी समझदारी से इस आन्दोलन का नेतृत्व किया और सम्मानजनक विजय प्राप्त की। उन्होंने तत्कालीन राष्ट्रीय नेताओं के इस आग्रह को बड़ी विनम्रता से स्वीकार किया और झंडा सत्याग्रह आन्दोलन को सफल बनाने के लिए जुट गए। सविनय भंग जाँच कमेटी सत्याग्रह आन्दोलन प्रारम्भ करने के लिए जबलपुर के दौरे पर थी। तभी उसी अवधि में वहाँ की म्युनिसिपैलिटी ने एक प्रस्ताव पारित किया और म्युनिसिपैलिटी हॉल पर राष्ट्रीय ध्वज फहराया गया। सरकार को यह कार्य पसंद नहीं आया। उसे लगा कि यह यूनियन जैक का तिरस्कार है। हॉल पर राष्ट्रीय झंडा न फहराया जाए, इसलिए सरकार ने वहाँ पर धारा 144 लगा दी।

इसके बाद गांधीजी के कारावास की वर्षगांठ का समारोह मनाया गया था। इस अवसर पर विशाल शोभायात्रा निकाली गई जिसकी अगुआई पंडित सुन्दर लाल कर रहे थे। सरकार को यह सही नहीं लगा और पुलिस ने शोभायात्रा का कार्यक्रम रोक दिया। कार्यकर्त्ताओं के हाथों में से पुलिस ने झंडे छीन लिए और पंडित सुन्दर लाल को छह महीने की जेल हो गई। लोगों ने इसका जमकर विरोध किया और इसके परिणामस्वरूप सन् 1923 में नागपुर में बड़े स्तर पर राष्ट्रीय ध्वज के साथ शोभायात्रा निकाली गई। सरकार ने कार्यकर्त्ताओं पर लाठी चार्ज करा दिया। पुलिस की इस ज़्यादती के खिलाफ नागपुर कांग्रेस प्रांतीय समिति की कार्यकारिणी समिति की सभा का आयोजन किया गया। सभा में सर्वसम्मति से यह प्रस्ताव पारित हुआ कि राष्ट्रीय ध्वज की मर्यादा की रक्षा के लिए एकजुट होकर सत्याग्रह आन्दोलन शुरू किया जाए। नागपुर को इसका मुख्य आयोजन स्थल बनाया गया। वर्धा के सेठ जमनालाल ने इस आन्दोलन

की अगुआई की। इस आन्दोलन में शामिल होने के लिए देश के कोने-कोने से आन्दोलनकारी नागपुर पहुँचने लगे। समाज के सभी वर्गों ने इसका पूर्ण समर्थन किया।

पुलिस ने गिरफ्तारी शुरू कर दी और वह आन्दोलनकारियों को शारीरिक-मानसिक रूप से प्रताड़ित करने लगी। एक तरफ पुलिस कुछ आन्दोलनकारियों को पकड़ कर जेल में डालती, तो दूसरी तरफ उससे ज़्यादा आन्दोलनकारी दोगुने उत्साह के साथ उपस्थित हो जाते। सरकार ने फरमान जारी कर दिया कि, 'यदि कोई व्यक्ति सिविल लाइंस में राष्ट्रीय ध्वज के साथ आता हुआ दिखाई दिया, तो उसे कड़ी-से-कड़ी सज़ा दी जाएगी। आम जनता से गुज़ारिश है कि वह इस कार्यक्रम में भाग न ले नहीं तो सरकार को मजबूरन उनके खिलाफ कार्यवाही करनी पड़ेगी।' आन्दोलनकारियों पर सरकार के फरमान का कोई प्रभाव नहीं पड़ा। वे और अधिक संख्या में भाग लेने लगे। सरकार ने उनकी गिरफ्तारी और तेज़ कर दी।

आन्दोलन की गतिविधियों के विषय में बंबई में महासमिति ने बैठक बुलाई। इसका भार सरदार वल्लभभाई पटेल और राजा जी को सौंपा गया। उन्होंने सरकारी नीतियों का खुल कर विरोध किया। सरकार ने तमाम नेताओं के साथ सेठ जमनालाल को भी गिरफ्तार कर लिया। सरदार वल्लभभाई पटेल ने इस आन्दोलन को सफल बनाने के लिए नागपुर में ही अपना डेरा जमा दिया। उन्होंने अलग-अलग प्रांतों की कांग्रेस की कार्यसमितियों से आन्दोलन की सफलता के लिए सहयता माँगी। सरदार पटेल की अपील पर विभिन्न प्रांतों से आन्दोलनकारी नागपुर में जुटने लगे। सरकार को सरदार पटेल की कार्यशैली से और भी डर पैदा हो गया। इसलिए उसने आन्दोलनकारियों को रोकने के लिए नागपुर स्टेशन पर पुलिस ही पुलिस तैनात करवा दी और जैसे ही आन्दोलनकारी नागपुर स्टेशन पर उतरते, पुलिस उन्हें गिरफ्तार कर लेती।

आन्दोलनकारियों का नागपुर पहुँचना फिर भी कम नहीं हुआ। सरकार ने नागपुर के आसपास की सभी जेलों में आन्दोलनकारियों को रखना शुरू कर दिया और आन्दोलनकारियों पर रेलगाड़ी से सफर करने पर रोक लगा दी। अब आन्दोलनकारियों ने रेलगाड़ी की जगह पैदल आना शुरू कर दिया। वह पैदल ही नागपुर पहुँचने लगे। सरकार ने भी पुलिस बल की तैनाती अधिक कर दी और मुख्य मार्गों, गलियों तथा पगडंडियों पर भी पुलिस लगा दी। सरकार की लाख कोशिशों के बावजूद भी आन्दोलनकारी रुके नहीं। जब चारों ओर से सरकार की निंदा होने लगी तो गृहमंत्री ने वल्लभभाई पटेल के साथ बातचीत शुरू कर दी। उन्होंने वल्लभभाई से कहा, 'आन्दोलनकारी राष्ट्रीय ध्वज के साथ सिविल लाइंस तक शोभायात्रा के रूप में जा सकते हैं, लेकिन वे टकराव का रास्ता छोड़ दें।' सरदार पटेल ने गृहमंत्री की यह बात

स्वीकार करते हुए यह भी जोड़ दिया कि अब तक जितने कार्यकर्त्ता जेल में बंद हैं, उन्हें रिहा कर दिया जाए। सरकार ने सरदार पटेल की यह बात मान ली।

अगस्त, 1923 को शोभायात्रा निकाली गई, जिसमें लगभग सौ आन्दोलनकारियों ने भाग लिया। इसका नेतृत्व पंडित माखनलाल चतुर्वेदी ने किया। पुलिस की ओर से शोभायात्रा पर नज़र रखी जा रही थी। चतुर्वेदी की अगुआई में आयोजित शोभायात्रा में आन्दोलनकारियों को संबोधित करते हुए वल्लभभाई पटेल ने कहा, 'अंत में राष्ट्रीय झंडे की प्रतिष्ठा मान ली गई है। आम रास्तों से शांतिपूर्वक एवं व्यवस्थित रूप से राष्ट्रीय झंडे के साथ जुलूस ले जाने का हमारा हक हमें वापस मिल गया है। इसे मैं सत्य, अहिंसा और तप की विजय मानता हूँ। इसीलिए ईश्वर की कृपा से अब मैं घोषणा कर सकता हूँ कि नागपुर सत्याग्रह का आज के पुण्य दिवस पर महात्मा गांधी के उपदेश के भावों और शब्दों के अनुसार विजयी समापन होता है। आज शाम से झंडा सत्याग्रह के समापन की घोषणा करता हूँ।' सरदार पटेल ने सभी सत्याग्रहियों को शुभकामनाएँ और बधाई दीं तथा सभी आन्दोलनकारियों को बरी कर दिया गया।

उन दिनों गुजरात सरदार वल्लभभाई पटेल की कर्मभूमि थी। वे वहाँ की हर समस्या को बहुत अच्छी तरह जानते-समझते थे और उसका व्यावहारिक हल भी निकालना जानते थे। बोरसद तो उनका अपना ही क्षेत्र था, जिसके चप्पे-चप्पे से वह परिचित थे। अतः जब बोरसद पर संकट आया तो वहाँ के निवासियों ने अन्याय से मुक्ति पाने के लिए सरदार पटेल से अनुरोध किया।

बोरसद सत्याग्रह-

उन दिनों बोरसद में चोरी-डकैती जैसे अपराध अधिक हो रहे थे। बोरसद में बावर देव और अली नाम के दो डाकू उस इलाके में डाका डालते थे। उनके डर से लोग अंधेरा होते ही अपने-अपने घरों में छिप जाया करते थे। जनता ने इसके खिलाफ शिकायत की और अपने जान-माल की सुरक्षा के लिए गुहार लगाई। अंग्रेज़ सरकार ने इसका दोष उल्टा वहाँ के लोगों पर ही लगा दिया और तर्क यह दिया गया कि उस इलाके लोग बहुत डरपोक हैं, इसलिए अपराध ज़्यादा हो रहे हैं। सरकार ने कहा कि वह इस समस्या की रोकथाम के लिए अतिरिक्त पुलिस की तैनाती कर रही है। इस पर जो भी खर्च आएगा वह सब जनता को देना होगा। इसके साथ ही उन पर दो लाख चालीस हज़ार रुपये सालाना का अतिरिक्त कर लगा दिया गया। वहाँ की भोली-भाली जनता ने इसका विरोध किया, लेकिन सरकार ने उनकी एक न सुनी।

सरदार वल्लभभाई पटेल ने पहले स्वयं बोरसद जाकर इस मामले की जाँच शुरू की और तथ्यों के बारे पता लगाने की कोशिश की। काफी छानबीन करने के बाद

उन्हें पता चला कि इन वारदातों के पीछे खुद बोरसद के एस.पी. का हाथ है। उसने पुलिस बल को एक गुप्त सर्कुलर भेजकर चोरी-डकैती करने वालों पर ध्यान न देने के निर्देश दिए थे। सरदार पटेल ने जनता से अपील की कि वे इस अन्याय के विरुद्ध आवाज़ उठाएं और सरकार को कोई कर न दें। सरकार ने भी कर वसूलने के लिए लोगों के साथ सख़्ती बरतना शुरू कर दिया। उसने दो लाख चालीस हज़ार के कुल टैक्स की वसूली के लिए सौलह साल से ज़्यादा की उम्र के हर व्यक्ति पर दो रुपये सात आने का टैक्स लगा दिया। टैक्स वसूलने के लिए किसानों के मवेशी और ज़मीनें तक जब्त कर ली गईं। लोगों को झूठे आरोप में फँसाकर उन्हें जेल में बंद कर दिया गया। वसूली करने वालों को तरह-तरह के पुरस्कारों का लालच दिया गया और उनकी सहायता के लिए अतिरिक्त पुलिस बल की तैनाती की गई। चोरी, डकैती की घटनाएँ बढ़ रही थीं और जनता को दोहरी मार झेलनी पड़ रही थी। एक तरफ तो चोर-डाकू परेशान कर रहे थे और दूसरी तरफ सरकार अतिरिक्त सुरक्षा मुहैया कराये जाने के नाम पर आम जनता को लूट रही थी।

बोरसद के लोगों पर हो रहे इस अन्याय को सरदार पटेल से देखा नहीं जा रहा था। उनका हृदय व्यथित हो उठा और उन्होंने कहा कि पहले तो चोर-डाकू ही जनता को लूट रहे थे, लेकिन अब सरकार भी उन्हें लूटने पर लगी है। वल्लभभाई ने लोगों से धैर्य बनाए रखने और कर न देने के अपने निश्चय पर जमे रहने को कहा। उन्होंने 'नवजीवन' में एक वक्तव्य प्रकाशित करके सारे गुजरात को इस समस्या से अवगत कराया और उनसे सहायता करने की अपील भी की। सरदार पटेल ने लिखा-

'बोरसद और आणंद तहसील की निर्दोष जनता पर सरकार ने ढाई लाख रुपये का जुर्माना लगा दिया है। इसके साथ ही लगभग पाँच सौ गाँवों में पुलिस बल तैनात कर दिया गया है। इसका प्रतिरोध करते हुए जनता ने सत्याग्रह करने का निर्णय लिया है। प्रत्येक गाँव में बाहर से बुलाई गई पुलिस तैनात की गई है। उनमें से कुछ पुलिस वालों ने लोगों पर तरह-तरह के अत्याचार करने आरंभ कर दिए हैं। लुटेरों के आतंक से त्रस्त जनता अब पुलिस के आतंक में फँसी है। स्त्रियों की इज़्ज़त पर भी हाथ डाला जा रहा है। ऐसी कष्टप्रद स्थिति में लोगों को आश्वस्त करने और उनके दु:ख में सहभागी बनने की बहुत आवश्यकता है। गुजरात के नवयुवकों के लिए जनता की सेवा करने का यह सुनहरा अवसर हाथ आया है। जो बोरसद में सेवा करने के इच्छुक हों, वे प्रांतीय समिति के मंत्री के नाम अपना आवेदन तुरंत भेजें। इस लड़ाई में धन की ज़रूरत पड़ेगी। मुझे आशा है कि गुजरात स्वयं बोरसद के आंदोलन के लिए पर्याप्त धन दे सकता है। सहायता करने के इच्छुक गुजरात प्रांतीय समिति को चंदा भेज सकते हैं।'

सरदार पटेल की अपील के बाद लोग एकजुट होकर हर तरह से बलिदान देने के लिए तैयार हो गए। उनकी अपील और भाषणों ने जादू का असर दिखाया और लोगों ने एकजुट होकर सत्याग्रह में भाग लिया। व्यापारियों ने भी अपना काम-धंधा बंद कर दिया और किसानों के समर्थन में आगे आए। जब्ती से बचने के लिए किसान अपने मवेशी लेकर दूर खेतों में चले गए। औरतों ने अपने ताँबे-पीतल के बर्तन छिपा लिए और वे मिट्टी के बर्तनों से काम चलाने लगीं। इस आंदोलन में औरतें भी आदमियों से पीछे न थीं। सत्याग्रह से पहले प्रत्येक व्यक्ति को वल्लभभाई के सम्मुख प्रतिज्ञा लेनी पड़ती थी।

सत्याग्रह को लगभग पाँच सप्ताह हो चुके थे। सरदार वल्लभभाई पटेल और सरकार के बीच तनातनी हो गई। पुलिस आम जनता पर और ज़्यादा सख़्त हो गई, लेकिन जनता वल्लभभाई पटेल के नेतृत्व में एकजुट रही। किसी भी व्यक्ति ने सरकार के डर से आत्मसमर्पण नहीं किया। जब किसानों ने टैक्स देने से इनकार कर दिया, तो सरकार ने दमन-चक्र का दौर चलाया। सशस्त्र पुलिस बोरसद के कोने-कोने में गई और लोगों के साथ ज़ोर-ज़बरदस्ती, मारपीट और उनपर जुल्म करने लगी, लेकिन वह फिर भी नहीं झुके। आन्दोलन रुकने का नाम नहीं ले रहा था। सरकार सरदार पटेल की नीतियों से परेशान थी।

उसी समय लेजली विल्सन बंबई के नए गवर्नर बनकर आए थे। उन्होंने समाचार-पत्र में वल्लभभाई का वह भाषण पढ़ा, जिसमें उन्होंने अपराधों में पुलिस की मिलीभगत का भंडाफोड़ करते हुए गुप्त सर्कुलर का राज़ खोला था। सच्चाई का पता लगाने के लिए लेजली ने अपने होम मेंबर मौरिस हेवर्ड को बोरसद भेजा। हेवर्ड ने इलाके का दौरा किया और जगह-जगह प्रमुख लोगों से बातचीत करके तथ्यों का पता लगाया। वापिस बंबई पहुँचकर होम मेंबर ने गर्वनर को अपनी रिपोर्ट सौंपी। रिपोर्ट के अनुसार जो आरोप सरदार पटेल ने सरकार और पुलिस पर लगाए थे वह सब सही थे। उन्होंने तुरंत कार्रवाई करते हुए बोरसद के लोगों पर लगाया गया कर वापस ले लिया। सरदार पटेल ने इस न्यायसंगत कार्रवाई के लिए गवर्नर को धन्यवाद दिया और इस तरह से बोरसद सत्याग्रह का अंत हुआ।

सत्याग्रही जीत गए और चारों तरफ हर्षोल्लास का वातावरण छा गया। जनता ने चैन की साँस ली। सत्याग्रहियों ने वल्लभभाई और नेताओं के साथ मिलकर इस जीत की खुशी में विजयोत्सव का आयोजन किया। विजयोत्सव पर वल्लभभाई ने कहा, 'सत्य, अहिंसा और तप की एक बार फिर विजय हुई है। यह विशेष आनन्द की बात है कि यह जीत हमारी लड़ाई के लिए जितनी न्यायपूर्ण थी, उतनी जल्दी ही पूरी हो गई। सरकार ने अपनी गलती को स्वीकर किया है।' जिस दृढ़ता, धैर्य और शांति

के साथ बोरसद के लोगों ने सरकार के अत्याचार सहे और दुःख झेले थे, उसके लिए सरदार पटेल ने लोगों का धन्यवाद किया और इसके साथ बोरसद विजयोत्सव शांतिपूर्वक सम्पन्न हुआ।

उसी रात को गांधीजी को यरवदा जेल से पूना जेल में स्थानांतरित कर दिया गया। गांधीजी को बोरसद सत्याग्रह की विजय का समाचार मिल चुका था। वह वल्लभभाई की इस उपलब्धि से बहुत प्रभावित हुए। जेल से रिहा होने के बाद वह वल्लभभाई से मिलने गए। उन्होंने सरदार वल्लभभाई पटेल को 'बोरसद का राजा' कहकर सम्मानित किया।

सन् 1927 में गुजरात के कई नगरों में भारी बारिश हुई जिससे भयंकर बाढ़ आ गई। अहमदाबाद में लगातार बारिश होने से हालात बेकाबू हो गए और स्थिति बहुत विकट हो गई। बाढ़ का प्रकोप इतना खतरनाक था कि अकेले अहमदाबाद में ही पाँच हज़ार के आसपास मकान मिट्टी में मिल गए। उस समय सरदार वल्लभभाई पटेल नगरपालिका के अध्यक्ष थे। उन्होंने पूरे शहर का दौरा किया और स्थिति का जायज़ा लेते हुए उन्हें जहाँ भी कार्रवाई की ज़रूरत लगती, तो वे करवाते। सरदार पटेल के साथ पुलिस और प्रशासन के कुछ अधिकारी तथा कर्मचारी हमेशा साथ रहते थे। वे भी अपनी तरफ से हर संभव मदद देने को तत्पर रहते थे। सभी मिलकर जहाँ तक हो सके, इस भयंकर त्रासदी से प्रभावित लोगों का सहयोग करने की पूरी कोशिश कर रहे थे।

बाढ़ पीड़ितों की सहायता के लिए सरदार पटेल ने धनसंग्रह किया और सहायता-समितियों का कुशलता से संचालन किया। गांधीजी ने धनसंग्रह की अपील का समर्थन करते हुए, 'नवजीवन' में लिखा- 'कष्ट निवारण का काम गुजरात प्रांतीय समिति के मातहत हो रहा है। वल्लभभाई के पास अनुभवी और तालीम पाए हुए गुजरात के गाँव-गाँव को जाने वाले कार्यकर्त्ता और स्वयं-सेवक मौजूद हैं। इसलिए दान देने की इच्छा रखने वालों के लिए किसी प्रकार का अंदेशा रखने का कारण नहीं है। अभी जो जल्दी देगा, उसने दुगुना दिया, ऐसा माना जाएगा। यह काम किसी अकेले के बस का नहीं है। इसमें समाज में अग्रगण्य और समझदार स्त्री-पुरुष की सलाह और प्रवृत्ति होनी चाहिए। इसमें तो हुकूमत का भी पूरा सहयोग चाहिए। मेरी प्रार्थना तो वल्लभभाई की और इसी प्रकार दूसरी टोलियों के प्रति है।'

नगर में एक और बड़ी परेशानी पानी जमा होने की थी। नगर से बाहर पानी के निकासी वाले सभी नाले उफन आए थे और अब उनमें से होकर पानी निकलना बंद हो गया था। सरदार पटेल ने और कई नालों को तुड़वा दिया, जिससे कुछ पानी निकल सके। सरदार पटेल की अध्यक्षता में नगर में एक जनसभा का आयोजन किया गया, जिसमें उन्होंने वहाँ मौजूद सभी लोगों से ऐसे मुश्किल समय में बाढ़ सहायता

कोष में दान देने को कहा। उनके इस प्रयास से लगभग एक लाख पचास हज़ार रुपये की धनराशि जमा हो गई। वल्लभभाई ने अपने बड़े भाई विट्ठलभाई, जो बंबई में रह रहे थे, उनको गुजरात की सारी स्थिति से अवगत कराया। बारिश थम गई थी, जिससे बाढ़ का प्रकोप भी कम हो गया था, लेकिन उससे हुए विनाश का प्रभाव व्यापक रूप से लगभग सारे गुजरात पर पड़ा था। विट्ठलभाई, दादूभाई और इमाम साहब के साथ गुजरात पहुँचे और उन्होंने पूरे नगर का दौरा करके सारी स्थिति का जायज़ा लिया।

विट्ठलभाई तबाही से प्रभावित गुजरात की जनता का हाल देखकर अत्यंत व्यथित हुए। उन्होंने वायसराय लॉर्ड इर्विन से अनुरोध किया कि वह स्वयं गुजरात आकर वहाँ हुए विनाश का हाल देखें। विट्ठलभाई के अनुरोध करने पर वायसराय लॉर्ड इर्विन अहमदाबाद आए। उन्होंने आते ही वल्लभभाई और विट्ठलभाई के साथ नगर के बाढ़ग्रस्त इलाकों का दौरा किया। वल्लभभाई, वायसराय के साथ रहकर उन्हें साथ-साथ स्थानीय लोगों की विपदा व समस्याओं के बारे में बता रहे थे। वायसराय उनसे सहमत हुए और गुजरात पर आयी विपत्ति से निपटने के लिए पर्याप्त सहायता का वचन देकर रात को नडियाद के लिए निकल गए। यह सब सरदार वल्लभभाई पटेल के प्रयासों और प्रभावों का ही नतीजा था जो लॉर्ड इर्विन ने एक करोड़ रुपये जैसी बड़ी धनराशि गुजरात में बाढ़ से ध्वस्त मकानों के पुनर्निर्माण और बाढ़-पीड़ितों के पुनर्वास के लिए देनी स्वीकार की। सरदार पटेल ने संकट काल में इतनी बड़ी सहायता करने के लिए सरकार का धन्यवाद किया।

इसके बाद सरदार वल्लभभाई पटेल ने 'अधिक अन्न और चारा उपजाओ' आन्दोलन चलाया। उन्होंने उचित दर की दुकानें खुलवा कर बढ़िया चना, गेहूँ, दाल, कपास आदि की उचित दर पर बिक्री की सुंदर व्यवस्था कर दी। सरकार ने भी सरदार वल्लभभाई पटेल के बाढ़ के दौरान किए गए राहत के प्रयत्नों की बहुत प्रशंसा की और उनका सम्मान किया।

❑

बारदोली सत्याग्रह

बारदोली तालुका पर अंग्रेज़ी सरकार की नज़रें काफी समय से थीं। सन् 1927 में उसने बारदोली के किसानों पर तीस प्रतिशत तक लगान बढ़ा दिया था। अंग्रेज़ी सरकार द्वारा लगाए गए इस अतिरिक्त लगान का बोझ किसान नहीं झेल सकते थे। वह इस समस्या को लेकर सरदार वल्लभभाई पटेल के पास पहुँचे। सरदार पटेल ने उनकी सारी बातें सुनने के बाद उन्हें बताया कि पहले वे सारे तथ्यों का पता लगाने के लिए बारदोली कांग्रेस को आदेश देंगे, उसके बाद ही किसी उपयुक्त निर्णय पर पहुँचा जा सकेगा। सरदार पटेल के काम करने का अपना तरीका था। वह कोई भी संघर्ष छेड़ने से पहले सारे तथ्य जमा कर लिया करते थे, जिससे उसके औचित्य के प्रति पूरी तरह संतुष्ट हो जाएँ और सरकार तथा अन्य सभी संबंधित लोगों के सामने भी वे तथ्य पेश किए जा सकें।

जब रिपोर्ट आयी तो सरदार पटेल आश्वस्त हो गए कि इस प्रकार किसी भी किसान पर अतिरिक्त लगान नहीं लगाया जा सकता। वह स्वयं सारी स्थिति का जायज़ा लेने के लिए और तथ्यों की पुष्टि करने के लिए बारदोली के दौरे पर गए। किसान इसी बीच अपनी समस्या को लेकर गांधीजी के पास भी गए। गांधीजी ने किसानों का हौसला बढ़ाते हुए कहा, 'जो किसान धरती की सेवा करता है, वही तो उसका असली मालिक है। उसे किसी ज़मींदार या सरकार से डरने की क्या ज़रूरत है।' किसानों को निर्भय रहने के लिए सरदार पटेल ने भी प्रेरित करते हुए कहा, 'कीचड़-गारे में मेहनत करके और सर्दी-गर्मी की परवाह न करके खेती करने वाले मेहनती किसान को किसका डर? जिस ईश्वर ने किसान को बनाया है, उसी ने राजा को बनाया है, तो फिर किससे डरना।'

सरदार वल्लभभाई पटेल ने बारदोली आन्दोलन शुरू करने का निश्चय कर लिया था। गांधीजी भी उनके समर्थन में खड़े थे। सरदार पटेल ने सारे मामले की स्वयं खोजबीन करके इस आन्दोलन को शुरू करने का जिम्मा उठाया था। वल्लभभाई ने आन्दोलन शुरू करने से पहले किसानों से कहा, 'आप लोग सोच लें, आपको बहुत कष्ट सहने पड़ेंगे। आपकी ज़मीनें छिन जाएंगी, मवेशी छीन लिये जाएंगे, घर-बार

लुट जाएगा, तुम्हारे बच्चे दाने-दाने के मोहताज हो जाएंगे। अगर यह सब सहने की ताक़त हो तो बोलो। लेकिन अगर बीच में डोल गए, तो लड़ाई हार जाओगे।' किसान सरदार पटेल से एक ही स्वर में बोले, 'हम सब आपके साथ हैं। आपके हर आदेश का पालन करेंगे और सरकार के हर अत्याचार को खुशी-खुशी झेलेंगे।' सरदार पटेल ने किसानों से फिर कहा, 'यह लड़ाई लंबी चलेगी और इसमें जान का ख़तरा भी हो सकता है।' सभी ने सरदार पटेल को एक साथ उत्तर दिया, 'हम अपनी जान पर खेल जाएंगे, लेकिन पीछे नहीं हटेंगे।' इस तरह से किसानों का मनोबल देख सरदार पटेल आंदोलन की तैयारियों में जुट गए।

सन् 1928 में बारदोली तहसील परिषद् की बैठक सरदार पटेल की अध्यक्षता में हुई। इस बैठक में बारदोली तहसील के सभी ग्रामों के प्रतिनिधियों के अतिरिक्त आंदोलन से जुड़े हुए दूसरे लोग भी उपस्थित थे। सरदार पटेल का साथ देने के लिए महादेव देसाई, इमाम साहब और आनंद स्वामी अहमदाबाद से आए थे। इसके अतिरिक्त बारदोली तहसील के पार्टी के सभी प्रमुख कार्यकर्त्ता इसमें शामिल हुए थे। सरदार पटेल एक वकील थे, इसलिए वह किसी भी तरह के मामले में कानूनी पहलू पर अच्छी तरह सोच-विचार करते थे। किसानों के साथ जो अन्याय हो रहा था, उसमें कोई संदेह नहीं था, लेकिन फिर भी इस पहलू पर गौर करते हुए उन्होंने भूमि कर कानून का भी अध्ययन किया, जिसके आधार पर यह अनुचित निर्णय लिया गया था। सरदार पटेल ने देखा कि यह कानून ऐसा पेचीदा बनाया गया है कि स्वयं सरकार के कई उच्च अधिकारियों में भी प्राय: उसकी व्याख्या को लेकर मतभेद हो जाता है। फिर आम लोगों के लिए उसे समझना तो लगभग असंभव ही है। इसके पीछे अंग्रेज़ शासकों की चाल यह थी कि वे इस कानून की जिस मनमाने ढंग से चाहें, व्याख्या करके अपना स्वार्थ सिद्ध करने वाला निर्णय ले सकते थे। कानून की धारा 107 के अंतर्गत भूमि कर कानून तय किया जाता था। इस धारा में किसानों की उपज और उससे होने वाले लाभ के आधार पर लगान तय किया जाता था।

सरदार वल्लभभाई पटेल की अध्यक्षता में हुई बैठक में यह निर्णय लिया गया था कि आंदोलन की ओर बढ़ने से पहले सरकार को आख़िरी बार एक और पत्र लिखा जाना चाहिए। इस निर्णय के अनुरूप सरदार पटेल ने बंबई के गवर्नर को एक पत्र लिख दिया। उन्होंने पत्र में गर्वनर से अनुरोध करते हुए लिखा- 'मेरी प्रार्थना इतनी ही है कि लोगों के साथ न्याय करने के लिए सरकार कम-से-कम इतना करे कि नई जमाबन्दी के अनुसार लगान-वसूली का काम फिलहाल के लिए रोक दे और सारे मामले की जाँच नए सिरे से करे। इस जाँच में लोगों को अपना मामला पेश करने का मौका दिया जाए और सरकार यह भरोसा दिलाए कि लोगों की बातों पर पूरा ध्यान दिया जाएगा।

हो सकता है कि यह लड़ाई तीव्र रूप धारण करे, परन्तु इसे रोकना आपके हाथ में है। अगर आपको मुझसे मिलने और आमने-सामने बैठकर बातचीत करने की ज़रूरत मालूम हो, तो जब मुझे आने के लिए कहेंगे मैं हाज़िर हो जाऊँगा।'

सरदार पटेल के पत्र का सरकार की ओर से जवाब आया- 'नई जमाबन्दी को मंज़ूरी देने वाले सरकारी प्रस्ताव में कहा गया है कि दूसरी जमाबन्दी होने तक के वर्षों में इस तालुके का इतिहास सतत बढ़ती हुई खुशहाली का होगा। गवर्नर महोदय इस कथन पर आग्रह के साथ कायम हैं। पिछले तीस वर्षों का बारदोली और चौरासी तालुकों का इतिहास इस भविष्यवाणी का पूरा समर्थन करता है। अब नई जमाबन्दी के अनुसार वसूली का काम स्थगित करने या जमाबन्दी पर पुनर्विचार करने या और किसी किस्म की राहत देने के लिए सरकार तैयार नहीं है। इस प्रकार की घोषणा के बावजूद बारदोली के लोग अपनी ही बुद्धि के अनुसार चलकर या बाहर वालों की बातों में आकर लगान देने में गलती करेंगे, तो लगान कानून के अनुसार जो कार्रवाई की जानी चाहिए, उसे करने में गर्वनर और उनकी कौंसिल को ज़रा भी संकोच नहीं होगा। उसके बाद लगान न देने वालों को जो नुकसान उठाना पड़ेगा, उसके लिए सरकार ज़िम्मेदार नहीं होगी।'

अंग्रेज़ी सरकार ने जब सुलह के सारे दरवाज़े बंद कर दिए तब सरदार पटेल ने अपने भाषणों द्वारा किसानों में कर्मठता, उत्साह और जोश भर दिया और उनमें अटूट निष्ठा भरते हुए कई भाषण दिए। सरदार पटेल के पास अब संघर्ष के सिवा और कोई रास्ता नहीं बचा था। उनके काम करने का अपना अनोखा तरीका था। आंदोलन के लिए प्रस्ताव न तो उन्होंने पेश किया, न अपने किसी साथी या कार्यकर्त्ता को पेश करने को कहा। सभा में आए किसानों को संबोधित करते हुए उन्होंने कहा कि यह आपका संघर्ष है, इसलिए आंदोलन का प्रस्ताव भी आप में से ही कोई रखेगा। हम लोग तो आपकी मदद करने के लिए आए हैं, हर संभव मदद करेंगे। सरदार पटेल के किसी भी आंदोलन का नेतृत्व करने का अर्थ क्या होता है, इसे अंग्रेज़ अच्छी तरह समझते थे। उन्होंने किसानों और सरदार पटेल में फूट डालने की कोशिश करते हुए कहा कि, 'पटेल बाहर के आदमी हैं।' पटेल ने इसका जवाब दिया कि, 'मैं नहीं, बाहर के आदमी आप सब हैं, जो यहाँ आकर हर तरह का ज़ोर-ज़ुल्म कर रहे हैं। मैं तो इस देश का हूँ। मैं देश के किसी भी कोने में जाऊँ, वहाँ का ही माना जाऊँगा।'

सरदार वल्लभभाई पटेल ने आंदोलन की पूरी योजना तैयार कर ली। पूरे क्षेत्र को उन्होंने पाँच लोगों में विभाजित किया। कार्यकर्त्ताओं की सुविधा के लिए हर भाग में छावनियाँ बनाई गई, जहाँ उन्हें बुनियादी सुविधाएँ उपलब्ध हो सकें। हर गाँव तक सत्याग्रह का संदेश पहुँचाने और पूरे क्षेत्र में होने वाली घटनाओं के समाचार केंद्रीय

कार्यालय तक पहुँचाने के लिए व्यापक प्रबंध किये गए। आंदोलन से जुड़े संदेश और समाचार आम-लोगों, संघर्षरत किसानों और सत्याग्रहियों तक पहुँच सके, उसके लिए दैनिक समाचार-पत्र 'सत्याग्रह ख़बर' का प्रकाशन किया गया। इतने व्यापक स्तर पर आंदोलन को संचालित करने के लिए ज़्यादा पैसों की ज़रूरत थी। सरदार पटेल के कहने पर पूरे गुजरात के लोगों ने आंदोलन के लिए चंदा दिया और भविष्य में और आवश्यकता पड़ने पर भी सहयोग देने का आश्वासन दिया। दृढ़-निश्चयी सरदार पटेल ने आंदोलन के लिए दिन-रात एक कर दिया। वह गाँव-गाँव जाते, किसानों का उत्साह बढ़ाते, उनके साथ उठते-बैठते, खाते-पीते, बात-चीत करते, उन्हीं की भाषा में उन्हें संबोधित करते, वैसे ही उदाहरण देते जो सभी के समझ में आ जाए। उन्होंने सबको यह विश्वास दिलाया कि किसानों से उनके पुरखों की ज़मीन कोई नहीं छीन सकता। अगर सरकार ज़ोर-ज़बरदस्ती से उनकी ज़मीन छीनती है, तो यह निश्चित हो जाएगा कि इस देश में शासन नाम की कोई चीज़ नहीं है। फिर लुटेरों को तो हम लोग देख ही लेंगे।

सरदार पटेल ने एक जगह अपने भाषण में दूध और पानी का उदाहरण देते हुए समझाया कि दूध में मिलने के बाद पानी और दूध एकरस हो जाते हैं। उन्हें कोई अलग नहीं कर सकता। दूध तब तक उबलकर गिर नहीं सकता, जब तक उसका पानी जल न जाए। वह पहले आँच को खुद झेलता है, फिर दूध पर आँच आने देता है। इधर दूध कोशिश करता है कि उफनकर अँगीठी में गिरे और इस तरह आग को बुझाकर पानी को जलने से बचाए। सरदार पटेल ने कहा कि हमारे किसानों, साहूकारों को भी इसी तरह की एकता बनाए रखनी है और एक-दूसरे की सहायता करनी है। सरदार पटेल ने आगे कहा कि गोरी सरकार की हालत उस पागल हाथी के समान हो रही है, जो अपने सामने पड़ने वाली हर चीज़ को कुचल डालता है, लेकिन उसे यह पता नहीं कि अगर एक छोटा मच्छर या छोटी-सी चींटी उसके कान में घुस जाए तो इतना विशाल हाथी तड़पकर ज़मीन पर गिर पड़ेगा।

सरदार पटेल की बातें सुनने के बाद आंदोलन में आए किसानों और कार्यकर्त्ताओं का उत्साह दोगुना हो गया था और वह दृढ़ता के साथ अपने प्रयास में जुट गए थे। इस सत्याग्रह में महिला कार्यकर्त्ताओं की टीम ने भी अहम भूमिका निभाई। वह गाँव-गाँव में घूमीं, वहाँ की महिलाओं से संपर्क किया और हर ज़ोर-ज़ुल्म के ख़िलाफ हौसला बनाए रखने की प्रेरणा दी। सभी आन्दोलनकारियों ने प्रतिज्ञा-पत्र पर अपने हस्ताक्षर किए। बारदोली तालुका के वरिष्ठ कार्यकर्त्ता थे- कल्याण जी भाई, केशव भाई, कुंवर जी भाई, सुशील भाई आदि। तालुका के विभिन्न क्षेत्रों का प्रबंध करने के लिए जिन लोगों को बाहर से बुलाया गया था उनमें से प्रमुख थे- अब्बास साहब तैय्यब, गोरधन दास चोखा वाला, डॉ. सुमंत मेहता एवं शारदा बहन आदि। प्रकाशन विभाग का कार्य

जुगतराम भाई, कल्याण जी भाई एवं प्यारेलाल भाई को सौंपा गया। धन संग्रह का जिम्मा माणिक लाल कोठरी को सौंपा गया।

गोरी सरकार ने अपनी सोची-समझी चाल के मुताबिक बनियों को दस दिन के भीतर लगान भरने का नोटिस जारी कर दिया। सरकार को विश्वास था कि थोड़ा दबाव डालने पर ही सभी बनिए लगान जमा कर देंगे और उनके लिए यह एक अच्छी शुरुआत होगी। लेकिन ऐसा कुछ भी नहीं हुआ और डराने-धमकाने के बावजूद सिर्फ दो ही बनियों ने लगान जमा किया। जब यह बात आंदोलनकारी किसानों को पता चली कि दो लोगों ने लगान दिया है, तो वह भड़क गए और उन्होंने उन दोनों को गद्दार करार देते हुए उनका बहिष्कार करने की ठान ली। सरदार पटेल ने किसी तरह से सबको समझा-बुझाकर शांत किया और उनसे कहा कि भले ही किसी ने भी यह भूल की हो, लेकिन हमारे बीच में किसी भी प्रकार का मतभेद नहीं होना चाहिए।

सरकार द्वारा लगाए गए जुर्माने का जब किसानों पर कोई असर नहीं हुआ, तो उसने लगान वसूलने के लिए किसानों के मवेशी या ज़मीनें कुर्क करने का तरीका अपनाया। सरकार की दमकारी नीतियों पर अमल शुरू हो गया। पटवारियों ने किसानों को मारना-पीटना शुरू कर दिया। सरकारी नुमाइंदे किसानों पर कहर ढहाने लगे। कुर्की अधिकारियों की मदद देने के लिए बंबई के गुंडे, मवाली, बदमाश और कुख्यात पठान आ गए। औरतों की इज़्ज़त पर हाथ डाला जाने लगा। लोगों ने अपने आपको घरों में कैद कर लिया।

एक किसान के लिए उसकी खेती की ज़मीन, हल, बैल, दुधारू पशु आदि चीज़ें जीवनयापन के साधन होते हैं। अंग्रेज़ी सरकार ने किसानों को भूखा मारने के लिए इन्हीं चीज़ों को छीनने की योजना बनाई थी। एक किसान पर सात सौ रुपये का भूमि कर लगाया गया था। उसकी वसूली के लिए उसकी चालीस हज़ार रुपये की ज़मीन जब्त कर ली गई थी। एक किसान की तीस हज़ार रुपये की कृषि भूमि को मात्र 151 रुपये में बेचा गया था। यही हाल बाक़ी दूसरे किसानों का था। बारदोली सत्याग्रह सरकार के लिए उसकी प्रतिष्ठा का प्रश्न बन गया था। अब वह किसी भी कीमत पर झुक नहीं सकती थी। इसलिए गर्वनर ने ऐलान किया कि कानून का पालन करवाने के लिए हर संभव तरीका अपनाया जाए। सरकार के किसानों पर ज़ोर-जुल्म और बढ़ने लगे।

किसानों ने अपने पशुधन को कुर्की से बचाने के लिए घरों में बंद कर दिया। जब कुर्की वाले आते, तो पहरे पर तैनात स्वयंसेवक ढोल, नगाड़े, शंख बजाकर सबको सावधान कर देते। इस पर किसान या तो अपने जानवरों को अपने घरों में छिपा देते या फिर उन्हें लेकर कहीं दूर भाग निकलते। जब सरकार को इस बात का पता चला

तो उसने ढोल, नगाड़े, शंख आदि बजाने पर भी रोक लगा दी। सरदार पटेल तक जब यह ख़बर पहुँची तो उन्होंने कहा, 'गोले-गोलियों वाली फिरंगी सरकार ढोल-नगाड़ों की आवाज़ से डर गई। खैर उन्हें ढोल-नगाड़ों से क्या वास्ता। हमें तो बस जागते रहना है और लगान न देने के अपने निश्चय पर डटे रहना है।' इन सब घटनाओं को लेकर गांधीजी के संदेश प्रकाशित होने लगे, 'देखना, हिम्मत मत हारना, सत्याग्रही की हार कभी नहीं होती। बारदोली का सत्याग्रह भारतीय आज़ादी का सत्याग्रह है। तुम देश के लिए लड़ रहे हो, मानव कल्याण के लिए लड़ रहे हो। यह असत्य के विरुद्ध सत्य का संघर्ष है।'

सत्याग्रही और सरकार दोनों ही अपने-अपने निश्चय पर अड़े रहे। सभी किसान वल्लभभाई जैसे कुशल संगठनकारी नेता के नेतृत्व में एकजुट रहे। बच्चों से लेकर बूढ़ों तक के लिए अन्न और जल की समस्या ने विकराल रूप धारण कर लिया। स्नान, स्वच्छता आदि के अभाव में दिनचर्या अव्यवस्थित हो गई। अनेक सत्याग्रहियों को रोगों ने घेरना शुरू कर दिया और स्वच्छता की कमी से शरीर में संक्रमण फैल गया। ऐसे कष्टों को भी झेलते हुए आन्दोलनकारी अपने अधिकार के लिए डटे रहे। अंग्रेज़ सरकार की आन्दोलनकारियों के प्रति निर्ममता, अमानवीय व्यवहार, अन्याय, अत्याचार, शोषण आदि ने पूरे देश का ध्यान बारदोली सत्याग्रह की ओर खींचा। पूरा देश उनके समर्थन में खड़ा हो गया। आन्दोलन की सफलता के लिए लोगों ने धन संग्रह करने में देर नहीं लगाई। देशप्रेमी पटवारियों ने नौकरी से त्यागपत्र दे दिया। देश के प्रतिष्ठित नेताओं पुरुषोत्तम दास, ठाकुरदास, व्यापार जगत् से जुड़े हृदय नारायण कुजरू, श्री वझे आदि ने सरकार से किसानों के प्रति मानवतापूर्ण व्यवहार अपनाने की पुरज़ोर अपीलें की, लेकिन सरकार अपनी आदत से बाज़ नहीं आयी।

अब तो गुजरात ही नहीं बल्कि सारे देश की नज़रें बारदोली सत्याग्रह पर थीं। सरदार पटेल ने सरकारी अन्याय की ऐसी पोल खोली थी कि सभी प्रमुख समाचार-पत्र किसानों के पक्ष में थे। देश-भर में बारदोली के किसानों के लिए सहानुभूति की लहर दौड़ रही थी। गुजरात तो तम-मन-धन से बारदोली का पहले से साथ दे ही रहा था। कुछ लोग ऐसे भी थे जो सत्ता का साथ देने का लोभ नहीं छोड़ सकते थे या उससे भयभीत होकर उसका साथ दे रहे थे। आंदोलनकारियों ने ऐसे लोगों का बहिष्कार किया। सरदार पटेल ऐसे लोगों के बहिष्कार के विरोधी न थे, पर इसके साथ ही वह चाहते थे कि बहिष्कृत व्यक्ति के साथ किसी भी तरह की अमानवीयता न बरती जाए। उन्होंने अपने आंदोलनकारियों से आग्रह किया कि वे किसी भी मामले में हिंसक न हों। अपनी बात स्पष्ट करते हुए सरदार पटेल ने समझाया कि किसी अवांछित व्यक्ति से सहायता न लेना अहिंसक बहिष्कार है, लेकिन उसकी सेवा न करना हिंसक बहिष्कार

है। किसी बहिष्कृत के यहाँ भोजन के लिए न जाना अहिंसक बहिष्कार है, लेकिन अगर वह भूखा है और उसे भोजन न देना हिंसक बहिष्कार है। उनके कहने का आशय यही था कि बहिष्कार करो, लेकिन किसी के प्रति निष्ठुर मत बनो।

बारदोली सत्याग्रह धीरे-धीरे और गर्म हो रहा था। गोरी सरकार ने पुलिस बल के साथ-साथ गुंडों के बल की भी सहायता लेनी शुरू कर दी। वे लोगों के साथ मारपीट और हर प्रकार का दुर्व्यवहार करते तथा गाँव की स्त्रियों को तंग करते। जब लोगों को सताने से उनका पेट नहीं भरा, तो उन्होंने जब्त किए गए पशुओं को भी सताना शुरू कर दिया। वे उन पशुओं को बाड़ों में बंद करके या खूँटों से बाँधकर कई-कई दिनों तक भूखा-प्यासा रखते थे। उन्हें मालूम था कि किसान अपने जानवरों से कितना प्यार करते हैं और जब वह उन्हें कष्ट में देखेंगे, तो उनको भी तक़लीफ होगी।

सरदार वल्लभभाई पटेल के पास भी सरकारी दमन-चक्र का जवाब देने के अपने तरीके थे। उन्होंने लगान वसूल करने वाले पटेलों और तलातियों से अपील की कि वे अपने भाइयों पर हो रहे अत्याचार का हिस्सा न बनें और अपने पदों से त्यागपत्र दे दें। उनकी अपील के जवाब में लगभग 90 में से 69 पटेलों और 35 तलातियों ने इस्तीफा दे दिया। यह सरकार ने लिए नितांत अप्रत्याशित था। इसके अलावा असहयोग का आलम यह था कि कुर्की करने वालों को एक स्थान से दूसरे स्थान पर जाने के लिए कोई सवारी नहीं मिलती थी। कोई नाई उनकी हज़ामत बनाने के लिए तैयार नहीं होता था। जिन लोगों ने किसानों की हज़ारों की ज़मीन सौ-दो सौ रुपये देकर खरीदी थी, उनके घर कोई सफाई का काम नहीं करता था।

सरदार वल्लभभाई पटेल का कहना था कि, 'आम को बेवक्त तोड़ेंगे तो खट्टा लगेगा और दाँत खट्टे हो जाएंगे, लकिन उसे पकने देंगे तो वह अपने आप गिर पड़ेगा और अमृत जैसा लगेगा। अभी समझौते का समय नहीं आया है। समझौता कब होगा? जब सरकार की मनोदशा बदलेगी, जब उसका हृदय परिवर्तन होगा, तब समझौता होगा। तब हमें लगेगा कि उसमें कुछ मिठास है। अभी तो सरकार ईर्ष्या और द्वेष से जल रही है।'

उस समय कन्हैयालाल माणिकलाल मुंशी बंबई धारा सभा के सदस्य थे। उन्होंने गर्वनर को पत्र लिखकर बारदोली सत्याग्रह को सुलझाने का आग्रह किया। जब उसका कोई प्रभाव नहीं हुआ, तो वह स्वयं स्थिति का जायज़ा लेने के लिए बारदोली के दौरे पर आए और सरदार पटेल का नेतृत्व देख आश्चर्यचकित रह गए। किसानों पर सरकारी अत्याचारों का आँखों देखा हाल जानकर मुंशी जी का हृदय व्यथा से भर आया और उन्होंने फिर से गर्वनर को एक पत्र लिखा- 'आपको भले ही यह रिपोर्ट मिली हो कि किसान आंदोलन बाहर से थोपा गया है, लेकिन वास्तविकता यह है कि आंदोलन

वास्तविक है, रिपोर्ट झूठी है। अपने दुधारू पशुओं को बचाने के लिए पिछले तीन महीनों से यहाँ स्त्री-पुरुष-बच्चे उनके साथ अँधेरे, गोबर और बदबू से भरी कोठरियों में बंद पड़े हैं। इस तरह की स्थिति का उदाहरण तो मध्यकाल के इतिहास में भी नहीं मिल सकता है। लेकिन सारे ज़ोर-ज़ुल्म सहकर भी किसान सरकारी दमन का मज़ाक ही उड़ा रहे हैं। सरदार पटेल उनके एकच्छत्र नेता हैं। वे जहाँ भी जाते हैं, लोग उनके स्वागत के लिए उमड़ पड़ते हैं। स्त्रियाँ उनके माथे पर तिलक लगाकर अभिनंदन करती हैं। सरदार वल्लभभाई पटेल के आदेश के बिना बारदोली में कोई काम नहीं होता। मैं यह सब आपको इसलिए लिख रहा हूँ ताकि आपको सच्चाई का पता चले और आप सारी स्थिति की जाँच करने के लिए प्रेरित हों।'

मुंशी जी के इस पत्र ने गर्वनर की बंद आँखें खोल दीं। गर्वनर ने सरदार वल्लभभाई पटेल को समझौता वार्ता के लिए आमंत्रित किया। सरदार पटेल के सामने यह प्रस्ताव रखा गया कि सरकार लगान वृद्धि के मामले की जाँच करके उचित लगान तय करने के लिए तैयार है। जिन मामलों में लगान माफ करना न्यायसंगत होगा, उनमें सरकार लगान माफ भी करेगी। लेकिन इसमें दो शर्तें होंगी। पहली शर्त यह होगी कि आपको आंदोलन वापिस लेना होगा और दूसरी शर्त यह होगी कि किसानों को पहले की तरह लगान देना शुरू करना होगा। सरदार पटेल ने गर्वनर का यह प्रस्ताव स्वीकार कर लिया, लेकिन उन्होंने भी अपनी कुछ शर्तें गर्वनर के सामने रखीं। पटेल ने कहा कि आंदोलन वापिस ले लिया जाएगा, लेकिन आंदोलन के दौरान कैद किए गए सभी लोगों को रिहा करना होगा, जिन सरकारी कर्मचारियों ने आंदोलन के चलते अपनी नौकरियों से इस्तीफा दिया है, उन्हें फिर से बहाल करना होगा और जिन किसानों की ज़मीनें या पशुधन जब्त किए गए हैं, उन्हें लौटाना होगा।

सरकार ने सरदार पटेल की सभी शर्तों को मंजूर कर लिया और किसानों के संघर्ष की शानदार जीत के साथ बारदोली सत्याग्रह का अंत हुआ। गांधीजी ने बारदोली सत्याग्रह की जीत का श्रेय सरदार पटेल को दिया और उनके इस साहसिक निर्णय की प्रशंसा की। भारत के स्वाधीनता संग्राम के इतिहास में बारदोली सत्याग्रह की भूमिका बहुत महत्त्वपूर्ण है।

❑

राष्ट्र नायक सरदार पटेल

बारदोली सत्याग्रह की सफलता के बाद सरदार वल्लभभाई पटेल को देश-भर के अलग-अलग सम्मेलनों में भाग लेने के लिए आमंत्रित किया जाने लगा। गुजरात ही नहीं बल्कि अब पूरे देश के लिए सरदार पटेल राष्ट्र नायक बन चुके थे। वह जहाँ भी जाते, लोगों की भीड़ उनका स्वागत करने के लिए उमड़ पड़ती। चारों तरफ वल्लभभाई पटेल की वाहवाही होने लगी। देश के कोने-कोने से उनके पास बधाई संदेश आ रहे थे। पूरे देश में इस आन्दोलन की सफलता पर विशेषकर गुजरात में विजयोत्सव का आयोजन किया गया। अनेक सामाजिक, राजनीतिक संगठनों, समितियों एवं आम लोगों द्वारा सरदार पटेल को सम्मानित किया गया।

सन् 1929 में सरदार पटेल को सूरत में हुए प्रथम 'स्थानीय स्वराज्य सम्मेलन' का अध्यक्ष बनाया गया। इसी साल वे पूना में आयोजित 'महाराष्ट्र राजनीतिक सम्मेलन' के अध्यक्ष बने और साथ ही उन्होंने पाँचवे 'काठियावाड़ राजनीतिक सम्मेलन' की अध्यक्षता भी की। यहाँ अपने समापन भाषण में सरदार पटेल ने कहा कि सम्मेलन में जो कुछ चर्चा हुई है वह व्यर्थ ही सिद्ध होगी, अगर उस पर कार्यान्वयन नहीं हुआ। उन्होंने कहा कि काठियावाड़ में संगठन मज़बूत नहीं है और जो कुछ होता है उसे कारगर होना चाहिए। नेता तो बहुत हैं, लेकिन काम करने वाले संगठित और कर्मठ कार्यकर्त्ता कम दिखाई देते हैं। आगे उन्होंने कहा कि किसान का बेटा होने के कारण मैं बहुत मिष्टभाषी नहीं हूँ। आपकी जो भी कमियाँ हैं, उन्हें स्पष्ट भाषा में गिनाना चाहता हूँ। अगर मैं अपनी वाणी और प्रयत्नों से आपकी थोड़ी भी क्षमता में बढ़ोत्तरी कर पाया, तो मैं समझूँगा कि मेरा प्रयास सफल रहा।

कांग्रेस में गांधीजी के आने से पहले सत्याग्रह और आन्दोलन की ठोस कार्रवाइयों का कोई सिलसिला नहीं था। राजनीतिक गतिविधियाँ ज़्यादातर बयान देने, भाषण देने या प्रस्ताव पास करने तक सीमित थीं। गांधीजी के आविष्कार सत्याग्रह के अस्त्र का प्रयोग करने सिद्धहस्त सरदार पटेल ऐसी गतिविधियों को पसंद नहीं करते थे। इसलिए जब उन्हें काठियावाड़ सम्मेलन की अध्यक्षता के लिए आमंत्रित किया गया, तो पहले उन्होंने उसे टालने की कोशिश की। लेकिन बाद में गांधीजी के कहने पर उन्होंने यह प्रस्ताव स्वीकार कर लिया।

सम्मेलन का मुख्य मुद्दा था कि महाराष्ट्र के कई तालुकों में लगान में अनुचित वृद्धि की गई थी। सिर्फ महाराष्ट्र के नेताओं की ही नहीं बल्कि आम लोगों की भी इच्छा थी कि बारदोली रणक्षेत्र के विजयी सेनापति सरदार वल्लभभाई पटेल ही इसकी अध्यक्षता करें। सरदार पटेल ने महाराष्ट्र के नेताओं को स्पष्ट शब्दों में समझाया कि उनकी संघर्ष की योजना नितांत अव्यावहारिक है और इससे वांछित परिणाम की आशा रखना व्यर्थ है। उन्होंने कहा कि हर प्रकार का कष्ट उठाने और बलिदान के लिए तत्पर हुए बिना संघर्ष में सफलता प्राप्त नहीं की जा सकती। संघर्ष शुरू करने से पहले किसानों में इस तरह की भावना पैदा करना बहुत ज़रूरी है। जब उनमें ऐसा साहस भर जाएगा, वही संघर्ष शुरू करने का सही समय होगा।

अपनी बात को स्पष्ट और साफ शब्दों में कहने के अलावा सरदार पटेल हास्य-व्यंग्य का भी भरपूर इस्तेमाल किया करते थे। सम्मेलन में ऐसे अनेक प्रसंग आए जब उन्होंने अपनी वक्रोक्तियों से विवाद करने वालों की बोलती बंद कर दी। एक सदस्य ने सरदार पटेल से पूछा कि अगर कुर्ता खादी का हो, लेकिन धोती खादी की न हो तो क्या चलेगा? इसपर सरदार पटेल ने जवाब दिया कि आधी खादी पहनोगे, तो वोट भी आधा ही माना जाएगा। सम्मेलन में जिस समय छुआछूत पर चर्चा हो रही थी, तो सरदार पटेल ने कहा कि यह हिंदू धर्म पर कलंक है। यह सुनकर सम्मेलन के कुछ सदस्य उनपर भड़क उठे। उन्होंने सरदार पटेल की टिप्पणी का प्रतिवाद करते हुए उन्हें चुनौती दी कि या तो अपने शब्द वापस लें या फिर बताएँ कि यह हिंदू धर्म पर कलंक किस प्रकार है। सरदार पटेल हँस दिए और बोले, 'तो क्या आप इसे मुस्लिम धर्म या ईसाई धर्म पर कलंक मानते हैं?' महाराष्ट्र के राजनीतिक सम्मेलन में सरदार पटेल ने हिंसक क्रांति को अव्यावहारिक बताया। उन्होंने कहा कि किसी राजनीतिक मंच से चीखने-चिल्लाने से क्रांति नहीं होती। मौका पाकर किसी के पीठ पीछे छुरा घोंपने में कौन-सी वीरता है। वीरता तो सीना तानकर विपक्षी का सामना करने में है। महाराष्ट्र में त्याग, तपस्या, आत्मबलिदान की परंपरा है और अगर आप इसमें गुजरात का व्यावहारिक पक्ष भी शामिल कर दें, तो निश्चय ही आप विजयी होंगे।

सरदार पटेल ने अपने अनोखे अंदाज़ से महाराष्ट्र के जनगण में एक नई तरह की ऊर्जा पैदा कर दी और उनमें संघर्ष के जो बीज बोए, वो आगे चलकर स्वाधीनता संघर्ष के लिए बहुत उपयोगी थे। उनका मानना था कि स्थानीय लक्ष्यों की प्राप्ति के लिए संघर्ष करके सफलता पाने से ही जन-साधारण में वह आत्मविश्वास और साहस जाग्रत होगा, जो उन्हें बृहत् राष्ट्रीय लक्ष्य की प्राप्ति के लिए संघर्ष करने की प्रेरणा देगा।

इसके बाद चक्रवर्ती राजगोपालाचारी ने 'तमिलनाडु राजनीतिक सम्मेलन' की अध्यक्षता करने के लिए सरदार वल्लभभाई पटेल को निमंत्रण भेजा। उनके आग्रह करने

पर सरदार पटेल ने मद्रास प्रेज़िडेन्सी का दौरा किया और उन्हें 'तमिलनाडु राजनीतिक सम्मेलन' का अध्यक्ष बनाया गया। इस सम्मेलन का आयोजन वेदारण्य में हुआ था। सम्मेलन में कांग्रेस के उस प्रस्ताव का अनुमोदन किया गया था जिसमें कांग्रेस ने औपनिवेशिक स्वराज्य की माँग की थी। सम्मेलन में सरदार पटेल ने लोगों से परस्पर विरोध भुलाकर एकजुट होने का आह्वान किया। उन्होंने कहा कि सिर्फ नारेबाज़ी करने और प्रस्ताव पास करने से किसी नतीजे को प्राप्त नहीं किया जा सकता। ठोस रचनात्मक कार्यों और अन्याय के विरुद्ध संघर्ष का मार्ग अपनाने से ही लक्ष्य प्राप्त किया जा सकता है। इसके बाद सरदार पटेल ने राजगोपालाचारी के साथ प्रांत के गाँवों का दौरा किया। वह तमिलनाडु में ब्राह्मणों और गैर-ब्राह्मणों के बीच चल रहे मतभेद और विवाद से बहुत दुःखी थे। उन्होंने दोनों वर्गों को समझाते हुए कहा कि आप ब्राह्मणों के प्रति इतना द्वेष भाव क्यों रखते हैं? आख़िर उन्होंने आपका क्या बिगाड़ा है? क्या आप जानते हैं कि अंग्रेज़ों ने ब्राह्मणों को और आपको कितनी हानि पहुँचाई है? वे लोग पाँच हज़ार मील दूर से आकर आप लोगों पर शासन कर रहे हैं। फिर भी ब्राह्मण और आप दोनों ही उनकी इस प्रकार पूजा करते हैं मानो वे ही सच्चे ब्राह्मण हों। अगर इस बात को मान भी लिया जाए कि ब्राहणों ने आपको हानि पहुँचाई है, तो भी उनके जितनी तो नहीं। ब्राह्मण ऊँचे कैसे हैं? सबसे ऊँचा तो वह है, जो अन्न उपजाकर दूसरों को भोजन देता है। फिर आप ब्राह्मणों को ऊँचा और खुद को नीचा किस प्रकार मानते हैं।

सरदार वल्लभभाई पटेल जिस किसी सम्मेलन में भी भाषण देते थे, श्रोता उनकी बातों को सुनकर न केवल मंत्रमुग्ध और प्रभावित होते थे बल्कि उनके बताए गए मार्ग पर भी चलने को तैयार हो जाते थे। यही उनकी विशेषता थी। एक बार किसी विदेशी ने गांधीजी के बारे में बड़ी सार्थक टिप्पणी की थी कि उनकी सबसे बड़ी ताक़त यह है कि वह बड़े-से-बड़े बुद्धिजीवी से लेकर अत्यंत साधारण लोगों तक से बड़ी सहजता से संवाद कर लेते हैं। इसी प्रकार की विशेषता सरदार पटेल में भी थी, जो उन्होंने गांधीजी से ही सीखी थी।

कर्नाटक में गंगाधर देशपांडे की नज़र में किसानों का एक संगठन बनाने के लिए और उनमें जागृति लाकर आत्मबल का संचार करने के लिए सरदार वल्लभभाई पटेल से ज़्यादा उपयुक्त नेता नहीं था। इसलिए उन्होंने सरदार पटेल से कर्नाटक आने का आग्रह किया। सरदार पटेल ने उनकी बात मान ली और वह दो दिन के दौरे पर कर्नाटक गए। वहाँ उन्होंने दस जनसभाओं में किसानों को संबोधित किया और किसानों में जागृति की भावना लाते हुए सभी को निर्भय होने का संदेश दिया। सरदार पटेल ने किसानों को समझाया कि उन्हें जेल, नौकरशाही, कुर्की, अन्याय, अत्याचार आदि किसी से भी डरने की कोई ज़रूरत नहीं है। उन्होंने कहा कि वह हर तरह के

विदेशी सामान का बहिष्कार करें और सभी तरह के नशे से दूरी बनाए रखें। जिस समय सरदार पटेल किसानों को संबोधित कर रहे थे, तो गंगाधर राव को लगा जैसे लोकमान्य तिलक ही बोल रहे हों। उन्हें सरदार पटेल में वही ओज और उनकी आँखों में वही आक्रोश दिखाई दिया।

सरदार वल्लभभाई पटेल ने कर्नाटक दौरे के बाद बिहार का दौरा किया। वहाँ उन्होंने सीतामढ़ी, मुंगेर, चंपारण और गया में आयोजित जिला सम्मेलनों में विशाल जनसमूह को संबोधित किया। बिहार पहुँचने से पहले ही उनकी ख़्याति वहाँ पहुँच चुकी थी। बिहार के किसानों की दशा गुजरात के किसानों से भी ख़राब थी। उन्हें जब पता चला कि किसानों का मसीहा उनके क्षेत्र के दौरे पर आ रहा है, तो वह उन्हें सुनने के लिए दौड़ पड़े। सरदार पटेल स्वयं एक किसान के पुत्र थे, इसलिए उनके हृदय में किसानों के प्रति विशेष सहानुभूति रहती थी। वह उनकी दुर्दशा देखकर व्यथित हो जाते थे। देश के अन्य भागों की तरह वहाँ भी उन्होंने किसानों को निर्भयता की शिक्षा दी। उन्होंने किसानों से कहा कि आप लोगों को न ज़मींदारों से डरने की आवश्यकता है और न ही सरकार से। किसान तो सबका अन्नदाता होता है, इसलिए वह सबसे श्रेष्ठ है। उस सभी से श्रेष्ठ, जो स्वयं को ऊँचे तबके का मानते हैं। फिर उसे किसी से भी डरने की कोई ज़रूरत नहीं है।

बिहार कांग्रेस के नेताओं और किसानों ने यह महसूस किया कि सरदार पटेल के दौरे से प्रदेश में जो जन-जागृति आई, वह अभूतपूर्व थी। सरदार पटेल को बिहार में किसानों की विपत्तियों के अलावा महिलाओं में परदा प्रथा का चलन भी सही नहीं लगा। अपने भाषण में उन्होंने कहा कि आप लोग महिलाओं को इस तरह घर की चारदीवारी में या परदे में क्यों कैद रखते हैं? आख़िर वे आपकी माताएँ, बहनें या पत्नियाँ हैं, जिनका सहयोग आपको लेना चाहिए। उन्हें इस प्रकार से निष्क्रिय न बनाएँ और स्वतंत्र रूप से अपना कर्तव्य निभाने दें।

सरदार पटेल ने बारदोली सत्याग्रह के दौरान महिला स्वयं-सेवकों की टोलियों का गठन किया था, जिन्होंने गाँव-गाँव घूमकर वहाँ ग्रामीण महिलाओं में हौसला बढ़ाने की प्रेरणा दी थी। वह इसका सशक्त प्रभाव देख चुके थे। इसलिए सरदार पटेल चाहते थे कि बिहार की स्त्रियों में भी जागृति व हिम्मत आए, वे सशक्त बनें और आने वाले राष्ट्रव्यापी संघर्ष में अपना सक्रिय योगदान दें। सरदार पटेल का ध्यान बिहार के किसानों और महिलाओं के साथ-साथ वहाँ के नव-युवकों पर भी था। उन्होंने युवकों से कहा कि आप क्रांति के नारे लगाना बंद करें और अपने जीवन में क्रांति लाने का प्रयास करें, तो ज़्यादा अच्छा होगा। इस तरह से सरदार पटेल ने उनमें छिपी ऊर्जा को जाग्रत किया।

❑

स्वतंत्रता का संघर्ष

सन् 1929 में लाहौर में कांग्रेस का अधिवेशन होने वाला था। यह अधिवेशन विशेष ऐतिहासिक महत्त्व रखता था, क्योंकि कांग्रेस के बहुत से नेताओं का विश्वास विधानसभाओं पर नहीं रहा था। यह बात धीरे-धीरे सबकी समझ में आने लगी थी कि पार्टी को पूर्ण स्वराज का लक्ष्य ही रखना चाहिए। लाहौर अधिवेशन में इस आशय का प्रस्ताव पारित किए जाने की पेशकश थी, इसलिए अध्यक्ष भी ऐसा होना चाहिए था, जो अपने काम के प्रति जुझारू और अपने इरादों पर दृढ़-निश्चयी हो। इस अधिवेशन के अध्यक्ष पद के लिए अलग-अलग प्रदेशों से तीन नाम आए। दस राज्यों ने गांधीजी का नाम भेजा, पाँच राज्यों ने सरदार वल्लभभाई पटेल का नाम भेजा और तीन राज्यों ने पंडित जवाहरलाल नेहरू का नाम प्रस्तावित किया। जवाहरलाल नेहरू का नाम सबसे कम राज्यों से आया था, लेकिन गांधीजी उन्हें ही अधिवेशन का अध्यक्ष बनाना चाहते थे। इसलिए उन्होंने खुद अध्यक्ष बनने से मना कर दिया। यह बात सरदार पटेल को पता चल गई कि गांधीजी किसे अध्यक्ष बनाना चाहते हैं, लेकिन उन्हें किसी पद या सम्मान का कोई लालच नहीं था। वह तो बस देश को विदेशी शासन से मुक्त करने के लिए जन-जागरण में ही अपना सारा समय लगाना चाहते थे।

सरदार पटेल ने भी अध्यक्ष पद स्वीकार करने से इनकार कर दिया। जो लोग सरदार पटेल जैसे ओजस्वी नेता को इस महत्त्वपूर्ण अधिवेशन के अध्यक्ष पद पर देखना चाहते थे, उनके आग्रह करने पर सरदार पटेल ने यह कहकर टाल दिया कि जहाँ गांधीजी जा रहे हों वहाँ मुझ जैसे सिपाही के जाने का क्या मतलब। इस प्रकार उन्होंने जवाहरलाल नेहरू के अधिवेशन का अध्यक्ष बनने का मार्ग प्रशस्त कर दिया। गांधीजी की प्रतिष्ठा का ध्यान रखते हुए सरदार पटेल कांग्रेस के अध्यक्ष पद की दौड़ से बाहर हो गए और पंडित जवाहरलाल नेहरू कांग्रेस के अध्यक्ष बन गए।

नेहरू की अध्यक्षता में कांग्रेस का अधिवेशन हुआ। जैसा कि पहले से तय था, अधिवेशन में पूर्ण स्वराज का प्रस्ताव रखा गया। सभा में मौजूद सभी प्रतिनिधियों ने अपनी पूरी सहमति जताते हुए उसे पारित कर दिया।

सन् 1929 तारीख़ 31 दिसंबर। रात के ग्यारह बजे रावी नदी के तट पर पंडित जवाहरलाल नेहरू ने कांग्रेस अध्यक्ष के पद की हैसियत से पूर्ण स्वतंत्रता प्राप्ति का ऐलान कर दिया और स्वतंत्रता का झंडा फहराया। इसके साथ यह भी घोषणा हुई कि भारतीय नेता मेज़ परिषद् में भाग नहीं लेंगे। स्वतंत्रता के लिए यह एक नए और कठिन संघर्ष की शुरुआत थी। इस संघर्ष की कमान गांधीजी ने संभाली। 26 जनवरी, सन् 1930 को पूर्व विचारित पूर्ण स्वाधीनता समारोह दिवस पूरे देश में हर्षोल्लास के साथ मनाया गया। शहरों, कस्बों, गाँवों आदि जगहों पर सार्वजनिक सभाओं का आयोजन किया गया। पूर्ण स्वराज प्राप्ति की प्रतिज्ञा की घोषणा हुई।

फरवरी, सन् 1930 में सविनय अवज्ञा आन्दोलन शुरू करने के लिए सर्वसम्मति से गांधीजी को अधिकृत किया गया। वायसराय ने बातचीत करने के लिए कहा। उन्होंने ग्यारह माँगे उनके सामने रखीं। उन माँगों में कुछ प्रमुख थीं- मद्य निषेध लगान में पचास प्रतिशत की कमी, नमक कर की समाप्ति, विनिमय की दर कम। जब सरकार ने इन माँगों की तरफ कोई ध्यान नहीं दिया, तो यह निर्णय लिया गया कि सूरत जिले के डांडी नामक गाँव के समुद्र तट पर जाकर नमक सत्याग्रह आन्दोलन शुरू किया जाए। 12 मार्च, सन् 1930 को गांधीजी अनेक अनुयायियों के साथ साबरमती आश्रम से ऐतिहासिक डांडी यात्रा पर निकले। इसकी सारी योजना और रणनीति सरदार पटेल ने बनाई थी। उन्होंने यह भी तय किया था कि डांडी यात्रा शुरू होने से पहले ही वह गुजरात के दौरे पर निकल जाएँगे और गाँव-गाँव घूमकर सभी देशवासियों को आने वाले सविनय अवज्ञा आन्दोलन के लिए तैयार करेंगे।

चौबीस दिनों की यात्रा के बाद गांधीजी डांडी पहुँच गए और वहाँ उन्होंने नमक बनाकर कानून को तोड़ा। सरदार पटेल पूर्ण स्वराज की माँग के लिए महात्मा गांधी से पहले ही निकल गए थे। उन्होंने अपना जन-जागरण अभियान शुरू किया और जगह-जगह पर लोगों को डांडी यात्रा का महत्त्व समझाया और आने वाले संघर्ष के लिए एकजुट होने को कहा। सरदार पटेल ने गांधीजी के विचारों का प्रचार-प्रसार करते हुए भ्रमण किया। उन्होंने अपने भाषण में कहा-

'अब एक ऐसा धर्मयुद्ध शुरू होता है, जैसा जगत् ने पहले कभी नहीं देखा होगा। यह एक ऐसा धर्मयुद्ध है, जिसमें एक तरफ समग्र सात्विक शक्तियों व धार्मिक शास्त्रों का उपयोग होगा और दूसरी तरफ आसुरी शक्तियों व आसुरी शस्त्रों का उपयोग होगा। रावण के ज़माने से जगत् में कभी न देखी गई हो ऐसी राक्षसी सामग्री वाली राज्य सत्ता आसुरी शक्ति का उपयोग करने की धमकी दे रही है। इन दो सत्ताओं के बीच संग्राम होने वाला है। इस संग्राम में आपकी क्या भूमिका रहेगी और आप किसका पक्ष लेगें, यह आपको तय करना है।'

'महात्मा गांधी जैसा श्रेष्ठ और समतुल्य पुरुष इस संसार में नहीं है। मैं आप लोगों से पूछता हूँ कि आपने उनसे क्या सीखा है? दुनिया आपसे सवाल करेगी कि आपने क्या किया? मैं किसानों और दूसरे लोगों से पूछता हूँ कि आपकी ईश्वर या ख़ुदा में कितनी आस्था है? क्या आप नहीं जानते कि जिसने इस धरती पर जन्म लिया है, उसे एक-न-एक दिन मरना ही है। मौत से कोई भी बच नहीं सकता। इसलिए अगर मरना है, तो बहादुरों की मौत मरो, कायरों की नहीं। जब तोपों से गोले बरसते हैं, हवाई जहाज़ों से बम गिरते हैं, तो हज़ारों की संख्या में लोग मरते हैं, तभी इतिहास बनता है। वो दिन हमारे यहाँ कब आएगा? वह दिन तभी आएगा जब एक भी गुजराती सरकार का साथ नहीं देगा। हम साबरमती के संत की बात को समझ लें, तो यह सब आसान हो जाएगा। ज़रूरत इस बात की है कि आप ज़्यादा-से-ज़्यादा संख्या में अपनी गिरफ्तारियाँ दें। ऐसा समझिए कि यह धर्मयुद्ध वैकुंठ का विमान और निमंत्रण लेकर आया है। जिन्हें मौत का डर हो उनका जीना बेकार है। उनके लिए यह प्रसंग नहीं है। सारे गुजरातियों को मैं यहाँ से सुनाना चाहता हूँ, कि जिन्हें मृत्यु का भय लगता हो वे तीर्थ यात्रा के लिए निकल जाएं। वे अपनी जायदाद की व्यवस्था करके चले जाएँ। जिनके पास पैसे हों वे विदेश चले जाएं। अगर आप सच्चे गुजराती हैं, तो ऐसा कोई काम ने करें, जो लज्जित करने वाला हो। सिर नीचा करके कभी न घूमें। दरवाज़े बंद करके घर में घुसे न रहें। थोड़े ही दिन बचे हैं। पंद्रह वर्ष से हमें जो तालीम और शिक्षा मिली है, उसकी अब परीक्षा होने वाली है। गुजरात की जनता इतिहास के पन्नों में स्वतंत्रता का प्रथम पृष्ठ लिख रही है। ईश्वर उसे शक्ति दे और सबका कल्याण करे।'

सरदार वल्लभभाई पटेल के भाषणों का प्रभाव गुजरात के लोगों पर ऐसा पड़ा था कि पूरे गुजरात में क्रांति की एक लहर दौड़ पड़ी थी। जब ब्रिटिश हुकूमत को और कोई रास्ता नहीं दिखा, तो उसने सरदार पटेल के भाषण देने पर रोक लगा दी। महात्मा गांधी के डांडी यात्रा से पाँच दिन पहले सरदार पटेल बोरसद के रास गाँव में एक विशाल जनसभा को संबोधित करने के लिए आए हुए थे। मजिस्ट्रेट ने उन्हें भाषण देने से रोक दिया और भाषण न देने के सरकारी आदेश की एक प्रति उन्हें सौंप दी। सरदार पटेल ने सरकार का प्रतिबंधन आदेश मानने से इनकार कर दिया और उन्हें तभी गिरफ्तार कर लिया गया। आगे की कानूनी कार्रवाई के लिए उन्हें पुलिस हिरासत में बोरसद ले जाया गया और तीन महीने तीन सप्ताह की सज़ा मुकर्रर की गई। यह सज़ा उन्हें सरकारी आदेश की अवहेलना करके भाषण देने की ज़िद करने के लिए सुनाई गई थी। सरदार पटेल ने भाषण देने की ज़िद ज़रूर की थी, लेकिन रास की सभा में एक वाक्य भी नहीं बोला था। उन्होंने अपने बचाव में कुछ नहीं बोला और चुपचाप

इस सज़ा को स्वीकार कर लिया। सरदार पटेल को बोरसद से अहमदाबाद कार में लाया गया और साबरमती जेल में रखा गया।

सरदार पटेल की गिरफ्तारी से देश-भर में और विशेष रूप से गुजरात में बहुत ज़बरदस्त प्रतिक्रिया हुई। गांधीजी ने वल्लभभाई की गिरफ्तारी पर दो टूक टिप्पणी की कि 'सरकार ने वल्लभभाई को पकड़ने की जल्दी करके मामला बिगाड़ लिया है।' गोरी सरकार के इस अनुचित व्यवहार से लोगों में आक्रोश फूट पड़ा। इकलौते अहमदाबाद में ही 75 हज़ार लोगों की विशाल जनसभा हुई। जनसभा में सरदार पटेल के दिखाए मार्ग पर चलने की प्रतिज्ञा की गई। लोगों ने एक साथ यह शपथ ली कि जब तक देश आज़ाद नहीं हो जाता, वे सत्य और अहिंसा के मार्ग पर चलते हुए विदेशी दासता के विरुद्ध अपना संघर्ष जारी रखेंगे। रास गाँव में जहाँ सरदार पटेल भाषण नहीं दे पाए थे, वहाँ के पाँच सौ लोगों ने भी सत्याग्रह में सक्रिय भाग लेने की शपथ ली। बहुत से स्थानीय लोगों ने अपनी सरकारी नौकरियों से त्यागपत्र देकर असहयोग व्यक्त किया। सरदार पटेल के भाषणों का जितना प्रभाव लोगों पर जेल से बाहर रहकर था, उससे अधिक प्रभाव जेल के अंदर बंद सरदार पटेल का देखने को मिल रहा था। यह उनकी लोकप्रियता और जनता के उनके प्रति आदर व प्रेम का प्रत्यक्ष प्रमाण था।

सरदार पटेल को जेल में बाक़ी बंदियों की तरह ज्वार की दो रोटी और थोड़ी-सी दाल या कोई सब्जी मिलती थी। सोने के लिए उन्हें सिर्फ एक कंबल मिलता था और किसी भी तरह की कोई सुविधा नहीं थी। इन सब से सरदार पटेल को कोई ऐतराज़ नहीं था। वह खुशी-खुशी सब कुछ सहन कर रहे थे। उनका कहना था कि जेल के सभी कर्मचारी आख़िर भारतीय ही तो थे। अगर गोरे होते, तो मैं उनके ख़िलाफ कोई कार्रवाई करने के बारे में शायद सोचता भी, लेकिन अपने ही भाइयों के ख़िलाफ क्या करता? देश के गुलाम होने की वजह यह भी है कि अपने ही देशवासी विदेशियों के नौकर-चाकर बनकर अपने ही भाइयों पर जुल्म और अत्याचार करते हैं। सरदार पटेल भी गांधीजी की तरह इस बात को भलीभांति समझते थे कि अगर सारा देश एकजुट हो जाए और अंग्रेज़ों का विरोध करे, तो वह अवश्य ही देश से भाग निकलेंगे।

अंग्रेज़ी हुकूमत का कमिश्नर गेरेट जेल के दौरे पर आया, तो सभी कैदियों को उसके स्वागत के लिए एक पंक्ति में खड़े रहने का आदेश दिया गया। सरदार पटेल ने ऐसा करने से मना कर दिया और कहा कि यह हमारे आत्मसम्मान के ख़िलाफ है, इसलिए हम ऐसा नहीं करेंगे। इसके बाद कमिश्नर ने सरदार पटेल से मुलाकात की, तो उन्होंने गेरेट को स्पष्ट शब्दों में कहा कि, 'अगर आप सोचते थे कि आंदोलन के नेताओं को जेल में बंद करने के बाद आप आम-जन को दबा लेंगे, तो आप गलत साबित हो चुके हैं क्योंकि किसान और सभी आम-जन अब भी संघर्ष की राह पर ही

चल रहे हैं। अगर आप कोई समझौता वार्ता करना चाहते हैं, तो उसके लिए आपको जेल में बंद नेताओं को रिहा करना होगा।' सरदार पटेल की बात सुनकर कमिश्नर गेरेट बिना कुछ बोले ही वहाँ से चला गया।

सरदार पटेल जेल में अपने नित्य-नियम के अनुसार गीता-पाठ किया करते थे। जेल की सज़ा पूरी होने के बाद 26 जून को उन्हें रिहाई मिल गयी। जेल में रहने से सरदार पटेल की सेहत पर बुरा असर पड़ा था। शुभचिंतकों ने उन्हें कुछ दिन आराम करने की सलाह दी, लेकिन उन्हें आराम करने की फुर्सत ही कहाँ थी। वह तो बस भारत की स्वतंत्रता को लेकर चिंता में रहते थे और अपना संघर्ष जारी रखना चाहते थे।

महात्मा गांधी ने डांडी पहुँचकर अपने हाथों से नमक बनाकर नमक कानून तोड़ा और उन्हें वहीं पर गिरफ्तार कर लिया गया। गांधीजी जेल जाने से पहले मोतीलाल नेहरू को अपना उत्तराधिकारी बना गए थे। कांग्रेस के शीर्ष नेताओं की कभी भी गिरफ्तारी की आशंका रहती थी, इसलिए मोतीलाल नेहरू ने तय किया कि अगर वह गिरफ्तार हो गए, तो उनके बाद सरदार पटेल कांग्रेस अध्यक्ष का पद संभालेंगे। जिसकी आशंका थी वही हुआ। मोतीलाल नेहरू भी गिरफ्तार कर लिए गए और सरदार पटेल ने अध्यक्ष पद का कार्यभार संभाला। अस्वस्थ होते हुए भी उन्होंने अध्यक्ष का पदभार ग्रहण कर लिया और नमक सत्याग्रह आन्दोलन का सारा जिम्मा उन्हीं के ऊपर आ गया था। इसी बीच सरकार ने सरदार पटेल को वार्तालाप का भी निमंत्रण भेजा। श्री जयकर और श्री तेज़ बहादुर समझौता कराने के पक्ष में थे, लेकिन उन्होंने सरकार की समझौता नीति को देशवासियों एवं देश-हितों को देखकर इनकार कर दिया।

सरदार वल्लभभाई पटेल ने पार्टी का अध्यक्ष बनने के बाद अध्यक्ष का काम देखना शुरू कर दिया। उनका सभी देशवासियों को एक ही मुख्य संदेश था कि 'संघर्ष जारी रखो।' जब उन्हें यह पता चला कि उनकी जेल यात्रा के दौरान भी गुजरात में नमक कानून उल्लंघन और रास गाँव में सरकार के अधिक लगान वसूलने के इरादों के विरोध में लगान न देने की घोषणा के साथ संघर्ष का सिलसिला जारी रहा, तो उन्हें बहुत संतोष हुआ। सरदार पटेल के आदेशों का पालन करते हुए विदेशी माल का बहिष्कार और विदेशी कपड़ों की होली जलाने के कार्यक्रम भी उनकी अनुपस्थिति में चलते रहे। शराब की दुकानों पर धरना देने में महिलाओं ने अपनी सक्रिय भूमिका निभाई।

कांग्रेस पार्टी के नेतृत्व में सत्याग्रह आन्दोलन में बढ़ती तीव्रता से अंग्रेज़ी सरकार की चिंता और बढ़ने लगी थी। उसने एक विशेष अध्यादेश जारी करके कांग्रेस कार्य समिति की गतिविधियों पर रोक लगा दी और उसके सभी दफ्तर सीलबंद कर दिए।

सरदार पटेल ने इसका जवाब देते हुए यह ऐलान किया कि 'आज से देश का हर नागरिक कांग्रेस संगठन और हर घर कांग्रेस का कार्यालय होगा। सारे देश के नागरिकों को गिरफ्तार करके जेल में ठूसना और हर घर को सीलबंद करना क्या किसी सरकार के बूते की बात थी।' ब्रिटिश हुकूमत सरदार पटेल के इस जवाब से बौखला गई। अध्यादेश जारी करने के बाद संघर्ष में कमी आने के बजाए सरदार के नेतृत्व में उसके और उग्र होने से सरकार की बेचैनी और भी बढ़ गई। अंग्रेज़ी सरकार सरदार पटेल को गिरफ्तार करने का मौका तलाशने लगी।

बंबई में 31 जुलाई को लोकमान्य बाल गंगाधर तिलक की 75वीं जयंती पर एक विशाल शोभायात्रा निकालने का कार्यक्रम था। कार्यक्रम में पंडित मदनमोहन मालवीय, जयराम दास, दौलतराम दास, सरदार पटेल आदि कई बड़े-बड़े कांग्रेस के नेता मौजूद थे। सभी की मौजूदगी में भव्य शोभायात्रा निकाली गई, लेकिन बोरीबंदर स्टेशन पर जैसे ही जुलूस पहुँचा, तो सरकार ने उस पर प्रतिबंध लगा दिया। सरकार के विरोध में सभी लोग रात भर सड़क पर बैठे रहे। सारी रात बारिश होती रही, लेकिन जुलूस का नेतृत्व कर रहे सरदार पटेल सभी लोगों के साथ भीगते हुए वहाँ डटे रहे। जैसे ही सुबह हुई, तो सरकार ने धरने पर बैठे सभी लोगों पर लाठी चार्ज करना शुरू कर दिया और सरदार पटेल को गिरफ्तार कर लिया। उन्हें तीन महीने की सज़ा सुनाई गई और पूना के पास स्थित यरवदा जेल ले जाया गया। सरकार एवं आन्दोलनकारियों में वार्तालाप हो, इसके लिए कुछ नेता सक्रिय थे, लेकिन सविनय अवज्ञा आन्दोलन दिन-पर-दिन बढ़ता जा रहा था। सरकार भी अपनी पूरी तैयारी के साथ उससे निपटने के लिए सख़्ती बरत रही थी। तब एक अंग्रेज़ पत्रकार जिसका नाम सोलोंकोव था, वह समझौता कराने के लिए आगे आया। वह गांधीजी के पास गया और उनसे समझौता करने का आग्रह किया। इसके साथ डॉ. जयकर और तेज़ बहादुर भी समझौता कराने के लिए आगे बढ़े। वायसराय की ओर से इस मुद्दे पर ठोस कार्यवाही करने का पुख़्ता आश्वासन न मिलने की वजह से सत्याग्रही भी पीछे हट गए। इसलिए अधिकतर भारतीय नेताओं ने भी गोलमेज़ परिषद् में भाग लेने से अपने कदम पीछे हटा लिए।

एक तरफ सरदार पटेल जेल में थे और दूसरी तरफ पुलिस ने तरह-तरह से उनके परिवार वालों को सताना शुरू कर दिया। पुलिस ने उनके घर में घुसकर उनके साथ दुर्व्यवहार किया। यहाँ तक कि उनकी 80 वर्षीय बूढ़ी माताजी को भी नहीं बख्शा। पुलिस उनकी रसोई में घुस गई और जिस हांडी में उन्होंने चावल पकाए थे, उसमें कंकर-पत्थर भर दिए। खाने-पीने का समान बाहर फेंका और बाक़ी बचे हुए समान में मिट्टी मिला दी, कुछ में मिट्टी का तेल डाल दिया। पुलिस के इस प्रकार के दुर्व्यवहार की ख़बर जब चारों ओर फैल गई, तो जनता में आक्रोश भर आया। सरदार पटेल को

जब यह समाचार मिला, तो उन्होंने सबसे पहले लोगों से यह अपील की कि हर हालत में शांति बनाए रखें और अपने अहिंसा के नियम का पालन करते हुए किसी भी प्रकार की हिंसा न करें। बारदोली और बोरसद में सरकार ने समझौते का पूरी तरह पालन नहीं किया था। इसलिए किसानों को मजबूर होकर एक बार फिर संघर्ष का मार्ग अपनाना पड़ा था। सरकार ने भी अपने पुराने हथकंडे अपनाते हुए ज़ोर-ज़बरदस्ती और कुर्की शुरू कर दी थी। लोगों के प्रति पुलिस की ज़्यादतियाँ इतनी बढ़ गई थीं कि उन्हें भागकर दूर-दराज़ के इलाकों में शरण लेनी पड़ी थी। पुलिस वाले औरतों और बच्चों को भी अपने ज़ुल्म का निशाना बनाने से नहीं छोड़ रहे थे।

तीन महीने की सज़ा पूरी करने के बाद जुलाई में सरदार पटेल को रिहा कर दिया गया। जेल से बाहर आने के बाद वह किसानों के संघर्ष का नेतृत्व करने में जुट गए। उनका बातचीत करने, भाषण देने और समझाने का अपना ही तरीका था जो लोगों को पर एक अलग तरह का प्रभाव डालता था। उन्होंने एक सभा में किसानों को संबोधित करते हुए कहा कि, 'सरकार कहती है, सबकी ज़मीनें छीन लेगी। जब ज़मीन ही न रहेगी, तो राज किस पर करेगी?' एक अन्य स्थान पर अपने भाषण में सरदार ने कहा कि, 'आप लोग अपनी ज़मीन की चिंता बिलकुल न करें। ज़मीन छिन भी गई तो अपने आप वापस चली आएगी।' सरदार पटेल की बातों ने किसानों में एक नए प्रकार का साहस भर दिया था। किसान जानते थे कि सरदार पटेल के भाषण हवा में नहीं होते, उनके पीछे कोई न कोई ठोस सच्चाई छिपी हुई होती है। यह सच्चाई उन्होंने बारदोली के ऐतिहासिक आन्दोलन के दौरान देखी थी, इसलिए किसानों को अपने नेता पर पूरा भरोसा था।

एक ओर जहाँ सरदार पटेल के मैदान में आ जाने से किसानों की चिंताएं कुछ कम हुई थीं, तो वहीं दूसरी ओर सरकार की चिंताएं बढ़ने लगीं। वह अभी तक बारदोली सत्याग्रह की हार को भूल नहीं सकी थी। सरकार ने सरदार पटेल के भाषण देने पर प्रतिबंध लगा दिया था। बंबई में एक खादी भंडार के उद्घाटन पर सरदार पटेल को आमंत्रित किया गया था। वहाँ उन्होंने एक सामान्य-सा भाषण दिया और अपने भाषण में उन्होंने कोई आपत्तिजनक बात नहीं कही थी, लेकिन सरकार को तो बस बहाना चाहिए था। प्रतिबंध का उल्लंघन करने के आरोप में सरदार पटेल को दिसंबर, सन् 1930 को फिर से गिरफ्तार कर लिया गया और इस बार उन्हें पूरे नौ महीने की जेल हुई।

उन दिनों लंदन में पहला गोलमेज़ सम्मेलन आयोजित करने के बारे में भी बातचीत चल रही थी। इसलिए ज़रूरी था कि सम्मेलन के लिए उपयुक्त वातावरण तैयार करने के लिए और कांग्रेस के नेताओं को परस्पर विचार-विमर्श का अवसर

देने के लिए उन्हें रिहा कर दिया जाए। गांधीजी भी दिल्ली में वायसराय से बातचीत कर रहे थे। इससे जुड़ी सलाह के लिए भी पार्टी के शीर्ष नेताओं का दिल्ली में होना ज़रूरी था। इन सब बातों को देखते हुए वायसराय ने एक विशेष अधिसूचना जारी की, जिसके तहत जनवरी, सन् 1931 को सरदार पटेल सहित कांग्रेस के 26 शीर्ष नेताओं को जेल से रिहा कर दिया गया।

लंदन में हुए प्रथम गोलमेज़ सम्मेलन में कांग्रेस ने भाग नहीं लिया। भारतीय नेताओं पर गोलमेज़ परिषद् का व्यापक असर नहीं हुआ। ऐसे में सविनय अवज्ञा आन्दोलन को अधिक बल मिला। सरकार ने सोचा की समझौता करना ही सही रहेगा। तत्कालीन ब्रिटिश प्रधानमंत्री मैक्डोनॉल्ड ने ऐलान किया कि भारत को औपनिवेशिक स्वराज दिया जा सकता है। इधर गांधीजी की वायसराय के साथ बातचीत जारी थी। 5 मार्च, सन् 1931 को गांधी-इर्विन समझौता हुआ, जिसमें कांग्रेस ने अपना आन्दोलन वापस ले लिया और यह भी स्वीकार कर लिया कि वह दूसरे गोलमेज़ सम्मेलन में भाग लेगी। गांधी-इर्विन समझौते की शर्तों का पालन करते हुए सरकार ने सभी राजनीतिक कार्य समिति के सदस्यों को जेल से छोड़ दिया। समझौते के अनुसार आन्दोलन के दौरान सरकार द्वारा अधिगृहीत सम्पत्ति भूमि लौटाना था, अध्यादेशों को निरस्त करना था और नमक बनाने का अधिकार देना था।

कराची अधिवेशन-

मार्च, सन् 1931 के आख़िरी दिनों में कांग्रेस का अधिवेशन कराची में हुआ। इस अधिवेशन का अध्यक्ष सरदार वल्लभभाई पटेल को बनाया गया था। उस समय देश में दो कारणों से वातावरण अत्यधिक तनावपूर्ण बना हुआ था। पहला तो यह कि अधि वेशन से ठीक एक दिन पहले भगतसिंह, राजगुरु और सुखदेव को लाहौर षड्यंत्र केस में फाँसी दी गई थी और दूसरा हिन्दू-मुसलमान दंगे। लाहौर में लाला लाजपतराय ने साइमन कमीशन के विरोध में हो रहे प्रदर्शन का नेतृत्व किया था। इसलिए पुलिस ने उन्हें बड़ी बेरहमी से लाठियों से पीटा, जिसकी वजह से लालाजी की बाद में मृत्यु हो गई। इस घटना से भगतसिंह और उनके साथियों का ख़ून खौल उठा। उन्होंने एक योजना तैयार की और लालाजी पर प्रहार करने वाले अंग्रेज़ पुलिस ऑफिसर सांडर्स को गोली मार दी। उसी पुलिस ऑफिसर की हत्या के जुर्म में मुकदमा चलाकर अंग्रेज़ी सरकार ने भगतसिंह, राजगुरु और सुखदेव को फाँसी पर चढ़ा दिया।

उसी समय सरदार पटेल ने कराची में सम्पन्न हुए 46वें कांग्रेस अधिवेशन की अध्यक्षता की थी। उनके अध्यक्ष बनने पर सभी बड़े नेताओं को ही नहीं, बल्कि छोटे-से-छोटे कार्यकर्त्ता को भी हार्दिक प्रसन्नता हुई थी। सरदार पटेल ने अपने

अध्यक्षीय भाषण में कहा कि, 'इस युग की अपूर्व जागृति के गत वर्ष में किसी भी प्रान्त ने कुर्बानियाँ करने में कोई असर बाक़ी नहीं रखी। दयालु परमेश्वर की कृपा है कि वह जागृति सच्ची आत्मशुद्धि की जागृति थी।' उन्होंने आगे कहा कि, 'भगतसिंह और उनके साथियों की देशभक्ति, साहस और बलिदान के आगे मेरा सिर झुक जाता है। लगभग सारे देश की यह माँग थी कि इस नौजवान की फाँसी की सज़ा को बदलकर देशनिकाले की सज़ा दी जाए। फिर भी सरकार ने उन्हें फाँसी दे दी, यह प्रकट करता है कि मौजूदा शासन प्रणाली कितनी हृदयहीन है।'

भगतसिंह और उनके साथियों को सज़ा सुनाए जाने के बाद देश भर में इसकी तीव्र प्रतिक्रिया हुई थी। युवकों का आक्रोश चरम पर था। कोने-कोने से आवाज़ें उठने लगी थीं कि गांधीजी अपने प्रभाव का प्रयोग करें और वायसराय पर दबाव बनाएँ कि उनके मृत्यु-दंड को आजीवन कारावास में बदला जाए। गांधीजी ने इसकी कोशिश भी की, लेकिन वह असफल रहे। भगतसिंह और उनके साथियों को फाँसी दे दी गई जिससे गांधीजी और कांग्रेस के प्रति लोगों में नाराज़गी थी। लोगों में नाराज़गी का अन्य कारण गांधी-इर्विन समझौता भी था। कांग्रेस में और कांग्रेस के बाहर भी विशेष रूप से युवक इस समझौते के तहत सविनय अवज्ञा आंदोलन स्थगित करने से भड़के हुए थे। वे नहीं चाहते कि अंग्रेज़ों से साथ किसी भी तरह का कोई समझौता हो। वे हर हाल में स्वतंत्रता का संघर्ष जारी रखना चाहते थे। इस गंभीर स्थिति को संभालने और अधिवेशन में गांधी-इर्विन समझौते के प्रस्ताव को पारित कराना मुश्किल काम था। कांग्रेस के वरिष्ठ नेता जानते थे कि इस काम को सरदार पटेल ही संभव कर सकते हैं, इसलिए उन्हें अध्यक्ष बनाया गया था।

कांग्रेस के युवा-वर्ग की नाराज़गी गांधी-इर्विन समझौते को लेकर थी, जिन्हें सरदार पटेल ने यह कहकर आश्वस्त किया कि हमें इस समझौते से कुछ अच्छे परिणामों की आशा है, लेकिन अगर ऐसा नहीं हुआ, तो आन्दोलन फिर से शुरू किया जाएगा। सरदार पटेल की इस बात पर कुछ लोगों ने ऐतराज़ जताते हुए कहा कि इस प्रक्रिया में लंबा समय लगेगा। लोगों की बात का जवाब देते हुए सरदार पटेल ने कहा कि गांधीजी की उम्र इस समय 63 वर्ष है और मेरी 56 वर्ष। हम लोग अपने जीवनकाल में देश को स्वतंत्र देखना चाहते हैं। हमें आपसे ज़्यादा जल्दी है और हम इस मामले में आपसे कहीं अधिक व्यग्र हैं। फिर आप लोग इतने अधीर क्यों हो रहे हैं?

सरदार पटेल के प्रयासों के कारण ही गांधी-इर्विन समझौते से संबंधित प्रस्ताव अधिवेशन में बिना किसी रुकावट के पारित हो गया। यह उनकी तर्क-शक्ति, व्यवहार-कुशलता और वाक्-चातुर्य का प्रभाव था। इस संदर्भ में सबसे अधिक

उल्लेखनीय बात यह रही कि पंडित जवाहरलाल नेहरू इस समझौते के खिलाफ थे, लेकिन इसे पारित करने का प्रस्ताव अधिवेशन के सामने उन्होंने ही रखा।

कांग्रेस का कराची अधिवेशन समाप्त होने के बाद गांधीजी गोलमेज़ सम्मेलन में भाग लेने के लिए रवाना हो गए। सितम्बर, सन् 1931 को इंग्लैंड में द्वितीय गोलमेज़ सम्मेलन शुरू हुआ। गांधीजी चाहते थे कि सुरक्षा और वैदेशिक मामले के ऊपर पूरी तरह से नियंत्रण के अधिकार सहित भारत में औपनिवेशिक राज्य की स्थापना हो। लेकिन सरकार ने कांग्रेस के राष्ट्रीय स्वरूप की माँग को स्वीकार नहीं किया। इसलिए गांधीजी को यह कहना पड़ा कि अब हमें अलग-अलग रास्तों पर चलना होगा। इसका कोई वांछित परिणाम नहीं निकला। भारत में गांधीजी की अनुपस्थिति में भी सरकार ने गांधी-इर्विन समझौते का खुला उल्लंघन करते हुए अपना दमन-चक्र जारी रखा। इस सबसे सरदार पटेल बहुत दुःखी हुए, लेकिन उन्होंने स्वयं को शांत रखा और सभी देशवासियों से भी शांति बनाए रखने की अपील की, जिससे कांग्रेस पर समझौते के उल्लंघन का आरोप न आए। उन्होंने गांधीजी को पत्र लिखकर सारी स्थिति के बारे में जानकारी दी और भारत लौट आने के लिए विशेष आग्रह किया।

देश में राजनीतिक माहौल गर्माया हुआ था। आम-जन और कई नेता सविनय अवज्ञा आन्दोलन दोबारा शुरू करना चाहते थे। गोलेमज सम्मेलन में जाने से पहले गांधीजी ने देश की जनता से अपील की थी कि, 'जब तक मैं गोलमेज़ परिषद् की मीटिंग में भाग लेकर भारत न लौट आऊँ, तब तक किसी भी प्रकार का धरना या आयोजन स्थगित रखा जाए।' सरदार पटेल ने गांधीजी जी की भावनाओं का सम्मान करते हुए अपने तरीके से काम किया और स्थिति को संभाला।

गांधीजी जी दिसंबर, सन् 1931 को इंग्लैंड से भारत लौट आए। उनके भारत लौटने तक स्थितियाँ बिगड़ चुकी थीं। सविनय अवज्ञा आन्दोलन पुनः शुरू हो गया था। लॉर्ड इर्विन के बाद लॉर्ड विलिंगडन को भारत का नया वायसराय बनाया गया था। सरकार ने कांग्रेस को अवैध घोषित कर दिया था और पंडित जवाहरलाल नेहरू को जेल भेज दिया गया।

❑

यरवदा जेल: गांधी और पटेल

सन् 1931 तारीख़ 28 दिसंबर। महात्मा गांधी इंग्लैंड से गोलमेज़ सम्मेलन में भाग लेकर भारत वापस आ गए थे। सन् 1932 तारीख़ 4 जनवरी। गांधीजी और सरदार वल्लभभाई पटेल को गिरफ्तार कर लिया गया। दोनों को यरवदा जेल भेज दिया गया। इस बीच गांधीजी ने वायसराय को पत्र लिखकर उनसे मिलने की इजाज़त माँगी थी, लेकिन उन्हें समय नहीं दिया गया। फिर गांधीजी जी ने तार भेजकर उन्हें अपनी स्थिति के बारे में बताया। सरदार पटेल लगभग एक साल चार महीने तक गांधीजी के साथ यरवदा जेल में रहे। जेल में उन्होंने अपना सारा समय गांधीजी के सच्चे अनुयायी के तौर पर बिताया और अपनी दिनचर्या व खान-पान सबकुछ उनके अनुरूप रखा। गांधीजी चाय नहीं पीते थे और चावल भी नहीं खाते थे। सरदार पटेल ने भी इन दोनों चीज़ों को त्याग दिया था। सरदार पटेल गांधी जी का बहुत ध्यान रखते और उनका हर काम करते। इससे उन्हें खुशी मिलती। गांधीजी सुबह चार बजे उठ जाते तो सरदार पटेल भी उसी समय उठ जाया करते थे।

सरदार पटेल जेल में रहते हुए गांधीजी की सेवा करने का कोई अवसर नहीं गँवाना चाहते थे। वह गांधीजी के लिए सोडा बनाते, खूजर साफ करते और दातुन तैयार करते। वह हँसते हुए गांधीजी से कहते कि, 'मुझे क्या पता था कि हम दोनों यहाँ साथ रहने वाले हैं। अगर पहले से पता होता, तो मैं काका से पूछ लेता कि बापू को क्या-क्या पसंद है और उनका क्या काम करना है। बापू तो कुछ कहते नहीं, इसलिए मालूम ही नहीं होता।' एक दिन गांधीजी चार बजे की जगह तीन बजे ही उठ गए और प्रार्थना आदि करने लगे। सरदार पटेल भी उनके साथ उठ गए, तो गांधीजी ने उनसे कहा, 'आप अपनी नींद पूरी कर लें।' सरदार पटेल बोले कि, 'आप जागें और मैं नींद लूं, यह कैसे हो सकता है?' सरदार पटेल हमेशा ही गांधीजी के पीछे-पीछे चला करते थे। एक दिन गांधीजी सरदार पटेल से बोले, 'एक-न-एक दिन तो किसी के कंधे पर चढ़ना पड़ेगा।' सरदार पटेल ने कहा, 'नहीं, नहीं, ऐसा नहीं हो सकता। इस तरह देश को मझधार में छोड़कर आप कैसे जा सकते हैं। एक बार जहाज़ को किनारे पहुँचा दीजिए, फिर जहाँ जाना चाहें चले जाना। मैं भी आपके साथ चलूँगा।'

सरदार पटेल जेल में दातुन कूटने, बादाम पीसने का ही काम नहीं करते थे, बल्कि लिफाफे भी बनाते थे। एक दिन उन्होंने एक पुस्तक पर जिल्द चढ़ा दी, तो गांधीजी उनसे बहुत प्रभावित हुए। गांधीजी ने एक पत्र में लिखा कि, 'लिफाफों में तो कोई उनकी बराबरी नहीं कर सकता। लिफाफे वे बिना नापे ही बनाते हैं। अंदाज़ से काटते हैं और एकदम बराबर निकलते हैं। ऐसा नहीं लगता कि इसमें बहुत समय लगता है। उनकी व्यवस्था आश्चर्यजनक होती है। उन्हें जो कुछ करना होता है, वह उसे याद रखने के लिए नहीं छोड़ते बल्कि उसी समय कर डालते हैं। जब से कातना शुरू किया है तब से बराबर समय पर कातते हैं। इस तरह सूत और गति में रोज़ सुधार होता जा रहा है। हाथ में लिया हुआ काम भूल जाने की बात तो शायद ही होती हो।'

सरदार पटेल की प्रशंसा करने के साथ-साथ गांधीजी उन्हें कभी-कभी डाँट भी देते थे। एक दिन सुबह जब नौ बजे सरदार पटेल ने उन्हें सोडा दिया, तो गांधीजी ने उनसे कहा, 'क्या आपको नर्सिंग का एक कोर्स देने की ज़रूरत नहीं है, देखिए तो आपने चम्मच को ऊपर से पकड़ने की जगह नीचे से पकड़ा रखा है। अब यह चम्मच गिलास में जाएगा, इसलिए इसे उस जगह से नहीं छूना चाहिए और जिस रूमाल से मुँह साफ किया जाता है, उसी से आपने इस चम्मच को साफ किया है। यह भी नहीं होना चाहिए। गिलास को इस्तेमाल करने के बाद ऐसे ही औंधे मुँह नहीं रख देना चाहिए। अगर आप इस आशा से औंधे रखते हो कि यह गिलास धुल जाते होंगे, तो मैं आपको बता दूँ कि ये अकसर नहीं धोए जाते।'

एक दिन गांधीजी ने अपने सोने के लिए नारियल की रस्सी की खाट मँगवाई। उसे देखकर सरदार पटेल ने कहा, 'क्या इस पर भी कोई सोता है? गद्दे में नारियल के बाल का क्या काम है, जो नारियल की रस्सी पर सोना है।' गांधीजी ने कहा, 'लेकिन देखिए तो यह खाट कितनी साफ रह सकती है?' सरदार पटेल बोले, 'आप भी खूब हैं। ऐसी खाट से काम नहीं चलेगा। मैं कल इस पर निवाड़ चढ़वा दूँगा।' गांधीजी बोले, 'नहीं वल्लभभाई, निवाड़ में धूल भर जाती है और वह धुलती भी नहीं। इस पर पानी डालते ही यह एकदम साफ हो जाएगी।' सरादर पटेल ने कहा, 'निवाड़ धुलने के लिए धोबी को दे दो।' गांधीजी ने कहा, 'इसकी रस्सी निकालनी नहीं पड़ती, ये ऐसे ही धुल सकती है। मैं तो इसी पर सोऊँगा। मुझे याद है कि बचपन में मेरी माँ इन पर अदरक छीलती थी। अदरक का आचार डालना होता, तो अदरक को चाकू से साफ न करके खाट पर घिसते जिससे छिलके साफ हो जाते।' सरदार पटेल बोले कि, 'इस तरह तो हड्डियों पर से चमड़ी उधड़ जाएगी। इसलिए कहता हूँ कि निवाड़ लगवा लीजिए।' परन्तु गांधीजी ने सरदार पटेल की बात नहीं मानी।

ऐसा कहा जाता है कि एक बार कुछ लोग गांधीजी से मिलने जेल में आए, लेकिन उनकी मुलाकात पहले सरदार पटेल से हो गई। सरदार पटेल ने उनसे पूछा, 'किधर जा रहे हो?' लोगों ने जवाब दिया कि, 'गांधीजी से मिलने जा रहे हैं।' सरदार पटेल ने पूछा कि, 'क्यों मिलना है?' उन्होंने कहा, 'ब्रह्मचर्य पर उनसे कुछ बात करनी है।' सरदार पटेल ने कहा, 'ब्रह्मचर्य पर उनसे क्या बात करोगे? उनके चार बेटे हैं, सब विवाहित हैं। उनकी पत्नी ज़िंदा हैं। वह ब्रह्मचर्य के बारे में क्या जानें? इस बारे में तुम मुझसे बात करो। मेरे दो बच्चे हैं और बहुत पहले ही मेरी पत्नी की मृत्यु हो चुकी है। मैंने दूसरी शादी भी नहीं की है। ब्रह्मचारी मैं हूँ।'

गांधीजी सुबह-शाम पानी में नींबू का रस मिलाकर पिया करते थे। एक दिन उन्होंने सरदार पटेल से कहा कि, 'नीबू की जगह इमली का प्रयोग किया जाए। जेल में इसके पेड़ भी अधिक हैं।' यह सुनकर सरदार पटेल हँस दिए और कहा कि, 'इमली के पानी से हड्डियाँ गल जाती हैं और बादी भी हो जाती है।' गांधीजी बोले, 'जमनालाल जी पीते हैं सो?' सरदार पटेल बोले, 'जमनालाल जी कि हड्डियों तक पहुँचने के लिए इमली के पास रास्ता नहीं है।' यह सुनकर गांधीजी मुस्करा दिए।

महात्मा गांधी की सज़ा पूरी होने के बाद उन्हें जेल से रिहा कर दिया गया। जेल से बाहर आने के बाद उन्होंने सरदार पटेल के बारे में लिखा कि-

'जेल में सरदार वल्लभभाई पटेल के साथ रहने का अवसर मिला, यह मेरे लिए बड़े सौभाग्य की बात थी। जेल में सरदार पटेल ने मेरा इस तरह ख़याल रखा कि मुझे अपनी माँ की याद आ गई। उनकी अद्वितीय शूरवीरता और ज्वलंत देशभक्ति का तो मुझे पता था, लेकिन इन सोलह महीनों में उनके साथ जिस तरह से रहने का मुझे सौभाग्य मिला, उस तरह से मैं उनके साथ कभी नहीं रहा था। उन्होंने मुझ पर जो हार्दिक ममता और प्रेम बरसाया, उससे तो मुझे अपनी प्यारी माँ का स्मरण हो आता था। मैं नहीं जानता था कि उनमें ऐसे माता के गुण भी होंगे। मुझे कुछ भी होता, तो वे बिस्तर से उठ खड़े होते। मेरी सुविधा की जरा-सी बात की भी वे खुद चिन्ता रखते थे। उन्होंने और मेरे अन्य साथियों ने भीतर ही भीतर तय कर लिया था कि मुझे कुछ भी काम न करने दिया जाए। मैं आशा रखता हूँ कि सरकार मेरी यह बात मानेगी कि जब भी हम राजनीतिक बातों पर चर्चा करते थे, तब उन्हें सरकार की कठिनाइयों का बराबर ख़याल रहता था। बारदोली और खेड़ा के किसानों की वे जैसी चिंता करते थे, उसे मैं कभी भूल नहीं सकूंगा।'

सरदार वल्लभभाई पटेल को जेल में शारीरिक कष्ट तो थे ही, लेकिन उन्हें मानसिक कष्ट भी झेलना पड़ा था। इन्हीं दिनों सन् 1932 में सरदार पटेल की माताजी

का करमसद में निधन हो गया था। सरकार ने उन्हें अपनी शर्तों पर रिहा करने की पेशकश की, लेकिन सरदार पटेल किसी भी तरह के समझौते के लिए तैयार न थे। बिना शर्त रिहाई से इनकार होने पर उन्होंने जेल में रहकर ही यह दुःख सह लिया, लेकिन वह अपने आदर्शों पर डटे रहे। इससे भी बड़ा मानसिक आघात उन्हें तब झेलना पड़ा जब माताजी के देहांत के एक साल बाद सन् 1933 में उनके बड़े भाई विट्ठलभाई का विदेश में निधन हो गया। उनका पार्थिव शरीर अंतिम संस्कार के लिए बंबई लाया गया। सबकी इच्छा थी कि सरदार पटेल ही अपने बड़े भाई का अंतिम संस्कार करें, लेकिन सरकार फिर से उन्हें बिना शर्त रिहा करने को राज़ी नहीं हुई। सरदार पटेल ने यह दुःख भी जेल में रहकर ही सहा।

जेल में सरदार पटेल को नाक से सम्बन्धी रोग हो गया और उनकी नाक की तकलीफ बहुत बढ़ गई, जिससे उन्हें साँस लेने में भी मुश्किल होती थी। सरकारी आदेश पर गठित एक विशेष चिकित्सा दल ने सरदार पटेल के स्वास्थ्य की जाँच की। उनकी रिपोर्ट अनुसार ऑपरेशन के अलावा कोई दूसरा रास्ता नहीं बचा था। अतः सरकार ने उनकी रिपोर्ट पर अमल करते हुए सरदार पटेल को रिहा कर दिया जिससे उन्हें ज़रूरी चिकित्सा सुविधा मिल सके और वह अपना सही समय पर ऑपरेशन करवा सकें। जेल से रिहा होने के बाद सरदार पटेल बंबई आ गए और वहाँ के एक अस्पताल में अपनी नाक का ऑपरेशन कराया।

महात्मा गांधी हरिजन उद्धार के कार्यक्रम में व्यस्त थे। सरकार जाति के नाम पर सवर्ण-अवर्ण को लेकर फूट डालने की कोशिश कर रही थी। राष्ट्रीय कांग्रेस के पचास वर्ष पूरे हो रहे थे और केन्द्रीय विधानसभा के चुनाव भी प्रस्तावित थे। इन दोनों आयोजनों के लिए सरदार वल्लभभाई पटेल ने अपनी स्वास्थ्य की ज़रा भी चिन्ता नहीं की और तैयारी में जुट गए।

❑

गांधी, नेहरू और पटेल

देश की त्रिमूर्ति महात्मा गांधी, पंडित जवाहरलाल नेहरू और सरदार वल्लभभाई पटेल का अब सबसे बड़ा उद्देश्य था, देश को अंग्रेज़ी हुकूमत से किसी भी हाल में आज़ाद करवाना। सरदार पटेल को लोग महान् राजनीतिज्ञ और निष्ठावान देशभक्त के रूप में स्वीकार कर चुके थे। उन्हें कठोर अनुशासन पसन्द था और वह स्वयं सदा अनुशासनबद्ध रहते थे तथा समस्त कांग्रेस संगठन को हमेशा अनुशासनबद्ध ही देखना चाहते थे। देश की आज़ादी के लिए बड़े-से-बड़ा त्याग करने का उनका संकल्प हमेशा से ही दृढ़ था। भावनाएँ और उत्तेजनाएँ कभी भी उनको अपने साथ बहाकर ले जाने में सफल नहीं हो सकी। उनकी संगठन शक्ति अद्‌भुत थी। अपने साथ काम करने वालों में कर्तव्य भावना और उत्तरदायित्व की भावना उत्पन्न करने वाले वह एक ही थे। स्वयं वे जितने घोर कर्मठ थे, कार्यकर्त्ताओं को भी वे उतना ही कर्मठ बनाने की क्षमता रखते थे।

सरदार पटेल देश व समाज की दूसरी समस्याओं के प्रति भी पूरी तरह से जागरूक रहते थे और उन पर पूरा ध्यान देते थे। परतंत्रता की वजह से समाज का न तो विकास हो पा रहा था और न उसकी समस्याओं की ओर शासकों का ध्यान आकर्षित हो रहा था। समाज में अशिक्षा, बीमारी, महामारी, फूट, जात-पात, धर्म-संप्रदाय, निर्धनता आदि अनेक प्रकार की समस्याएँ बढ़ रही थीं। संघर्ष और आन्दोलनों के दौरान सरदार पटेल को जब भी समय मिलता, तो वह इन समस्याओं की तरफ ध्यान देते और इन्हें हल करने की पूरी कोशिश करते। वह स्वाधीनता संघर्ष के लिए जागरूकता फैलाने के लिए जहाँ भी जाते वहाँ की कोई भी मुख्य समस्या होती, तो अपने भाषणों में उसका ज़िक्र ज़रूर करते। जब वह दक्षिण में गए, तो ब्राह्मणों व अन्य वर्गों के बीच पनप रहे वैमनस्य पर अपने भाषणों में निरंतर विचार व्यक्त करते रहे, जिससे दोनों वर्गों में कटुता यथासंभव कम हो सके। वह बिहार में जहाँ कहीं भी गए, पर्दा-प्रथा के विरोध में बोले। उन्होंने बिहार के किसानों व अन्य वर्गों को अपने घर की स्त्रियों को परदे में रखने के लिए उनकी आलोचना की और स्त्रियों में भी आत्मविश्वास व साहस का संचार करने के लिए उन्हें भी समझाया कि अपने पर लगी पाबंदियों का विरोध करें।

स्वाधीनता संघर्ष के दौरान बोरसद के 27 गाँवों में प्लेग की बीमारी फैल गई। उन गाँवों के लोग इससे पहले भी इस महामारी से लड़ चुके थे, लेकिन इस बार यह बीमारी और भी खतरनाक रूप लेकर आयी थी। पहले के अनुभवों को देखते हुए सरदार पटेल को पता था कि सरकार इस बार भी उदासीनता बरतेगी और वैसा ही हुआ। इस महामारी की चपेट में आए लोगों के लिए सरदार पटेल का हृदय व्यथित हो उठा। उन्होंने तो देश और समाज की सेवा को ही अपने जीवन का उद्देश्य बना लिया था। सरदार पटेल ने स्वयंसेवकों के जत्थे तैयार किये और गाँव-गाँव घूमकर इस महामारी से बचने और उसके उन्मूलन के उपाय गाँव वालों को समझाने लगे। इसके अतिरिक्त उन्होंने बोरसद में एक निजी अस्पताल भी खोला जहाँ प्लेग के मरीज़ों का इलाज किया गया। सरदार पटेल स्वयं ही गाँव-गाँव घूमकर सभी सेवा-कार्यों का नेतृत्व और निरीक्षण करते थे। प्लेग एक ऐसी भयानक छूत की बीमारी थी कि उसके नाम से ही दूर-दूर तक आतंक फैल जाता था। लोग इतने डर गए थे कि अपने रोगी सगे-संबंधियों को मरने के लिए छोड़ देते थे।

ऐसी ख़तरनाक स्थिति में प्लेग वाले गाँवों में जाकर सेवा कार्य करने का मतलब मौत को बुलावा देना था। सरकार की तरफ से कोई ठोस कार्य नहीं किया जा रहा था। ऐसी भयनाक परिस्थिति में सरदार पटेल और उनके अनुयायी आगे आए और उन्होंने सेवा-भाव से इस विभीषिका का सामना किया। उनके किए गए अथक प्रयासों का नतीजा जल्द ही सामने आया और बोरसद को प्लेग से मुक्ति मिल गई। उन्होंने इस बीमारी की रोकथाम के लिए लोगों में जो जागरूकता फैलाई थी उसकी वजह से यह बीमारी फिर कभी उस क्षेत्र में नहीं फैली। सरदार पटेल और उनके अनुयायियों ने जो कुछ किया वह सब निस्वार्थ भाव सेवा थी।

इस सराहनीय कार्य से लोगों के बीच सरदार पटेल की लोकप्रियता और बढ़ गई। हर तरफ सरदार पटेल के कार्यों की चर्चा होते देख सरकार ने उनकी बढ़ती साख को गिराने के लिए अप्रत्यक्ष तरीका अपनाया। सरकार की तरफ से एक नोटिस जारी किया गया, जिसमें लिखा था कि कुछ लोग निजी तौर पर प्लेग का मुकाबला करने की कोशिश कर रहे हैं। यह उचित नहीं है क्योंकि इस तरह की गंभीर बीमारियों से निपटने और रोकथाम के लिए गहन जानकारी और डॉक्टरी उपायों की ज़रूरत होती है। इस काम को सरकार का स्वास्थ्य विभाग ही कर सकता है। अधूरे ज्ञान और अधूरी जानकारी के साथ इस काम को करने का कोई मतलब नहीं है।

सरदार पटेल ने भी सरकार की पोल खोलते हुए एक बयान जारी किया, जिसके साथ उन्होंने सरकारी लापरवाही के सबूत पेश किए और उनकी टीम ने जो कुछ सेवा का कार्य किया था, उसका भी ब्यौरा प्रस्तुत किया। इसके बाद इस बारे में एक स्वतंत्र

जाँच समिति का गठन किया गया। समिति ने गाँव-गाँव घूमकर और लोगों से मिलकर तथ्य एकत्रित किए और सच्चाई का पता लगाया। समिति ने अपनी रिपोर्ट में कहा कि सरकारी लापरवाही की वजह से ही यह महामारी इतनी फैल गई और बीमारी के फैलने के बाद भी उसकी रोकथाम के लिए सरकार ने कोई कारगर उपाय नहीं किए। कांग्रेस के नेताओं और कार्यकर्त्ताओं के सेवाभाव परिश्रम से ही इस बीमारी से गाँव वालों को मुक्ति मिली है। इन लोगों ने अपनी जान खतरे में डालकर गाँव के लोगों की जानें बचाई हैं। इससे सरकार का सिर और नीचे झुक गया।

सन् 1935 में कांग्रेस ने विधानसभा के चुनाव लड़ने का निश्चय किया। इसके लिए एक संसदीय उपसमिति का गठन किया गया। सरदार वल्लभभाई पटेल को इस उपसमिति का अध्यक्ष बना गया। मौलाना अबुल कलाम आज़ाद और डॉ. राजेन्द्र प्रसाद इसके दो अन्य सदस्य थे। आगामी चुनावों के लिए उम्मीदवारों का चयन करने की ज़िम्मेदारी सरदार पटेल को सौंपी गई थी। अपनी ज़िम्मेदारी को निष्ठापूर्वक निभाते हुए सरदार पटेल ने कुछ मापदंड तय किये और उनके अनुसार ही उम्मीदवारों का चयन किया। अपने निर्णय में उन्होंने निजी पसंद-नापसंद को आगे नहीं आने दिया। कुछ लोग ऐसे थे जो खुद को सरदार पटेल का सबसे करीबी मानते थे, लेकिन वह भी उनकी इस नियम-निष्ठता को समझ नहीं पाए और उनसे रुष्ट हो गए। कुछ ने तो सरदार पटेल को हिटलर तक कह दिया था, लेकिन उन्होंने इन सब बातों की परवाह नहीं की। सरदार पटेल ने अपने आलोचकों से सिर्फ इतना कहा कि जो मापदंड तय किए गए थे और जिनमें योग्यता थी उसके आधार पर ही उम्मीदवारों का चयन किया गया है।

उन दिनों सरदार पटेल का स्वास्थ्य ठीक नहीं था, लेकिन फिर भी उन्होंने अपने कर्तव्य का पालन करते हुए उम्मीदवारों का चयन हो जाने के बाद जगह-जगह घूमकर लोगों को वोट देने का महत्त्व समझाना शुरू किया। केंद्रीय विधानसभा में कांग्रेस ने बहुमत प्राप्त किया। सन् 1937 में हुए प्रांतों के चुनावों के ज़्यादातर नतीजे कांग्रेस के पक्ष में गए और उसे पाँच राज्यों मद्रास, बिहार, मध्य प्रदेश, संयुक्त प्रांत और उड़ीसा में स्पष्ट बहुमत मिला। उत्तर-पश्चिम सीमा प्रांत, बंबई, बंगाल और असम में कांग्रेस पिछड़ गई। चुनाव प्रक्रिया पूरी हो जाने के बाद एक महत्त्वपूर्ण प्रश्न यह उठा कि क्या कांग्रेस के निर्वाचित सदस्यों को विधानमंडलों में मंत्री बनना चाहिए या नहीं? सरदार पटेल को इसमें कोई अड़चन दिखाई नहीं दी। उन्होंने इस बात पर पूरा ज़ोर दिया कि पार्टी को यह ज़िम्मेदारी संभालने से पीछे नहीं हटना चाहिए। आख़िर विधानमंडलों के मंत्री पद ग्रहण करके वे कुछ तो देश के हित में निर्णय लेंगे। इसके अलावा कल जब देश को आज़ादी मिलेगी तब इन्हीं लोगों को सत्ता की बागडोर सँभालनी है और तब उनका यह अनुभव बहुत काम आएगा। पंडित मदन मोहन मालवीय ने इसका विरोध

किया और इस पर सरदार पटेल से काफी विवाद हुआ। गांधीजी को सरदार पटेल के तर्क में दम नज़र आ रहा था, लेकिन स्थिति को भाँपते हुए उन्होंने कोई दो-टूक निर्णय नहीं लिया। इसके बाद यह तय किया कि इस मामले को कांग्रेस महासमिति की बैठक में रखा जाए और उसका जो भी निर्णय हो वो सभी को मान्य होगा। जब दिल्ली में महासमिति की बैठक हुई, तो सरदार पटेल ने फिर से अपने तर्क प्रस्तुत करते हुए अपना पक्ष रखा। महासमिति ने सरदार पटेल के प्रस्ताव को स्वीकार कर लिया और देश के आठ राज्यों में कांग्रेस के मंत्रिमंडल का गठन किया गया।

यह चुनाव विधानसभाओं के चुनाव से पहले हुए थे। बंबई से चुनाव लड़ने के लिए कांग्रेस ने दो उम्मीदवारों का चयन किया था। इनमें एक के. एफ. नरीमन थे, जो उस समय बंबई कांग्रेस समिति के अध्यक्ष थे, दूसरे उम्मीदवार डॉ. देशमुख थे। मैदान में एक और उम्मीदवार सर कावसजी जहाँगीर भी थे। नरीमन किसी वजह से सर कावसजी की तरफदारी कर रहे थे। उन्होंने यहाँ तक कह डाला कि कांग्रेस एक ही सीट पर चुनाव लड़े तो अच्छा होगा। उनके इस बयान पर सब हैरान रह गए। जिस समय नामांकन पत्र भरे जा रहे थे तब नरीमन ने तो अपना नामांकन भरने में भी आनाकानी शुरू कर दी। उस समय सरदार पटेल केन्द्रीय संसदीय बोर्ड के अध्यक्ष थे, इसलिए नीति से जुड़े निर्णय लेने का अधिकार उन्हें था। सरदार पटेल को नरीमन का यह व्यवहार बहुत अनुचित और पार्टी-विरोधी लगा। जब सारी समस्या पर विचार-विमर्श हुआ, तो पार्टी ने निर्णय लिया कि नरीमन की उम्मीदवारी रद्द करके उनके स्थान पर कन्हैयालाल मुंशी को उम्मीदवार बनाया जाए। पार्टी के इस निर्णय से दु:खी होकर नरीमन ने बंबई चुनाव के दौरान भीतरघात किया, जिसके फलस्वरूप कन्हैयालाल मुंशी थोड़े अंतर से चुनाव हार गए।

इसके बाद जब प्रांतीय विधानसभाओं के चुनाव हुए तो इसमें बंबई से नरीमन विजयी होकर आए। उन्हें इसकी पूरी उम्मीद थी कि विधानसभा में कांग्रेस पार्टी के नेता वही बनेंगे। लेकिन पिछले चुनावों में नरीमन की पार्टी विरोधी हरकत को सरदार पटेल भूले नहीं थे। पार्टी के बाक़ी नेता भी नरीमन की उस हरकत से नाराज़ थे, इसलिए उनकी जगह पर बाला साहब खेर को पार्टी का नेता बनाया गया। नरीमन ने इसे अपना घोर अपमान समझा और उन्होंने अपनी गलती स्वीकार करने के बजाए इसे अल्पसंख्यक पारसियों के विरुद्ध पक्षपात का मुद्दा बना दिया। नरीमन ने पारसी स्वामित्व वाले बंबई के कुछ समाचार-पत्रों को भड़काना शुरू कर दिया। उन अख़बारों ने उनके मामले को नरीमन के साथ किया गया भेदभाव बताया। कुछ अख़बारों ने लिखा कि सरदार पटेल ने विधायकों पर अपने प्रभाव का गलत प्रयोग किया है और नरीमन की जगह बाला साहब को नेता बनाने के लिए कहा।

नरीमन ने लिखित रूप में इस बात की शिकायत पंडित जवाहरलाल नेहरू से भी की। उस समय पंडित नेहरू कांग्रेस के अध्यक्ष थे। उन्होंने नरीमन को जवाब में लिखा कि वह इस मामले में खुद हस्तक्षेप न करके सारे प्रकरण को कार्य समिति के विचारार्थ प्रस्तुत कर सकते हैं। नरीमन इस बात पर सहमत न हुए और उन्होंने जवाब में लिखा कि कार्य समिति का निर्णय निष्पक्ष होगा, इसमें मुझे संदेह है। नेहरू जी को ऐसे जवाब की उम्मीद न थी। उन्होंने नरीमन को इसका करारा जवाब देते हुए लिखा कि क्योंकि आपको कार्यसमिति में विश्वास नहीं है, इसलिए आप चाहें तो इस प्रकरण को लेकर लीग ऑफ नेशंस, प्रिवी काउंसिल या और किसी भी उच्च पंचाट में जा सकते हैं।

अब नरीमन के पास गांधीजी के अलावा और कोई दूसरा रास्ता नहीं बचा था। वह गांधीजी के पास गए। गांधीजी पहले से ही सारी स्थिति के बारे में जानते थे, लेकिन फिर भी उन्होंने नरीमन की बात पर पूरा ध्यान दिया। नरीमन की पूरी बात सुनने के बाद गांधीजी ने सुझाव दिया कि अगर नरीमन को मंज़ूर हो, तो वह स्वयं और वकील डी.एन. बहादुरजी मध्यस्थता करने के लिए तैयार हैं। वकील बहादुरजी पारसी थे और नरीमन के मित्र भी। गांधीजी की निष्पक्षता में तो नरीमन को कोई संदेह नहीं था, इसलिए उन्होंने हाँ कर दी। जब सारे मामले की जाँच हुई और निर्णायकों ने अपना निर्णय सुनाया, तो नरीमन हैरान रह गए। पहले तो उन्होंने यह निर्णय मान लिया, लेकिन बाद में यह कहकर मना करा दिया कि उस समय मेरी मानसिक स्थिति सही नहीं थी।

गांधीजी का इतना उदार दिल होने के बावजूद उन्होंने कांग्रेस अध्यक्ष पंडित जवाहरलाल नेहरू को लिखा कि नरीमन के व्यवहार से साफ ज़ाहिर होता है कि वह किसी भी ज़िम्मेदारी के पद पर आसीन होने के लायक नहीं है। नेहरू जी ने पंच-निर्णय और सारा प्रकरण कांग्रेस कार्य समिति के सामने प्रस्तुत किया। समिति ने इसकी समीक्षा करने के बाद कहा कि इस निर्णय और नरीमन के व्यवहार से स्पष्ट होता है कि वह किसी भी उत्तरदायित्व या विश्वास वाले पद के लिए योग्य नहीं है। इसके साथ ही कार्य समिति ने एक प्रस्ताव पारित करके उनको पार्टी से निष्कासित कर दिया। उक्त घटना से स्पष्ट है कि सरदार वल्लभभाई पटेल सत्य एवं न्याय के पथ पर चलते थे और अपने लक्ष्य में सफल भी हो जाते थे। अंत में जीत सरदार पटेल की ही हुई।

सन् 1938 में कांग्रेस का अधिवेशन बारदोली तालुका के हरिपुरा गाँव में होना तय किया गया था। इस अधिवेशन का अध्यक्ष श्री सुभाषचंद्र बोस को बनाया था, लेकिन इसकी व्यवस्था की पूरी ज़िम्मेदारी सरदार वल्लभभाई पटेल के ऊपर ही थी। उन्होंने अपनी ज़िम्मेदारी को बखूबी निभाया। यह अधिवेशन इसलिए भी याद किया जाता है क्योंकि इसमें ही भारत को दो वर्गों 'ब्रिटिश राज्य' और 'स्वदेशी राज्य' में विभाजित

किया गया था। नेशनल कांग्रेस प्रदेश स्तर पर हस्तक्षेप नहीं करती थी, लेकिन इस सम्मेलन में कहा गया था कि देशी राज्यों में जहाँ भी प्रजामंडल हो या इस तरह की अन्य कोई संस्था हो, कांग्रेस उसके साथ तालमेल बिठाए और उसका मार्ग-दर्शन करे। इसका फल यह हुआ कि राज्यों में प्रजामंडल स्थापित होने लगे और वे उत्तरदायित्व की माँग करने लगे। राजकोट का आन्दोलन इस मुद्दे को लेकर काफी चर्चित रहा। वहाँ के दीवान वीरबाला प्रसिद्ध कूटनीतिज्ञ थे। उन्होंने राज्य के राजस्व को बढ़ाने के लिए जुआ घर खोले थे और वह मज़दूरों से ज़्यादा काम करवाते थे। वहाँ की प्रजा इसके खिलाफ एकजुट हो गई और उसने सत्याग्रह शुरू कर दिया। उस समय सरदार पटेल ने वीरबाला को सुझाया कि वे ठाकुर साहब के राज्य में उत्तरदायी शासन की स्थापना हेतु उनसे माँग करें।

इन्हीं दिनों सरदार पटेल ने 'काठियावाड़ राजकीय परिषद्' की अध्यक्षता की थी। इसी जगह पर उनकी हत्या करने की कोशिश की गई थी। मैसूर राज्य की सरकार वहाँ राष्ट्रीय ध्वज नहीं फहराने देती थी। सरदार पटेल वहाँ गए और उनके हस्तक्षेप करने पर वहाँ की सरकार ने ध्वज फहराने पर से पाबंदी हटा ली। दिसंबर, सन् 1938 को सरदार पटेल राजकोट पहुँच गए। उन्होंने वहाँ के ठाकुर साहब से बातचीत की और राजकोट रियासत में गिरफ्तार किए गए राजनीतिक कैदियों को रिहा कर दिया गया। राजकोट के ठाकुर ने सरदार पटेल को अपनी रियासत का मंत्री बनाना चाहा, लेकिन उन्होंने मंत्री बनने से मना कर दिया। सरदार पटेल के इनकार करने के बाद एक अंग्रेज़ को ठाकुर साहब का परामर्शदाता बना दिया गया और वहाँ की प्रजा फिर से पीड़ित होने लगी और उनके ऊपर अत्याचार होने लगे। लोगों ने जब इसका विरोध किया, तो आन्दोलनकारियों को जेल भी जाना पड़ा। इस समस्या को लेकर गांधीजी ने ठाकुर साहब से बातचीत की और बहुत से प्रस्ताव तैयार किए। उन्होंने ठाकुर साहब को पत्र भी लिखा कि अगर वह बात नहीं मानेंगे, तो मैं उपवास शुरू कर दूँगा। गांधीजी ने वायसराय को भी पत्र लिखा। वायसराय ने भारत के मुख्य न्यायाधीश मारिस ग्वायर को समझौतों की शर्तों को अच्छी तरह से समझाने के लिए नियुक्त किया। गांधीजी ने अपना अनशन समाप्त कर दिया और मुख्य न्यायाधीश ने अपनी जाँच-पड़ताल करने के बाद यह निर्णय सुनाया कि समिति के दस सदस्यों में से सात सदस्य सरदार वल्लभभाई पटेल द्वारा चुने गए सदस्य हैं।

सन् 1939 में कांग्रेस का अधिवेशन त्रिपुरा में होना निर्धारित हुआ था। इस अधिवेशन के अध्यक्ष पद के लिए मौलाना आज़ाद का नाम प्रस्तावित किया गया था। इधर दूसरे राज्यों की कांग्रेस समितियों ने नेताजी सुभाषचन्द्र बोस का नाम सुझाया था। सुभाषचन्द्र बोस इससे पहले हरिपुरा में हुए कांग्रेस अधिवेशन के अध्यक्ष थे। मौलाना

आज़ाद ने उस समय की स्थिति को समझा और स्वास्थ्य ठीक न होने का बहाना करके अध्यक्ष का चुनाव न लड़ने का अपना निर्णय सुना दिया। इसके साथ ही उन्होंने अपनी जगह डॉ. पट्टाभि सीतारमैया का नाम भी सुझाया। गांधीजी ने यह नाम स्वीकार कर लिया था। सरदार पटेल, राजेन्द्र प्रसाद, जैरामदास दौलतराम, आचार्य कृपलानी, जमनालाल बजाज, शंकरराव देव और मूलाभाई की सात सदस्यीय कार्यकारिणी ने भी इसका समर्थन किया। कार्य समिति के कई सदस्यों ने सुभाष बाबू से आग्रह किया कि वह अध्यक्ष का चुनाव न लड़ें। गांधीजी और पंडित नेहरू ने भी सुभाषचन्द्र बोस से अपना नाम वापस लेने के लिए अनुरोध किया, लेकिन उन्होंने किसी की न सुनी।

सुभाषचन्द्र बोस जैसे सच्चे देशभक्त को किसी पद की लालसा नहीं थी। दूसरे महायुद्ध की शुरुआत होने वाली थी, इसलिए वह चाहते थे कि ऐसे अवसर का पूरा लाभ उठाया जाए। कांग्रेस अपने काम में ज़रा भी ढिलाई न बरते और अंग्रेज़ों को छह महीने के भीतर ही देश से चले जाने का नोटिस दिया जाए। ऐसे मौके पर वह नहीं चाहते थे कि सीतारमैया जैसा कोई व्यक्ति पार्टी का अध्यक्ष बने, जिसके इतने जुझारू होने की आशा बिलकुल नहीं थी। उन दिनों कांग्रेस की कमान सँभालने का अर्थ था देश की कमान को संभालना, क्योंकि सारा देश कांग्रेस के दिशा-निर्देश के अनुसार ही चलने के लिए कटिबद्ध था। इसलिए सवाल देश के भविष्य को लेकर था न कि किसी पद के लिए। अब जब सवाल देश के भविष्य को लेकर था, तो सुभाषचन्द्र बोस के लिए समझौते का तो कोई मतलब ही न था।

अध्यक्ष पद के लिए चुनावी मुकाबला हुआ और सुभाषचन्द्र बोस विजयी हुए। गांधीजी सीतारमैया की हार से इतने दु:खी हुए कि उन्होंने इसे अपनी हार बताया। एक तरफ सुभाषचन्द्र बोस के सामने अपने आदर्श थे, तो दूसरी तरफ सरदार वल्लभभाई पटेल के सामने अपने। उन्होंने सुभाषचन्द्र बोस की उम्मीदवारी को पार्टी अनुशासन का उल्लंघन माना और उसका खुला विरोध किया। सुभाषचन्द्र बोस का साथ देने वाले और उनके अनुयायियों की न तो पार्टी में कोई कमी थी और न पार्टी से बाहर। सरदार पटेल ने भी किसी के नाराज़ हो जाने की परवाह नहीं की और पूरे विश्वास के साथ अपने निर्णय व नियम पर डटे रहे।

कांग्रेस अध्यक्ष की उम्मीदवारी को लेकर पार्टी में मतभेद शुरू हो गया। कार्य समिति ने एक राजनीतिक चाल चली। उसने एक प्रस्ताव पारित करके अध्यक्ष पर दबाव डालने की कोशिश की कि कार्य समिति के सदस्यों का चुनाव गांधीजी की सलाह से ही होना चाहिए। सुभाषचन्द्र बोस इसका मतलब अच्छे से समझते थे और उन्होंने कार्य समिति के इस प्रस्ताव को मानने से साफ मना कर दिया। जिसके चलते मतभेद और बढ़ गया।

उन दिनों नेताजी का स्वास्थ्य भी बहुत ख़राब चल रहा था। एक तरफ उनकी ख़राब सेहत और दूसरी तरफ इस मतभेद के तनाव ने उन्हें और भी परेशानी में डाल दिया था। जब स्थितियाँ ज़्यादा तनावपूर्ण होती गई, तो सुभाषचन्द्र बोस ने तंग आकर अपने पद से इस्तीफा दे देना ही सही समझा। इसके बाद डॉ. राजेन्द्र प्रसाद को पार्टी का अध्यक्ष बनाया गया और सुभाषचन्द्र बोस को कांग्रेस ने अनुशासन भंग करने के आरोप में तीन साल के लिए पार्टी से निष्कासित कर दिया। नेताजी सुभाषचन्द्र बोस को इस तरह से पार्टी से बाहर करना उस समय पार्टी और देश दोनों के लिए ही सबसे दुर्भाग्य की बात थी।

❑

पूर्ण स्वायत्तता की माँग और सरदार पटेल

द्वितीय विश्व युद्ध आरंभ होने वाला था। सन् 1939 में जर्मनी ने हिटलर के नेतृत्व में यूरोप के छोटे-छोटे देशों पर हमला करके उनके ऊपर अपना अधिकार ज़माना शुरू कर दिया था। पूरी दुनिया में इसकी प्रतिक्रिया तेज़ होती जा रही थी। नाजी सेनाएँ जब पोलैंड को कुचलते हुए आगे की ओर बढ़ने लगीं, तो जर्मन साम्राज्यवाद के विस्तार को रोकना अंतर्राष्ट्रीय रूप से ज़रूरी हो गया। ब्रिटेन और उसके साथी मित्र देशों ने जर्मनी के विरुद्ध युद्ध की घोषणा कर दी और इस तरह दूसरे विश्व युद्ध की शुरुआत हुई।

कांग्रेस के समक्ष अब युद्ध में ब्रिटिश सरकार का साथ देने का सवाल था। साथ देने का मतलब था कि उसे युद्ध के सारे उद्देश्य साफ हों, जिससे उन्हीं के अनुसार फैसला लिया जा सके। जब कांग्रेस ने सरकार से पूछा, तो उसने कोई जवाब नहीं दिया। ऐसे में मंत्रिमंडलों ने विरोध-स्वरूप त्यागपत्र दे दिया और सरदार वल्लभभाई पटेल ने कहा कि जब तक अंग्रेज़ हुकूमत भारत को पूर्ण स्वायत्तता देने का वचन नहीं देती, तब तक भारत युद्ध में आगे नहीं आयेगा। उस समय अंग्रेज़ों को सैनिकों की ज़रूरत थी और भारतीय सैनिकों की गणना विश्व के सर्वश्रेष्ठ सैनिकों में की जाती थी। महायुद्ध में शामिल होने के बाद भारतीय सैनिकों ने जो प्रदर्शन किया, उससे यह सिद्ध भी हो गया कि भारत की विशाल व जाँबाज़ सेना के बिना अंग्रेज़ों का महायुद्ध जीत पाना कभी संभव न होता। इसलिए कांग्रेस के पास अब यही मौका था कि वह ब्रिटिश शासन से अपनी माँगें मनवा सकती थी।

गांधीजी को सरदार पटेल की इस राय से ऐतराज़ था। वह बोले कि ऐसे मुश्किल समय में भारत को बिना कोई शर्त रखे इस युद्ध में ब्रिटेन का साथ देना चाहिए। सरदार पटेल ने जवाब में कहा कि युद्ध में साथ देने के लिए पूर्ण स्वायत्तता की माँग रखने से अहिंसा के सिद्धांत का किसी भी तरह उल्लंघन नहीं होता। वह महात्मा गांधी के अनन्य अनुयायी थे। एक बार राजाजी राजगोपालाचारी ने सरदार पटेल के बारे में बोला था कि 'गांधीजी के बहुत से अंधभक्त हैं, लेकिन सरदार पटेल उनके ऐसे विलक्षण भक्तों में से हैं, जिनके विशाल नेत्र हैं, जिनसे वह सब कुछ स्पष्ट देखने की क्षमता

रखते हैं, लेकिन फिर भी वह कई बार वास्तविकता से आँखें मूँदकर गांधीजी का अंधानुकरण करते हैं।'

अंग्रेज़ सरकार ने कहा कि भारत को पूर्ण स्वायत्तता देने के प्रश्न पर सहानुभूतिपूर्वक विचार किया जा सकता है। वायसराय ने कहा कि ब्रिटेन भारत को औपनिवेशिक स्वायत्तता देने के हक में है, परन्तु इस तरह के सभी मामलों में युद्ध के बाद ही सोच-विचार किया जाएगा। सरदार पटेल अंग्रेज़ों की इस चाल को खूब समझते थे। उन्होंने इसका जवाब देते हुए कहा कि युद्ध का क्या नतीजा होगा, इसे अभी कोई भी नहीं जानता। अगर इस महायुद्ध के बाद भारत पर किसी और देश ने कब्ज़ा कर लिया, तो फिर अंग्रेज़ी सरकार अपना वादा किस तरह पूरा करेगी। सरकार को अगर कुछ देना ही है, तो उन्हें आज ही देना चाहिए। गांधीजी के लिए उन्होंने कहा कि मुझे पूर्ण स्वायत्तता की अपनी माँग की शर्त पर कोई ख़ामी नज़र नहीं आती, लेकिन फिर भी अगर गांधीजी मेरे आग्रह के बावजूद इससे असहमत हैं, तो मैं इसे भी भूलकर उनका हर आदेश मानने और वह जैसा कहें वैसा करने के लिए तैयार हूँ।

महायुद्ध में जापान का पलड़ा भारी लग रहा था और सुभाषचन्द्र बोस भी 'आज़ाद हिंद फौज' बनाकर जापानी सेनाओं के कंधे से कंधा मिलाकर लड़े। सरदार पटेल इससे भी असहमत थे। उन्होंने एक आम सभा में कहा कि वैसे तो जापान लगातार यह बात दोहरा रहा है कि उसका उद्देश्य भारत की ज़मीन पर अपना अधिकार ज़माना नहीं है। उसका मुख्य उद्देश्य अंग्रेज़ों को भारत से बाहर करना है। लेकिन फिर भी हमें किसी विदेशी शक्ति के सहयोग की आशा रखे बिना अपनी लड़ाई खुद लड़नी चाहिए। जापानियों के भारत की ज़मीन पर कदम रखने पर खुश होना भी गुलामी की ही मनोवृत्ति कही जाएगी। स्वाधीन भारत का अर्थ सिर्फ यही हो सकता है कि हम भारत को अंग्रेज़ों की गुलामी से मुक्त कराएँ और उसकी जगह किसी भी दूसरे देश को कब्ज़ा न करने दें।

सरदार पटेल यह बात भलीभाँति समझते थे कि अंग्रेज़ इस समय हर समस्या को किसी-न-किसी तरह से टालना चाहते हैं। उनकी योजना है कि युद्ध में भारत से पूरी मदद उन्हें मिले। इसके लिए उन्हें अगर मधुर आश्वासन भी देने पड़ें तो क्या हर्ज़ है। युद्ध समाप्त हो जाने के बाद जो होगा, वो देख लेंगे।

इसके बाद सन् 1942 में ब्रिटिश हुकूमत ने भारत में क्रिप्स मिशन भेजा। क्रिप्स ने भारत आकर महात्मा गांधी, पंडित जवाहरलाल नेहरू, सरदार वल्लभभाई पटेल, मौलाना अबुल कलाम आज़ाद और मुहम्मद अली जिन्ना से मुलाकात की और अपने प्रस्ताव उनके सम्मुख प्रस्तुत किए। अपने प्रस्तावों में वह देश में फूट डालने और उसके

टुकड़े-टुकड़े करने की साजिश रचकर आए थे। राजनीतिक दलों ने उनके प्रस्तावों को यह कहकर ठुकरा दिया कि ऐसे प्रस्ताव देश में विष घोलने के समान है। गांधीजी ने क्रिप्स से प्रश्न किया कि 'आप भारत के मित्र हैं और इस तरह का प्रस्ताव रखने की आप हिम्मत कैसे जुटा पाए? मैं समझ नहीं पाया।'

ब्रिटिश सरकार भारत में क्रिप्स मिशन लाने में कामयाब नहीं हो पायी। क्रिप्स मिशन की असफलता के बाद भारत में आज़ादी को लेकर बेचैनी बढ़ रही थी। यह देखते हुए गांधीजी ने फिर से आंदोलन तेज़ करने की योजना बनाई। अगस्त, सन् 1942 में बंबई में हुए कांग्रेस अधिवेशन में 'अंग्रेज़ों भारत छोड़ो' का प्रस्ताव पारित किया गया। इसके बाद अंग्रेज़ी सरकार ने महात्मा गांधी, पंडित जवाहरलाल नेहरू, सरादर वल्लभभाई पटेल, मौलाना आज़ाद सहित कांग्रेस के सभी बड़े नेताओं को बंदी बना लिया। सरदार पटेल की दूरदर्शिता बड़ी ही कमाल थी। उन्हें पहले से ही इस बात का अंदाज़ा था, कि सभी नेताओं को बंदी बनाया जाएगा। इसलिए प्रस्ताव पास होने से पहले ही सरदार पटेल ने अपनी सेहत की चिंता न करते हुए देश के अलग-अलग भागों का दौरा किया और वहाँ की जनता को आगाह कर दिया था कि आने वाले समय में आंदोलन का बीड़ा उन्हें ही उठाना है। सरदार पटेल ने लोगों से यह भी कहा था कि वीर सैनिकों की तरह लाठी-गोली का सामना करें, लेकिन अपने अहिंसा के सिद्धांतों को ज़रा भी टूटने न दें।

जनता सरदार पटेल की बात भला कैसे टाल सकती थी। जैसे ही अंग्रेज़ी सरकार की पुलिस ने सभी नेताओं को गिरफ्तार किया, तो जन-आक्रोश भड़क उठा। जनता को संयमित रखने और हमेशा अहिंसा की सीख देने वाले नेता तो जेल में बंद थे। इसलिए आंदोलन में अहिंसा के साथ-साथ हिंसा भी हुई। एक तरफ आंदोलनकारी थे, तो दूसरी तरफ अंग्रेज़ी सरकार की सेना। लोगों ने रेल की पटरियाँ उखाड़ दीं और सरकारी कर्मचारियों पर भी हमले किए। सरकार ने आंदोलनकारियों को रोकने के लिए कुछ जगहों पर पुलिस के साथ-साथ सेना की भी सहायता ली। निहत्थे लोगों पर गोलियाँ चलीं और लोगों ने सरकार के अमानुषिक अत्याचार भी सहे, लेकिन उन्होंने अपनी पूरी ताक़त के साथ आन्दोलन जारी रखा। लोग गांधीजी के 'करो या मरो' के आह्वान और सरदार पटेल के भाषण में कही गई बात कि 'जो कोई पैदा होता है, उसे एक-न-एक दिन अवश्य मरना है, इसलिए कायर की मौत मरने से ज़्यादा अच्छा है एक वीर की मौत मरना' से प्रेरित होकर पूरे विश्वास के साथ आंदोलन में डटे हुए थे।

गोरी सरकार ने सरदार पटेल, मौलाना आज़ाद और पंडित नेहरू को अहमदनगर के किले में बंदी बनाकर रखा हुआ था, लेकिन सबको अलग-अलग कमरों में रखा गया था। सरदार पटेल का यहाँ स्वास्थ्य लगातार ख़राब होता जा रहा था। सुचेता

कृपलानी की अभी गिरफ्तारी नहीं हुई थी, इसलिए वह लगातार सरदार पटेल के लिए जेल में दवा और ज़रूरत की चीज़ें भेज रही थीं। इस आंदोलन के दौरान हुई हिंसा का सारा दोष सरकार ने गांधीजी पर डालना चाहा। गांधीजी ने इसका विरोध किया और उन्होंने इक्कीस दिनों तक उपवास रखा। इसी बीच उनके निजी सचिव महादेव भाई का भी जेल में देहांत हो गया। एक तरफ लोगों के बीच बाहर यह अफवाह फैल गई कि जेल में राजनीतिक बंदियों पर अमानुषिक अत्याचार हो रहे हैं, जिसकी वजह से महादेव भाई का निधन हुआ है। अब तो लोगों में गुस्सा और भड़क गया जिससे आंदोलन ने उग्र रूप ले लिया। दूसरी तरफ जेल में उपवास की वजह से गांधीजी का स्वास्थ्य लगातार बिगड़ रहा था। सरकार ने उन्हें कारागार में बंदी बनाकार रखना उचित नहीं समझा और मई, सन् 1945 को गांधीजी को रिहा कर दिया। लेकिन सरदार पटेल अभी भी जेल में कैद थे।

लॉर्ड लिलिथगो की जगह पर अब लॉर्ड वेवेल नए वायसराय बनकर भारत आए। भारत के प्रति उनका रवैया पहले के वायसराय के मुताबिक काफी नरम था। असल में मई, सन् 1945 में मित्र राष्ट्रों की जीत के साथ द्वितीय विश्व-युद्ध समाप्त हो गया था, लेकिन युद्ध की वजह से ब्रिटेन की हालत इतनी ख़राब हो चुकी थी कि भारत जैसे बड़े उपनिवेश को अपने कब्ज़े में रखना उसके लिए अब संभव न था। विशेष रूप से उन स्थितियों में जब स्वाधीनता आन्दोलन अपने चरम पर था।

नए वायसराय लॉर्ड वेवेल ने जून, सन् 1945 को शिमला में सभी राजनीतिक दलों के इक्कीस नेताओं की बैठक बुलाने का निर्णय लिया। उनके इस फैसले के साथ ही सभी राजनीतिक नेताओं को रिहा कर दिया गया। सरदार पटेल भी शिमला गए, किंतु वह शिमला सम्मेलन में शामिल नहीं हुए। शिमला में यह सम्मेलन चार दिनों तक चला जिसमें मुख्य समस्या हिंदू-मुसलमानों के प्रतिनिधित्व की थी। उस समय हालाँकि देश में मुसलमानों की संख्या हिंदुओं से काफी कम थी, बावजूद इसके वायसराय ने यह प्रस्ताव रखा कि कार्यकारिणी में दोनों संप्रदायों को बराबर का प्रतिनिधित्व दिया जाए। कांग्रेस ने यह प्रस्ताव मान लिया, लेकिन मुहम्मद अली जिन्ना अपनी पार्टी मुस्लिम लीग को ही देश के सारे प्रतिनिधियों का नुमाइंदा मानते थे। इसलिए उन्होंने यह प्रस्ताव मानने से इनकार कर दिया।

शिमला सम्मेलन से पहले महात्मा गांधी ने जिन्ना के साथ मिलकर इसका कोई हल ढूँढ़ने का प्रयास किया था, लेकिन जिन्ना के अड़ियल स्वभाव के कारण उनका यह प्रयास व्यर्थ गया। जिस समय कांग्रेस के लगभग सभी बड़े नेता जेल में थे, तो जिन्ना ने मुस्लिम लीग का संगठन मज़बूत करने की पूरी कोशिश की थी। जिसकी वजह से उनकी पार्टी की स्थिति पहले से बहुत अच्छी हो गई थी। धीरे-धीरे अंग्रेज़ों

की नीति काम कर रही थी। वह भी यही चाहते थे कि भारत के लोगों में जाति और धर्म के आधार पर फूट जितनी बढ़ाई जा सके, बढ़े। एक ओर तो वे सांप्रदायिकता को बढ़ावा देते थे और दूसरी ओर कांग्रेस से कहते थे कि मुस्लिम लीग से अपनी समस्याओं का समाधान करो, फिर आपकी माँगों पर पूरी सहानुभूति से विचार किया जाएगा। नतीजा यह निकला कि मुहम्मद अली जिन्ना की हठधर्मिता के चलते शिमला वार्ता विफल हो गई।

इसके बाद ब्रिटेन में जुलाई, सन् 1945 को लेबर पार्टी सत्ता में आई। इसके साथ ही नए प्रधानमंत्री एटली ने भारत के संबंध में कुछ सकारात्मक घोषणाएँ की थीं। उन्होंने कहा कि भारत में प्रांतीय व केंद्रीय धारा सभाओं के चुनाव कराए जाएँगे। वायसराय की काउंसिल का पुनर्गठन प्रमुख भारतीय राजनीतिक दलों के परामर्श करके किया जाएगा और भारत के भावी संविधान के लिए जल्द ही एक संविधान-सभा का भी गठन किया जाएगा। देशवासियों ने प्रधानमंत्री एटली की इन घोषणाओं का स्वागत किया। लोगों ने पहली बार यह महसूस किया कि ब्रिटिश सरकार सचमुच भारत के प्रति सहानुभूति रखती है। चुनाव की तैयारियाँ आरम्भ हो गई और कांग्रेस तथा मुस्लिम लीग दोनों पार्टियों ने अपने चुनाव अभियान शुरू कर दिये।

उस समय संसदीय समिति के अध्यक्ष सरदार वल्लभभाई पटेल थे। इसलिए पार्टी के लिए उम्मीदवारों का चयन और चुनाव अभियान के संचालन की ज़िम्मेदारी उन्हीं के ऊपर थी। मुस्लिम लीग ने कांग्रेस के विरुद्ध घोर दुष्प्रचार किया, लेकिन सरदार पटेल की संगठन प्रतिभा को वह विफल न कर सकी और उन्हें सफलता प्राप्त हुई। केन्द्रीय धारा सभा में 91 प्रतिशत सीटें और आठ राज्यों में स्पष्ट बहुमत के साथ कांग्रेस की शानदार जीत हुई। चुनाव प्रक्रिया पूरी होने के बाद केंद्र में अंतरिम सरकार के गठन का समय आया। मुस्लिम लीग ने अपने सभी मुसलमान सदस्यों को मनोनीत करने की माँग रखी। यह माँग कांग्रेस को मंज़ूर नहीं थी। जिन्ना ने यह सोचकर चाल चली थी कि कांग्रेस को यह माँग मंज़ूर नहीं होगी, तो वायसराय उसके इनकार करने पर मुस्लिम लीग को सरकार बनाने के लिए आमंत्रित करेंगे। ऐसा करना अव्यावहारिक था, इसलिए वायसराय ने लीग को आमंत्रित नहीं किया।

वायसराय के मुस्लीम लीग को आमंत्रित न करने पर जिन्ना बौखला उठे और उन्होंने ऐलान कर दिया कि संवैधानिक तरीके असफल हो चुके हैं और अब मुस्लिम लीग को सीधी कार्रवाई का रास्ता अपनाना पड़ेगा। अगस्त, सन् 1946 को मुस्लिम लीग ने सीधी कार्रवाई दिवस मनाया जिसका अर्थ था हिंसा, लूटपाट, दंगे-फसाद। पूरे देश में भयंकर सांप्रदायिक तनाव फैल गया और सबसे ख़राब हालत बंगाल की थी, जहाँ सुहरावर्दी की सरकार थी। वहाँ पर लगातार चार दिनों तक हिंदुओं की ख़िलाफ

ज़बरदस्त हिंसा हुई। देश के दूसरे भागों में भी इसकी प्रतिक्रिया हुई और अनेक राज्यों में दंगे भड़क उठे। जब वायसराय ने देखा कि हालात बिगड़ते जा रहे हैं, तो अपनी ज़िम्मेदारी से बचने के लिए उन्होंने तुरंत कांग्रेस के अध्यक्ष पंडित जवाहरलाल नेहरू को अंतरिम सरकार बनाने के लिए आमंत्रित कर डाला।

वायसराय ने नेहरू से कहा कि अगर मुहम्मद अली जिन्ना सहयोग नहीं देते, तो कांग्रेस अकेले ही सरकार बना सकती है। अंतरिम सरकार का प्रधानमंत्री जवाहरलाल नेहरू को और गृहमंत्री सरदार पटेल को बनाया दिया गया। पंडित नेहरू ने कांग्रेस अध्यक्ष के पद से इस्तीफा दे दिया और उनकी जगह आचार्य कृपलानी को नया अध्यक्ष बनाया गया। वायसराय ने कांग्रेस को अकेले ही सरकार बनाने का अधिकार दे दिया था, लेकिन पंडित नेहरू ने लोकतांत्रिक मूल्यों का पालन करते हुए जिन्ना से मुलाकात करके लीग को सरकार में शामिल करने का प्रस्ताव दिया। जिन्ना ने मुस्लिम लीग को गृह विभाग दिए जाने के साथ कुछ और शर्ते भी सरकार में शामिल होने के लिए उनके सामने रखीं। सरदार पटेल ने उसे गृह विभाग दिये जाने का तीव्र विरोध किया। उनके इस विरोध के पीछे बहुत से ठोस कारण थे।

मुहम्मद अली जिन्ना चाहते थे कि मुस्लिम लीग को गृह विभाग दे दिया जाये, जिसके नियंत्रण में देश की कानून-व्यवस्था की सारी मशीनरी होती है। सारा पुलिस बल और खुफिया विभाग आदि सभी उनके कब्ज़े में आ जाएगा। जिसके बाद मुस्लिम लीग के कट्टरपंथी नेता इस दंगे-फसाद के वातावरण में उसका गलत प्रयोग करेंगे। इस बात को सरदार पटेल बहुत अच्छी तरह से समझते थे। यह शर्त पूरी न हो, इसलिए उन्होंने इस शर्त को मानने का पूरा विरोध जताया।

पंडित जवाहरलाल नेहरू ने जिन्ना की शर्तों को स्वीकार नहीं किया। ऐसे में मुस्लिम लीग ने ऐलान कर दिया कि वह सरकार में शामिल नहीं होगी। इधर देश में दंगे-फसाद और हिंसा लगातार बढ़ती जा रही थी। कांग्रेस के साथ वार्ता टूट जाने के बाद जिन्ना ने दूसरा रास्ता अपनाया और वायसराय से बातचीत शुरू कर दी। जिन्ना ने वायसराय को संकेत किया कि मुस्लिम लीग सरकार में शामिल होने के लिए तैयार है। वायसराय उनकी बात से सहमत हो गए और अक्टूबर, सन् 1946 को मुस्लिम लीग के पाँच सदस्य सरकार में शामिल हो गए। लेकिन उनका उद्देश्य सरकार चलाने में सहयोग देना बिलकुल नहीं था, बल्कि उसके काम और उसके संचालन में हर प्रकार से अड़चने पैदा करना था।

एक तरफ अंतरिम सरकार की लाख कोशिशों के बावजूद भी सांप्रदायिक हिंसा रुकने का नाम नहीं ले रही थी और दूसरी तरफ ब्रिटिश प्रधानमंत्री एटली ने एक

बयान दिया कि अगर कांग्रेस और लीग में समझौता नहीं होता, तो भारत के विभाजन के सिवा दूसरा विकल्प न होगा। उनके इस बयान ने जलती हुई आग में घी डालने का काम किया। मुस्लिम लीग, जो पहले से ही पाकिस्तान बनाने के लिए हिंसा का रास्ता अपना चुकी थी, अब तो वह दोगुने उत्साह के साथ दंगे भड़काने में जुट गई। वह मान बैठी थी कि जैसे हिंसा के अलावा अब और कोई रास्ता ही नहीं बचा है। देश के अलग-अलग हिस्सों में सांप्रदायिक दंगों की आग फैलती चली गई। इस आग में न जाने कितनी ज़िंदगियाँ राख हो गईं।

❑

आज़ाद भारत और सरदार पटेल

सन् 1947 तारीख़ 24 मार्च। इस दिन 'लॉर्ड माउंटबेटन' भारत के नये वायसराय बनकर आए। उनके आने के बाद भारत को स्वतंत्र करने की प्रक्रिया और तीव्र हो गई। सरदार वल्लभभाई पटेल और पंडित जवाहरलाल नेहरू ने और कोई विकल्प न देखकर देश के विभाजन का प्रस्ताव स्वीकार कर लिया। बहुत से राजनीतिक पर्यवेक्षक भारत विभाजन के लिए जिन्ना के साथ-साथ सरदार पटेल को भी उत्तरदायी मानते हैं, परन्तु सच्चाई यह है कि जिन्ना ने परिस्थितियाँ ही ऐसी बना दी थीं कि सरदार पटेल और पंडित नेहरू के पास और कोई दूसरा रास्ता ही नहीं बचा था। वे भारत को स्वाधीन देखना चाहते थे और जब उन्हें लगा कि स्वाधीनता का मोल देश का विभाजन ही है, तो उन्होंने विवश होकर उसे स्वीकार कर लिया। महात्मा गांधी भारत विभाजन के विरुद्ध थे, लेकिन उन्होंने भी विवश होकर अपनी मौन स्वीकृति दे दी और देश को दो भागों में बाँटने का संघर्ष शुरू हो गया।

अंग्रेज़ी सरकार ने 15 अगस्त को भारत छोड़ने का ऐलान कर दिया। यह देश में सुबह की एक नई किरण लेकर आई थी, लेकिन इसके निहितार्थ इतने सौभाग्यपूर्ण न थे। एक तरफ जहाँ देश को अंग्रेज़ों की गुलामी से आज़ाद होने की खुशी थी, तो वहीं दूसरी तरफ आपस में ही बँट जाने का गम भी था। ब्रिटिश हुकूमत ने घोषणा में कहा कि अंग्रेज़ 15 अगस्त को भारत और पाकिस्तान को स्वाधीन करते हुए यहाँ से हमेशा के लिए चले जाएँगे। इसके साथ ही सभी देशी रियासतों पर से भी उनका शासन समाप्त हो जाएगा। इसका अर्थ यह था कि देश का विभाजन सिर्फ भारत और पाकिस्तान के रूप में ही नहीं हो रहा था, बल्कि इसके साथ ही उसकी देशी रियासतों के रूप में 560 टुकड़े और हो जाएँगे। विभाजन के समय देश के सामने यह एक बहुत बड़ी चुनौती थी, जिसका सामना करना किसी सामान्य राजनीतिज्ञ के बस में नहीं था। इसके लिए किसी कर्तव्यनिष्ठ और अनुभवी राजनीतिज्ञ की ज़रूरत थी।

सन् 1947 तारीख़ 15 अगस्त। आख़िरकार लंबे संघर्ष के बाद वो घड़ी आ ही गई जिसका सभी देशवासियों को इंतज़ार था। यह वो दिन था जब देश को आज़ादी मिली। स्वतंत्र भारत का पहला प्रधानमंत्री पंडित जवाहरलाल नेहरू को बनाया गया और सरदार वल्लभभाई पटेल को उप-प्रधानमंत्री और गृहमंत्री बनाया गया। वैसे तो सैंकड़ों

साल से पराधीन रह चुके देश के सामने समस्याओं की कभी कोई कमी न रही, लेकिन अब आज़ाद भारत के सामने मुख्य तीन चुनौतियाँ थीं, जिन पर गृहमंत्री की हैसियत से सरदार पटेल को अविलंब ध्यान देना था। पहली चुनौती थी दंगों से ग्रस्त देश में कानून-व्यवस्था बहाल करना, दूसरी चनौती थी देशी रियासतों की समस्या सुलझाना और तीसरी व अहम चुनौती थी शरणार्थियों का पुनर्वास। अपने इरादों से मजूबत सरदार पटेल ने तीनों चुनौतियों का सामना अपनी पूरी ताक़त और विश्वास के साथ किया।

देश का विभाजन होने के बाद पाकिस्तान बन जाने के कारण पश्चिमी पंजाब से बड़े पैमाने पर हिंदू भारत आ रहे थे और मुसलमान भी भारी संख्या में भारत से पाकिस्तान जा रहे थे। उन मुसलमानों को पंजाब जाने के लिए अमृतसर होकर जाना पड़ता था, जहाँ सिख गिरोहबंद होकर उन पर जानलेवा हमले कर रहे थे। सरदार पटेल ने इस नर-संहार को रोकने के लिए बल-प्रयोग करने के बजाये अपना अनोखा तरीका अपनाया। वह अमृतसर गए और वहाँ पहुँचकर उन्होंने सिखों की एक विशाल जनसभा को संबोधित किया। सरदार पटेल ने सांप्रदायिक हिंसा पर उतारू सिखों को समझाया कि अगर आप गुस्से में आकर पाकिस्तान जाने वाले मुसलमानों पर हमला करते हैं, तो पाकिस्तान में भी इसकी ऐसी ही प्रतिक्रिया होगी। वहाँ भी भारत आने वाले हिंदुओं और सिखों पर हमले होंगे। इन हमलों और हिंदू-सिखों की हत्या के लिए एक प्रकार से आप लोग भी ज़िम्मेदार होंगे। इसलिए समझदारी इसी में है कि दोनों तरफ से हो रही इस हिंसा को किसी भी तरह से रोकने की हर संभव कोशिश की जाए।

सरदार पटेल द्वारा सभा में बोले गए इन शब्दों ने लोगों के ऊपर ऐसा जादुई प्रभाव छोड़ा कि वहाँ मुसलमानों पर हमले होना बंद हो गए। शायद जो काम बड़ी-से-बड़ी सेना और पुलिस बल लगाकर भी न हो पाता, वो काम सरदार पटेल की वाणी ने कर दिखाया। देश के दूसरे भागों में भी उन्होंने सांप्रदायिक हिंसा को रोकने के लिए त्वरित कदम उठाए और दंगों पर नियंत्रण पा लिया गया। यह उनकी कार्य-कुशलता और अपने कार्य के प्रति निष्ठा का ही परिणाम था।

कुछ लोग सरदार वल्लभभाई पटेल को मुस्लिम विरोधी मानते थे, लेकिन वह सांप्रदायिकता के विरोधी थे। इसे गलती से किसी एक धर्म की तरफदारी या दूसरे की ख़िलाफत समझ लिया जाता था। देश के शीर्ष नेताओं और गण्यमान जनों ने भी समय-समय पर इस बात को स्पष्ट किया है कि सरदार पटेल को मुस्लिम -विरोधी कहना उचित नहीं है। एक बार एक पत्रकार से बातचीत करते हुए गांधीजी ने कहा-

'सरदार पटेल को समझने में भूल होती है, क्योंकि हिंदू-मुस्लिम समस्या को सुलझाने का उनका तरीका मुझसे और नेहरू से बिलकुल अलग है। उन्हें मुस्लिम विरोधी कहना सच्चाई को झुठलाना होगा। दरअसल सरदार के विशाल हृदय में हिंदू-मुस्लिम दोनों समाए हुए हैं।'

सरदार पटेल को मुस्लिम -विरोधी समझने वालों को जवाब देते हुए प्यारेलालजी लिखते हैं-

'कई बार सरदार पटेल को मुसलमानों और पाकिस्तान के दुश्मन के तौर पर देखा जाता रहा है। इससे बड़ा अपराध और हो ही नहीं सकता। सरदार पटेल ने ही यह फैसला किया था कि जिन मुसलमानों ने भारत को अपना घर मानकर यहीं रहने का निश्चय किया है, उनके साथ किसी भी तरह का दुर्व्यवहार न किया जाए।'

मोरारजी देसाई इस पर लिखते हैं-

'मुझे लगभग बीस वर्ष तक सरदार पटेल के नेतृत्व में काम करने का सौभाग्य मिला। अपने निजी अनुभव के आधार पर मैं दावे के साथ कह सकता हूँ कि सरदार पटेल एकमात्र व्यक्ति थे, जो सांप्रदायिक, जातिगत या धार्मिक पूर्वग्रह से मुक्त थे और सभी धर्मों तथा समुदायों के प्रति सद्‌भाव रखते थे।'

सरदार पटेल को पाकिस्तान से लुट-पिटकर आए शरणार्थियों के क्रोध से और उनकी दुर्दशा से भड़के अन्य हिंदू-सिखों के क्रोध से मुसलमानों को बचाने की चिंता थी। उनका हृदय शरणार्थियों की समस्या के कारण भी बहुत चिंतित रहता था। वह गृह-मंत्रालय के स्तर पर हर संभव प्रयास तो कर ही रहे थे, लेकिन उन्होंने अन्य मंत्रालयों से भी सहयोग करने के लिए आग्रह किया। उन्होंने तत्कालीन रक्षामंत्री सरदार बलदेव सिंह से विशेष अनुरोध किया कि वे शरणार्थियों के अस्थायी ठिकाने के लिए वेवेल कैंटीन दे दें, जिससे कि जब तक उनके पुनर्वास की कुछ व्यवस्था नहीं हो जाती, वे वहाँ रह सकें। सरदार पटेल के अनुरोध करने पर रक्षामंत्री ने कैंटीन के बजाये अकिनलेक विश्रामस्थल ही दे दिया, जो कहीं ज़्यादा उपयुक्त था और जिसमें अधिक संख्या में लोग रह सकते थे। इसके अलावा सरदार पटेल ने सेना की कुछ खाली पड़ी बैरकें भी रक्षामंत्री से देने को कहा।

सरदार पटेल को जितनी चिंता हिंदुओं की थी, उतनी ही चिंता उन्हें मुसलमानों की भी रहती थी। वे सांप्रदायिक ताक़तों के विरोधी थे और उनकी आलोचना करने से भी कभी हिचकते न थे। मुस्लिम लीग, जिसकी वजह से देश का विभाजन हुआ, उसकी भी हर चाल का सरदार पटेल ने उतना ही विरोध किया, जितना अंग्रेज़ों का किया था। इस कट्टर सांप्रदायिक दल के विरोध को कुछ लोगों ने भ्रमवश और कुछ सरदार पटेल के विरोधियों ने जान-बूझकर उसे मुस्लिम -विरोधी बताकर उनके विरुद्ध दुष्प्रचार किया। सरदार पटेल उन लोगों में से थे, जो अपने सिद्धांतों से देश-हित से विमुख होकर सस्ती लोकप्रियता नहीं चाहते थे।

❑

देशी रियासतों का विलय और सरदार पटेल

सन् 1947 तारीख़ 20 फरवरी। ब्रिटेन के प्रधानमंत्री की संसद में घोषणा हुई कि ब्रिटेन भारत को जून, सन् 1948 से पहले आज़ाद कर देगा और इसके साथ उसे उसकी देशी रियासतों के साथ भी जो संधियाँ हैं, वे ख़त्म हो जाएँगी। दूसरे महायुद्ध के बाद ब्रिटेन के लिए भारत जैसे विशाल उपनिवेश पर नियंत्रण कायम रखना संभव नहीं था। इसलिए विवश होकर उसने स्वाधीनता की घोषणा कर दी। वह ऐसे मौकों पर भी अपनी कूटनीति चालों से बाज़ नहीं आए। भारत को स्वतंत्र करने के बाद वह उसे टूटता-बिखरता और विभिन्न खंडों में बँटा हुआ देखना चाहते थे, जिससे वह भविष्य में अखंड रहकर कभी भी बड़ी ताक़त न बन सके। लेकिन ऐसा हो न सका। आज भारत अखंड भी है और बड़ी ताक़त भी।

ब्रिटिश प्रधानमंत्री ने जानबूझकर ऐसी घोषणा की, जिसमें यह अर्थ प्रतिबिंबित हो कि देशी रियासतें भी भारत की स्वाधीनता के साथ ही स्वाधीन हो जाएँगी। फिर वे चाहे भारत के साथ रहें, पाकिस्तान के साथ रहें या पूरी तरह स्वाधीन रहें। इस चाल को सफल बनाने के लिए ही उन्होंने लॉर्ड माउंटबेटन को वायसराय बनाकर भारत भेजा। देश को आज़ादी मिलनी अभी दूर थी। इसलिए ऐसी स्थिति में कुछ न कहने में ही भलाई थी। देशी रियासतों के शासकों ने इस नीति को अपना लिया, लेकिन इसके दो अपवाद भी सामने आए। उनसे ज़्यादा इंतज़ार नहीं हुआ। पहले त्रावणकोर ने और उसके बाद हैदराबाद रियासत ने घोषणा कर दी कि भारत को आज़ादी मिलने के साथ ही वे भी आज़ाद हो जाएँगे। यह देश के लिए खतरे की घंटी थी। अभी तो केवल दो रियासतों ने ही यह घोषणा की थी, लेकिन कल अन्य भी उनके रास्ते पर चल सकती थीं। सरदार पटेल सावधान हो गए।

लॉर्ड माउंटबेटन की बुलाई शीर्ष नेताओं की बैठक में सरदार पटेल ने उसका विरोध करने का फैसला लिया। पंडित जवाहरलाल नेहरू उनके फैसले से पूरी तरह से सहमत थे। 13 जून, सन् 1947 को बैठक बुलाई गई। बैठक हुई तो सरदार पटेल और

पंडित नेहरू ने इस बात का ज़ोरदार विरोध किया कि देशी रियासतें भारतीय संघ से अलग अपना अस्तित्व कायम कर सकती हैं। लेकिन मुहम्मद अली जिन्ना उनके पूरी तरह स्वाधीन होने और भारत या पाकिस्तान किसी के भी साथ स्वेच्छा से जाने के पक्षधर थे। जिन्ना को मालूम था कि कुछ रियासतें तो ज़रूर पाकिस्तान के साथ आना चाहेंगी। इसके साथ वह भारत के अंदर भी कुछ मिनी पाकिस्तान बनाने की प्लानिंग कर रहे थे। सरदार पटेल उनकी इस चाल को अच्छी तरह से समझते थे, इसलिए वह भी नेहरू के साथ इसका जमकर विरोध करते रहे।

इस समस्या को लेकर काफी तीव्र विवाद हुआ। इसका कोई हल निकलना या सर्वसम्मति से निर्णय लिया जाना तो अंसभव था, लेकिन फिर भी इसका एक नतीजा निकला जिसे एक कदम आगे बढ़ना कहा जा सकता था। बैठक में तय हुआ कि देशी रियासतों के साथ संपर्क बनाने के लिए एक विभाग की स्थापना भी की जानी चाहिए। 15 जुलाई, सन् 1947 को इस विभाग की स्थापना कर दी गई। सरदार पटेल को इस विभाग का मंत्री और वी.पी. मेनन को सचिव बनाया गया। सरदार पटेल ने देशी रियासतों के नाम एक अपील जारी करके अपने काम की शुरुआत की। उन्होंने कहा कि विदेशी मामले, सुरक्षा और यातायात देशी रियासतों में उनके अधिकारों से ऊपर केंद्र के नियंत्रण में रहेंगे। जिन्ना ने इसका भी विरोध किया, लेकिन उनकी चली नहीं। इस शुरुआत के साथ ही सरदार पटेल के दिमाग में यह बात बहुत स्पष्ट थी कि देश के स्वतंत्र होने के बाद उन्हें क्या करना है।

यह काम जितना मुश्किल था, उतना ही ज़रूरी भी था। इसलिए अब यह सरदार पटेल की प्राथमिकता बन गया। उन्होंने देशी शासकों और उनके दीवानों को आमंत्रित करके बातचीत शुरू की। सबसे पहली बैठक में सरदार पटेल ने कुछ चुनिंदा देशभक्त राजाओं को ही आमंत्रित किया था, जिससे आसानी से उनकी सहमति प्राप्त की जा सके और बैठक के सकारात्मक परिणामों की घोषणा की जा सके, जिसका प्रभाव अनुकूल वातावरण बनाने में सहायक हो। जैसा सरदार पटेल ने सोचा था, वैसा ही हुआ। इस बैठक के निष्कर्ष प्रकाशित होने पर मुहम्मद अली जिन्ना ने एक बार फिर ऐतराज़ जताया, लेकिन इस बार भी उनकी बात नहीं मानी गई। अब तक सरदार पटेल ने लॉर्ड माउंटबेटन को इस मुद्दे पर सहमत करा लिया था, इसलिए उन्होंने जिन्ना का विरोध अस्वीकार कर दिया। सरदार पटेल की राजाओं के साथ दूसरी बैठक भी सफल रही और इस कार्य में प्रगति होती दिखाई दे रही थी।

चैंबर ऑफ प्रिंसेज के नाम से एक देशी रियासतों का संगठन था, जिसके अध्यक्ष भोपाल नवाब थे। चैंबर की एक विशेष बैठक बुलाई गई। इस बैठक में सरदार पटेल ने लॉर्ड माउंटबेटन को यह कहने के लिए राज़ी कर लिया कि मुझे इसमें कोई संदेह

नहीं कि समझदार शासक भारतीय संघ के साथ ऐसे संबंध बनाएँगे जिनसे उनकी आंतरिक स्वतंत्रता बनी रहे और वे सुरक्षा, विदेशी मामले एवं यातायात की समस्याओं से मुक्त रहें। इससे रजवाड़ों की समझ में आ गया कि ब्रिटिश सरकार का रवैया इस बारे में क्या है? उन्होंने पूर्ण स्वतंत्रता के मामले में उनसे सहयोग पाने की उम्मीद छोड़ दी और सरदार पटेल के प्रस्ताव को मानने में ही बेहतरी समझी।

सरदार पटेल ने अपने सचिव वी.पी. मेनन ने साथ मिलकर अपने प्रयास जारी रखे और उन्होंने देशी शासकों को इस बात के लिए सहमत कर लिया कि उनकी और राष्ट्र की भलाई इसी में है कि वह भारतीय संघ में विलय कर लें। एक-एक करके उन्होंने विलय-पत्र पर हस्ताक्षर करने शुरू कर दिए। देश आज़ाद होने तक सिर्फ तीन रियासतों को छोड़कर बाक़ी सभी रियासतों ने विलय-पत्रों पर हस्ताक्षर कर दिए थे और भारतीय संघ में शामिल होने के लिए राज़ी हो गए थे। देश के लिए यह बहुत बड़ी सफलता थी और वो भी उन हालातों में, जब मुस्लिम लीग ने सरदार पटेल के प्रयत्नों को विफल करने की पूरी कोशिश की।

मुहम्मद अली जिन्ना ने हर तरह से सरदार पटेल के इन प्रयत्नों का विरोध किया। वह भारत को छोटे-छोटे टुकड़ों में बँटा हुआ देखना चाहते थे और उन्हें अंग्रेज़ों से भी पूरे सहयोग की उम्मीद थी, लेकिन ऐसा नहीं हुआ। फिर भी चालाकी से जिन्ना ने भोपाल के नवाब और हैदराबाद के निजाम को अपने पक्ष में कर लिया था। अगर सरदार पटेल लॉर्ड माउंटबेटन को अपने पक्ष में कर सके, तो जिन्ना ने वायसराय के राजनीतिक विभाग के प्रमुख कोनेड कोरफील्ड को अपने साथ मिला लिया था। उन्होंने पाकिस्तानी सीमा के पास पड़ने वाली हिंदू रियासतों को अपना लक्ष्य बनाया और पूर्ण स्वतंत्रता का लालच देकर उन्हें अपने साथ मिला लिया। भोपाल नवाब ने उन्हें बहकाने और फुसलाने का काम किया।

एक तरफ जहाँ मुस्लिम लीग कुछ रियासतों को बहकाकर भारत के साथ विलय होने से रोकने का प्रयास कर रही थी, वहीं दूसरी तरफ स्वेच्छा से ही बहावलपुर के नवाब और कुलात के खान ने सरदार पटेल के सामने भारत के साथ संधि का प्रस्ताव रखा। सरदार पटेल ने इसे स्वीकार न करते हुए उन्हें समझाया कि भौगोलिक दृष्टि से पाकिस्तान में होने की वजह से उनके लिए पाकिस्तान के साथ रहना ही ज़्यादा बेहतर रहेगा। दूरदर्शी सरदार पटेल ने अपने सिद्धांतों पर अटल रहते हुए ऐसा किया।

जब भोपाल नवाब ने सभी परिस्थितियों को समझ लिया, तो उन्हें भारतीय संघ के साथ विलय करने के अलावा दूसरा और कोई रास्ता नज़र नहीं आया। उन्होंने विलय-पत्र पर हस्ताक्षर करके सरदार पटेल को भेज दिया और इसके साथ ही अपने पत्र में लिखा-

'मैं अपनी पराजय स्वीकार सकता हूँ। मैं आपको यह भी विश्वास दिलाता हूँ कि जितना पहले मैं आपका विरोधी था, अब उतना ही मित्र रहूँगा।'

सरदार पटेल ने जवाब में लिखा-

'मैं यह नहीं मानता कि हम जीते हैं या आप हारे हैं। वह हुआ है जो, जो सही था। आपने भारतीय संघ के प्रति जो सच्चा मैत्री भाव बनाए रखने का आश्वासन दिया है उससे मैं बहुत खुश हूँ। आपने अपना पुराना रवैया त्यागकर सच्चाई और ईमानदारी का जो रास्ता अपनाया है, उसके लिए आप बधाई के पात्र हैं और मैं आपका स्वागत करता हूँ।'

इंदौर नरेश अपना स्वतंत्र अस्तित्व बनाए रखने के लालच में भोपाल नवाब के बहकावे में आ गए थे और वे अंत तक विलय-पत्र पर हस्ताक्षर करने से इनकार करते रहे। जैसे-तैसे वह दिल्ली आने को राज़ी हुए, तो उन्होंने यह शर्त रखी कि अपने सैलून से नहीं उतरेंगे। अगर सरदार पटेल उनसे मिलना चाहते हैं, तो खुद यहाँ आकर मिलें। सरदार पटेल ने उन्हें समझाने के लिए राजकुमारी अमृत कौर को भेजा। राजकुमारी के समझाने पर वह सरदार पटेल से मिलने के लिए मान गए। उन्होंने यहाँ पर भी एक शर्त रखी कि वह भोपाल नवाब से सलाह-मशविरा किए बिना संधि-पत्र पर हस्ताक्षर नहीं करेंगे। इस पर सरदार पटेल ने उन्हें भोपाल नवाब के विलय-पत्र पर किए दस्तख़त दिखाए। उसके बाद उन्होंने भी संतुष्ट होकर विलय-पत्र पर हस्ताक्षर कर दिए।

इसके बाद जूनागढ़ नवाब ने अपने पास की तीन छोटी रियासतों पर कब्ज़ा कर लिया और पाकिस्तान के साथ संधि की घोषणा कर दी। रियासत की हिंदू प्रजा पर अमानुषिक अत्याचारों का दौर शुरू हुआ, तो बड़ी संख्या में हिंदुओं ने भागकर आस-पास के क्षेत्रों में शरण ली। वहाँ से भागकर आए नागरिकों ने अपना एक संगठन बनाया और एक एवजी सरकार बनाने की भी घोषणा कर दी। इसका अध्यक्ष सामलहास गांधी को बनाया गया। एवजी सरकार बनने के बाद कई रियासतों ने तुरंत उसे मान्यता देने की भी घोषणा कर दी। इस सरकार ने जूनागढ़ रियासत के प्रजाजनों पर हो रहे अत्याचारों, पास की रियासतों पर नवाब के जबरन कब्ज़ा करने और उन्हें पाकिस्तान में शामिल होने के लिए धमकाने की हरकतों की शिकायत सरदार पटेल के पास भेजकर रक्षा की गुहार लगाई।

भारत सरकार ने सुरक्षात्मक कदम उठाते हुए जूनागढ़ की रियासत को चारों ओर से घेरने के लिए सुरक्षा बलों को आदेश जारी कर दिए। इस कार्रवाई के अमल में आते ही नवाब घबरा गया और अपने परिवार के साथ पाकिस्तान भाग निकला। रियासत का सारा कामकाज नवाब के दीवान शाहनवाज भुट्टो के हाथ में था। अक्टूबर, सन् 1947

को नवाब के पाकिस्तान भाग जाने के बाद दीवान भी कमज़ोर पड़ गया और उसने भारत सरकार से आग्रह किया कि वह जूनागढ़ को भारतीय संघ में शामिल कर लें। इसके साथ ही वह भी पाकिस्तान भाग गया। इस तरह से जूनागढ़ की समस्या भी हल हो गई। वैसे तो अब किसी तरह की अड़चन नहीं थी, लेकिन सरदार पटेल ने फिर भी वहाँ जनमत संग्रह कराया। इस जनमत संग्रह में पाकिस्तान के पक्ष में सिर्फ 61 वोट पड़े और भारत के पक्ष में 1.25 लाख के आसपास वोट पड़े। इस प्रकार जनता ने भी जूनागढ़ के भारत के साथ विलय पर अपनी स्वीकृति की मुहर लगा दी।

सरदार पटेल की विनम्रता और देशी राजाओं की सहमति प्राप्त करने की अद्‌भुत कुशलता ने चमत्कारिक परिणाम दिखाए। सरदार पटेल ने किसी पर भी अनुचित दबाव नहीं डाला। उन्होंने तो सभी के साथ ऐसा व्यवहार किया जैसे माता-पिता या बड़े करते हैं। उन्होंने देशी राजाओं को बड़े धैर्य और विनम्रता से समझाया कि उनका हित किस में है।

हैदराबाद का महत्त्व भारतीय संघ में बहुत ज़्यादा था। 82 हज़ार वर्ग मील क्षेत्र वाली इस रियासत की जनसंख्या उस समय 1.75 करोड़ के आसपास थी। अगर निजाम का षड्यंत्र सफल हो जाता, तो यह रियासत आज़ाद रहकर पाकिस्तान के साथ अपना विलय कर लेती। हैदराबाद के निजाम दुनिया के सबसे अमीर लोगों में गिने जाते थे। उनकी रियासत की सेना के पास हवाई जहाज़ तक थे। ऐसा कहा जाता है कि निजाम ने बहुत से हथियार जमा कर रखे थे और विदेशों से और भी हथियार मँगवाने के जुगाड़ में थे। इसके अतिरिक्त निजाम पाकिस्तान से भी मदद लेने वाले थे। हैदराबाद में एक और बड़ी समस्या रजाकारों की थी। ये इत्तेहादुल अमीन नाम की संस्था के सदस्य थे। इनके नेता कासिम रिजवी ने अपने हथियारबंद सदस्यों के साथ मिलकर जो हिंदू रियासत में बसे थे, उनके ऊपर अत्याचार करने शुरू कर दिए।

देश की आज़ादी पर वहाँ जिन लोगों ने खुशियाँ मनाई थीं उन्हें दंड दिया गया। उन्होंने जो झंडा फहराया था उसे छीनकर जला दिया गया। हैदराबाद के हालात दिन-पर-दिन बिगड़ते जा रहे थे। कासिम रिजवी निजाम पर हावी था और वह भारत सरकार के साथ किसी भी तरह का समझौता नहीं करना चाहता था। निजाम और रिजवी को यह गलतफहमी थी कि भारतीय सेनाएँ किसी भी हालत में हैदराबाद की सीमा में प्रवेश नहीं करेंगी और पंडित जवाहरलाल नेहरू बार-बार समझौते की बात इसलिए कर रहे हैं, क्योंकि वह अंतर्राष्ट्रीय दबाव से डरते हैं। पटिलाया के महाराजा निजाम की हरकतों पर बराबर नज़र रखे हुए थे। उन्होंने पंडित नेहरू को ख़बर दी कि निजाम गोवा के रास्ते हथियार आयात कर रहे हैं, लेकिन नेहरू जी ने कोई प्रतिक्रिया नहीं दी।

कुछ दिनों बाद महाराजा को ख़बर मिली कि रजाकारों ने सिखों के धर्मस्थान नदेड़ साहब को घेर लिया है। उन्होंने बिना देर किए सरदार पटेल को तार देकर यह सूचना पहुँचाई। स्वयं सरदार पटेल भी हैदराबाद की हलचल पर लगातार नज़र रखे हुए थे। वह जल्द ही कोई कार्रवाई करने पर सोच-विचार कर रहे थे। इधर रजाकारों की हिम्मत बढ़ती जा रही थी। उन्होंने सीमा के पास भारत के एक गाँव पर हमला बोल दिया और पाँच पुलिसकर्मियों को मार डाला। कासिम रिजवी को यह गलतफहमी थी कि मुस्लिम रियासत हैदराबाद के ख़िलाफ अगर भारत ने कोई सैनिक कार्रवाई की, तो भारत के करोड़ों मुसलमान भी बगावत कर देंगे।

सरदार पटेल ने रिजवी से मुलाकात की। मुलाकात होने पर भी रिजवी अपनी हरकतों से बाज़ नहीं आया। उसने धमकी दी कि हैदराबाद का एक-एक मुसलमान मर-मिटने को तैयार है। भारत सरकार ने अगर कोई कार्रवाई की, तो हम आख़िरी आदमी तक लड़ेंगे। सरदार पटेल ने इस पर बहुत ही सरल-सा जवाब देते हुए कहा- 'मैं तुम्हें आत्महत्या करने से नहीं रोक सकता।'

जिस समय हैदराबाद में स्थिति गंभीर हो रही थी, तब सरदार पटेल स्वास्थ्य-लाभ के लिए देहरादून आए हुए थे। उन्होंने मेजर जनरल चौधरी को बुलाया। मेजर से सरदार पटेल ने पूछा कि वर्तमान स्थितियों में अगर हैदराबाद में पुलिस कार्रवाई की जाए, तो स्थिति पर नियंत्रण पाने में कितना समय लगेगा? मेजर जनरल चौधरी ने जवाब दिया कि अगर आप मुझे सोमवार की सुबह वहाँ भेजें, तो मैं सारा काम पूरा करके शनिवार को पूना में रेस देखने आ सकता हूँ। उनका जवाब सुनकर सरदार पटेल खामोश रहे, क्योंकि वह अपना मन बना चुके थे।

सन् 1948 तारीख़ 12 सितंबर। हैदराबाद में पुलिस कार्रवाई शुरू हो गई। जनरल चौधरी ने अपनी तत्परता व कार्य-कुशलता का उम्मीद से बढ़कर परिचय दिया। निजाम की सेना ने भारतीय सेना के सामने आत्मसमर्पण कर दिया। निजाम ने विलय-पत्र पर हस्ताक्षर कर दिए और इस तरह हैदराबाद भी भारतीय संघ में शामिल हो गया। सन् 1949 में सरदार पटेल ने राजपूताना की पाँच रियासतों के विलयीकरण की घोषणा की। इनमें बीकानेर, जयपुर, जैसलमेर, जोधपुर और उदयपुर शामिल थे। इन पाँचों को मिलाकर राजस्थान संघ बनाया गया। सरदार पटेल ने इस पर प्रसन्नता ज़ाहिर करते हुए कहा कि यह अत्यन्त महत्त्वपूर्ण घटना है।

इस तरह से सरदार वल्लभभाई पटेल का देशी रियासतों को भारतीय संघ में शामिल किए जाने का कार्य संपन्न हुआ। उनके इस साहसिक कार्य ने इतिहास में एक विशिष्ट स्थान दिलाया। कई राजनीतिक पर्यवेक्षकों ने सरदार पटेल की तुलना जर्मनी

के प्रिंस विस्मार्क से कर दी। 'लंदन टाइम्स' ने टिप्पणी की कि भारत का आकार और देशी राज्यों की समस्या, दोनों ही जर्मनी से कहीं बड़ी थीं। इसलिए देखा जाए, तो सरदार पटेल का यह महान् कार्य विस्मार्क से भी कहीं बड़ा है।

भारत और पाकिस्तान दोनों के साथ सटे होने की वजह से कश्मीर की स्थिति बहुत ही ज़्यादा संवेदनशील थी। महाराजा हरि सिंह ने कश्मीर को स्वतंत्र रखने की नीयत से दोनों देशों के साथ संपर्क बनाए रखने और दोनों में से किसी के साथ भी विलय न करने की नीति अपनाई। उन्हें क्या मालूम था कि पाकिस्तान भीतर-ही-भीतर क्या रणनीति बनाए बैठा है। पाकिस्तान के नेताओं को जब यह यकीन आ गया कि महाराजा हरि सिंह ने भारत के साथ विलय-पत्र पर हस्ताक्षर नहीं किए हैं और उन्हें भारत की ओर से कोई सुरक्षा मिलने की कोई संभावना नहीं है, तो उन्होंने बड़ी संख्या में कबाइलियों को उकसाकर कश्मीर पर हमला करवा दिया। वह सीमावर्ती कश्मीर को हड़पना चाहते थे, इसलिए उन्होंने यह चाल चली। अब महाराजा की आँखें खुल गई। देखते-ही-देखते स्थितियाँ इतनी ख़राब हो गई कि हालात काबू से बाहर हो गए। कबाइलियों ने हिंसा शुरू दी। वह दंगे-फसाद, लूट-मार व स्त्रियों को तंग करने लगे। पाकिस्तानी सेना के समर्थन की वजह से वे तेज़ी से आगे बढ़ रहे थे।

कुछ ही समय में कबाइलियों ने आधे कश्मीर पर अपना अधिकार जमा लिया। महाराजा हरि सिंह को जब कोई रास्ता नज़र नहीं आया, तो उन्होंने भारत सरकार से मदद माँगी। सरदार पटेल ने तय किया कि महाराजा को तभी सहायता दी जा सकती है, जब वे विलय-पत्र पर अपने हस्ताक्षर करेंगे। महाराजा के पास सोच-विचार करने का ज़्यादा समय नहीं था। उन्होंने तुरंत विलय-पत्र पर हस्ताक्षर कर दिए। भारतीय सेनाओं के सैनिकों को महाराजा की सहायता के लिए बिना किसी देरी के कश्मीर भेजा गया। सैनिकों ने वहाँ पहुँचते ही कबाइलियों को उनकी ही भाषा में जवाब देना शुरू कर दिया।

सरदार पटेल पूरे जम्मू और कश्मीर को कबाइलियों से आज़ाद कराना चाहते थे, पर वक्त को कुछ और ही मंजूर था। दरअसल उस समय कश्मीर का यह मुद्दा पंडित जवाहरलाल नेहरू के पास था। उन्होंने अंतर्राष्ट्रीय दबाव के डर से युद्ध रुकवा दिया और कश्मीर की समस्या हल नहीं हो सकी। अगर कश्मीर का यह मुद्दा पंडित नेहरू के पास ने होकर सरदार पटेल के पास होता, तो शायद वह बाक़ी देशी रियासतों की समस्या की तरह कश्मीर की समस्या को भी अपने तरीके से हल कर ही देते।

❑

महात्मा गांधी की हत्या

देश को आज़ादी मिल गई थी, लेकिन देश-विभाजन के साथ। देश के दो टुकड़े होने से गांधीजी अत्यंत दु:खी थे। उन्होंने देश-विभाजन के बाद भी हिंदू-मुस्लिम एकता का अपना उद्देश्य कभी नहीं छोड़ा। सांप्रदायिक दंगों की वजह से गांधीजी को अपना यह कार्य अब और भी ज़रूरी लग रहा था। गांधीजी कभी नहीं चाहते थे कि देश का विभाजन हो। जब वह देश को दो टुकड़ों में बँटने से रोक नहीं पाए, तो उन्होंने पूरी कोशिश की कि दोनों देशों में शत्रुता की जगह भाईचारे के संबंध स्थापित हों। जिस प्रकार कुछ कट्टर मुसलमान उनके उन प्रयासों से नाराज़ थे, तो कुछ कट्टर हिंदू भी उनसे गुस्सा थे। वे उनके मानवतावाद को मुस्लिम समर्थक और हिंदुत्व-विरोधी मानते थे।

सन् 1948 तारीख़ 30 जनवरी। महात्मा गांधी हर रोज़ की तरह शाम को प्रार्थना सभा से आए, तो बहुत से लोग निकट से श्रद्धा प्रदर्शित करने के लिए आगे की तरफ बढ़े। उन्हीं लोगों के बीच में बापू के भक्त के वेश में एक हत्यारा भी था। नाथूराम गोडसे नाम के उस व्यक्ति ने पहले गांधीजी को नमस्कार किया और फिर एकदम करीब से गोलियाँ दागकर उनकी हत्या कर दी। गांधीजी की हत्या से सारे देश में शोक की लहर छा गई।

महात्मा गांधी की हत्या का सबसे गहरा सदमा सरदार पटेल को पहुँचा था। उन्होंने एक बार गांधीजी से कहा था कि, 'मैं चाहता हूँ कि मेरी और आपकी मृत्यु एक साथ हो, क्योंकि आपके निधन के बाद मेरी भी जीने की इच्छा न रहेगी।' गांधीजी के निधन के बाद सरदार पटेल की दिल की बीमारी और ज़्यादा बढ़ गई। उनके चेहरे की मुस्कराहट सदा के लिए गुम हो गई। वह पहले से भी कहीं ज़्यादा गुमसुम और उदास रहने लगे थे।

गांधीजी को सरदार पटेल के व्यंग्य काफी पसंद थे। वो उन कुछ लोगों में से थे, जो गांधी के साथ और गांधी पर मज़ाक कर सकते थे। ऐसी बहुत सारी घटनाएँ हैं, जो तीन दशकों के उनके संबंधों के दौरान हुई थीं। यरवदा जेल के दौरान भी दोनों के बीच के बहुत से यादगार पल हैं। सबसे ज़्यादा समय गांधीजी और सरदार पटेल ने

यरवदा जेल में ही एक साथ बिताया था। यरवदा जेल में दोनों एक साल चार महीने तक साथ में रहे थे। उनके साथ महादेव देसाई भी उस समय जेल में ही थे। जेल में सरदार पटेल ने अपना सारा समय गांधीजी की सेवा में ही लगाया था। उन्होंने गांधीजी की सेवा का एक भी मौका अपने हाथ से नहीं जाने दिया। जेल से बाहर आने के बाद गांधीजी ने सरदार पटेल के बारे में लिखा भी था कि 'उन्होंने मुझ पर जो हार्दिक ममता और प्रेम बरसाया, उससे तो मुझे अपनी प्यारी माँ का स्मरण हो आता था। मैं नहीं जानता था कि उनमें ऐसे माता के गुण भी होंगे।

गांधीजी की हत्या के बाद सरदार पटेल के सामने अब पहले से भी ज़्यादा गंभीर चुनौतियाँ थीं। वह कहते थे, हालाँकि अब मुझे विश्राम करने की ज़रूरत है, लेकिन मैं क्या करूँ, मेरे देश के सामने अभी भी इतनी समस्याएँ हैं। मुझे तो अपनी आख़िरी साँस तक देश व देश के लोगों की सेवा करनी है। अपने गिरते हुए स्वास्थ्य और अपनी उम्र के संध्याकाल में भी सरदार पटेल को निरंतर देश की समस्याओं की चिंता रहती थी। जिस समय वह अपने बिगड़े स्वास्थ्य में कुछ सुधार लाने और विश्राम के लिए देहरादून गए हुए थे, तब भी हैदराबाद की समस्या सरदार पटेल को परेशान कर रही थी। उस हालत में भी उन्होंने अपने काम को नहीं छोड़ा। कश्मीर की समस्या को लेकर भी वह हमेशा सतर्क रहे।

सरदार पटेल ने बंगाल की अशांत स्थिति पर नियंत्रण पाने के लिए पूरी तत्परता दिखाई। बंगाल की स्थिति पर नियंत्रण पाने का आदेश तत्कालीन कमांडर इन चीफ सैम मानेक शॉ को दिया, जो उन दिनों डी.एम.ओ. के पद पर आसीन थे। वह तत्काल बंगाल गए और वहाँ मुख्यमंत्री बी.सी. राय से परामर्श के लिए पहुँचे। मानेक शॉ वहाँ पर गृहमंत्री सरदार पटेल को मौजूद देखकर चकित रह गए। सरदार पटेल ने मानेक शॉ से पूछा कि अगर स्थिति पर नियंत्रण पाने के लिए सेना से मदद ली जाए, तो कितना समय लगेगा और उन्हें कितने नागरिकों को मारना पड़ेगा। सैम ने उत्तर दिया कि सौ से डेढ़ सौ लोगों को मारने की ज़रूरत पड़ेगी और सारे हालात पर नियंत्रण पाने के लिए लगभग एक महीने का समय लगेगा। सरदार पटेल ने तुरंत आदेश दिया कि बंगाल को सेना को सौंप दिया जाए। सेना ने बिना एक भी नागरिक को मारे पूरी स्थिति पर नियंत्रण पा लिया था। ऐसा सिर्फ मानेक शॉ की कार्य-कुशलता से ही संभव हो पाया।

सरदार पटेल ने मानेक शॉ को बुलाकर उनसे गुस्से से पूछा कि 'तुमने मुझसे झूठ क्यों बोला?' मानेक शॉ यह सवाल सुनकर हैरान रह गए। उन्होंने वापिस सरदार पटेल से पूछा कि 'मैंने आपसे कौन-सा झूठ बोला है?' सरदार पटेल बोले 'तुमने कहा था कि बंगाल में स्थिति पर काबू करने के लिए सौ से डेढ़ सौ नागरिकों को मारना पड़ेगा। लेकिन सेना ने तो एक भी नागरिक को मारे बिना ही सारी स्थिति को नियंत्रण

में कर लिया। क्या वह झूठ नहीं था?' यह कहते-कहते सरदार पटेल हँस पड़े। तब मानेक शॉ को यह बात समझ में आई और उनसे बोले 'सर, अगर मैं आपसे कहता कि एक भी नागरिक को मारे बिना ही स्थिति पर काबू कर लूँगा और अगर उसके हालात ऐसे बनते कि मुझे बीस-तीस नागरिकों को मारने के लिए विवश होना पड़ता, तो फिर आप मुझे नहीं छोड़ते। इसलिए मैं पहले से ही सौ-डेढ़ सौ को मारने की बात कहकर अपना बचाव करते हुए चला था।'

सरदार पटेल की देश की सुरक्षा के लिए चिंता और उनकी दूरदर्शिता इस बात से ज़ाहिर होती है जब उन्होंने प्रधानमंत्री पंडित जवाहरलाल नेहरू को चीन से सावधान रहे और उसकी सीमा से लगी अपनी चौकियों की सुरक्षा-व्यवस्था को मज़बूत करने की उस वक्त सलाह दी थी जब कोई सुदूर भविष्य में भी ऐसे किसी ख़तरे के होने को भाँप नहीं सकता था। नेहरू जी को सावधान करने के बावजूद भी इस ख़तरे को भाँपने में सफल नहीं हो पाए जिसकी बहुत बड़ी कीमत देश को सन् 1962 में अदा करनी पड़ी। सरदार वल्लभभाई पटेल ने अपनी मृत्यु से केवल पाँच हफ्ते पहले पंडित नेहरू को जो पत्र लिखे थे उसके कुछ अंश नीचे से पढ़िए-

- 'चीन की सरकार हमें धोखे में रखने के लिए शांतिपूर्ण उद्देश्यों की बातें कर रही है। चीनी नेता तिब्बत पर हमले की तैयारियाँ काफी दिनों से कर रहे थे। मेरी राय में उनकी यह हरकत धोखेबाज़ी से कुछ ही कम है।'
- 'सबसे ज़्यादा दु:ख की बात यह है कि तिब्बितियों ने इस पर विश्वास किया, हमसे सलाह ली, लेकिन हम उनको चीन की चालबाज़ी से बचा नहीं पाए। आपकी चीन के साथ मित्रता के बावजूद अगर ऐसी बातें उन्होंने अपने मन में छिपाए रखीं, तो इससे ज़ाहिर है कि हम भले ही चीनियों को अपना मित्र समझें, वे हमें अपना मित्र नहीं मानते।'
- 'इस समय भारत-तिब्बत की सीमा शांत है, लेकिन कालांतर में यही भारत-चीन सीमा विवाद बन सकती है। इसलिए सीमावर्ती क्षेत्रों में आंतरिक सुरक्षा, यातायात, सैनिक चौकियों और सूचना की व्यवस्था की जानी चाहिए।'

परन्तु पंडित जवाहरलाल नेहरू ने न तो इस चेतावनी पर ध्यान दिया और न ही उन्होंने सरदार पटेल के देश की सुरक्षा से संबंधित ज़रूरी पत्रों के जवाब देने की ज़रूरत महसूस की।

❑

सरदार पटेल का निधन

सन् 1947 तारीख़ 13 नवंबर। सरदार वल्लभभाई पटेल सौराष्ट्र के दौरे पर गए हुए थे। वहाँ उन्होंने सोमनाथ के ऐतिहासिक मंदिर की दुर्दशा अपनी आँखों से देखी। सन् 1024 में महमूद गजनवी के मंदिर को लूटने व तहस-नहस करने के बाद से ही उसके जीर्णोद्धार का कोई गंभीर प्रयत्न नहीं किया गया था। सरदार पटेल ने उस मंदिर के जीर्णोद्धार करने का फैसला लिया। उन्होंने सौराष्ट्र के राजप्रमुख की अध्यक्षता में इस कार्य को संपन्न करने के उद्देश्य से एक समिति का गठन किया। प्राचीन ऐतिहासिक मंदिर की आकृति के अनुरूप ही मंदिर के निर्माण का कार्य शुरू किया गया, जो सरदार पटेल के निधन के बाद मई, 1951 में जाकर पूरा हुआ। मंदिर में प्रतिमा की प्राण-प्रतिष्ठा और पूजा-अर्चना का समारोह सरदार वल्लभभाई पटेल के हाथों संपन्न न हो पाया। इस कार्य को तत्कालीन राष्ट्रपति डॉ. राजेन्द्र प्रसाद ने पूरा किया।

देश को स्वतंत्रता मिलने के बाद चारों ओर हर्षोल्लास का वातावरण छाया हुआ था। उस मौके पर भी हर्षोल्लास की अभिव्यक्ति के स्थान पर सरदार पटेल ने देशवासियों को यह कहकर चेताया था कि, 'देश के प्रति अब हमारी ज़िम्मेदारी कई गुना ज़्यादा बढ़ गई है। हमें आज़ादी मिली है, तो उसके साथ उसकी आंतरिक और बाहरी शत्रुओं से रक्षा करने का उत्तरदायित्व भी हम पर आ गया है।' सरदार पटेल ने जहाँ एक ओर बारही खतरों के प्रति सावधान किया, तो दूसरी ओर आंतरिक खतरों से देश की सुरक्षा के लिए गुप्तचर व्यवस्था और कानून व्यवस्था को सुदृढ़ करने की पूरी कोशिश की। अंग्रेज़ों के चले जाने के बाद प्रशासनिक स्तर पर बहुत से उच्च स्थान खाली हो गए थे। अतः उनके स्थानों को भरने के लिए योग्य प्रशासकों की नियुक्ति की गई और प्रशासनिक ढाँचे को सुदृढ़ बनाने का सफल प्रयास किया गया।

सरदार पटेल ने अपने ख़राब स्वास्थ्य के बावजूद जीवन के संध्याकाल में नवस्वतंत्र भारत की महती समस्याओं को यथासंभव हल करने के लिए अथक परिश्रम किया। उनके निजी सचिव श्री वी. शंकर ने बताया है कि 'सरदार पटेल जब अंतरिम सरकार में गृह मंत्री और सूचना-प्रसारण मंत्री बने, तब वह 71 वर्ष के थे। उन्होंने 72 वर्ष की आयु में उप-प्रधानमंत्री का पद ग्रहण करके देश की समस्याओं से जूझना शुरू किया। इसके साथ ही देशी रियासतों की समस्या को सुलझाने का भार भी सरदार

पटेल के कंधों पर ही था। उन्होंने कर्तव्यनिष्ठ होकर देश को एक धागे में पिरोने, देश को संगठित बनाने, प्रशासन के ताने-बाने को संपूर्णता देने, देश में शांति स्थापित करने, देश की समृद्धि की नींव रखने और प्रशासनिक, कानूनी तथा आर्थिक व्यवस्था को नया रूप देने, राष्ट्र के संविधान को गणतांत्रिक आधार देने का काम किया।'

सरदार पटेल का स्वास्थ्य पहले से ही अस्वस्थ चल रहा था, लेकिन कठोर परिश्रम करने के बाद तो और भी बिगड़ता चला गया। गांधीजी की हत्या के बाद से उनके दिल का रोग भी ज़्यादा बढ़ गया था। डॉक्टरों ने उन्हें पूरी तरह से विश्राम करने की सलाह दी थी, लेकिन वह आराम से बैठने वालों में से न थे। उन्होंने ख़राब स्वास्थ्य में भी अपना काम कभी नहीं छोड़ा। स्वास्थ्य में सुधार हो सके, इसके लिए सरदार पटेल मसूरी और देहरादून भी गए। वहाँ भी वह अनेक प्रकार की समस्याओं और कामों से घिरे रहे। इसलिए उनकी सेहत में कुछ ज़्यादा सुधार नहीं हो सका। उन्हें कई बार दिल के छोटे-बड़े दौरे भी पड़े थे। जब सेहत ज़्यादा बिगड़ने लगी, तो डॉ. वी.सी. राय ने उन्हें बंबई जाने की सलाह दी।

सन् 1950 तारीख़ 12 दिसंबर। बीमारी की गंभीरता को देखते हुए सरदार वल्लभभाई पटेल विशेष विमान से बंबई के लिए रवाना हो गए। हवाई अड्डे पर डॉ. राजेन्द्र प्रसाद, पंडित जवाहरलाल नेहरू के साथ कई वरिष्ठ अधिकारी और नेता सरदार पटेल को विदाई देने के लिए पहुँचे थे। कौन जानता था कि उनकी यह आख़िरी मुलाकात होगी। सरदार पटेल बंबई पहुँच गए और वहाँ पर भी उनकी सेहत में कोई ख़ास सुधार नहीं आया।

सन् 1950 तारीख़ 15 दिसंबर। बंबई में सरदार वल्लभभाई पटेल को एक भयंकर दिल का दौरा पड़ा और वह दुनिया को हमेशा-हमेशा के लिए अलविदा कह गये। सरदार पटेल के निधन का दु:खद समाचार मिलते ही सारे देश में शोक की लहर दौड़ पड़ी। उनके निधन का समाचार मिलते ही तत्कालीन राष्ट्रपति डॉ. राजेन्द्र प्रसाद, तत्कालीन प्रधानमंत्री पंडित जवाहरलाल नेहरू, चक्रवर्ती राजगोपालाचारी और अन्य बड़े नेता आनन-फानन में विमान से बंबई पहुँच गए। सरदार पटेल के अंतिम दर्शन के लिए लोग बड़ी संख्या में पहुँचने लगे। उनकी अंतिम यात्रा में शामिल होने के लिए अपार जनसमूह उमड़ पड़ा। सरदार पटेल की शवयात्रा का जुलूस लोकमान्य तिलक के बाद बंबई का सबसे बड़ा जुलूस था। सरदार पटेल के निधन का सबसे ज़्यादा दु:ख पंडित नेहरू और गोविंद बल्लभ पंत को पहुँचा, क्योंकि उनका सरदार पटेल के साथ काफी गहरा व्यक्तिगत संबंध था।

देश के कोने-कोने से सरदार वल्लभभाई पटेल के निधन पर श्रद्धांजलि के संदेश आने लगे। भारत के अंतिम वायसराय 'लॉर्ड माउंटबेटन' ने सरदार पटेल के

निधन पर अपना दुःख व्यक्त करते हुए लिखा था कि, 'वह अब नहीं रहे, लेकिन उनकी आत्मा भारत में हमेशा के लिए अमर रहेगी।' देश-विदेश के समाचार-पत्रों ने भी सरदार पटेल के महान् कार्यों को याद करते हुए उन्हें भावभीनी श्रद्धांजलि अर्पित की थी। पंडित जवाहरलाल नेहरू ने उन्हें याद करते हुए कहा कि 'वह नवीन भारत के महान् निर्माता थे।'

देशी रियासतों के विलय में सबसे अधिक योगदान सरदार पटेल का था। नीतिगत दृढ़ता के लिए राष्ट्रपिता महात्मा गांधी ने वल्लभभाई पटेल को 'सरदार' और 'लौह पुरुष' की उपाधि दी थी। जिसके बाद से वह सरदार वल्लभभाई पटेल से 'लौह पुरुष सरदार वल्लभभाई पटेल' के नाम से पूरी दुनिया में विख्यात हो गए। सरदार पटेल का लेखन उनके द्वारा लिखे गए पत्रों, टिप्पणियों एवं उनके द्वारा दिए गए व्याख्यानों के रूप में एक वृहत् साहित्य के रूप में उपलब्ध है। जिसमें मुख्य हैं- 'भारत विभाजन', 'गांधी, नेहरू, सुभाष', 'आर्थिक एवं विदेश नीति', 'मुसलमान और शरणार्थी', 'कश्मीर और हैदराबाद' इत्यादि।

सम्मान-

लौह पुरुष सरदार वल्लभभाई पटेल को सन् 1991 में मरणोपरान्त 'भारत रत्न' से सम्मानित किया गया था। अहमदाबाद के एयरपोर्ट का नामकरण 'सरदार वल्लभभाई पटेल इंटरनेशनल एयरपोर्ट' रखा गया है। भारत के गुजरात राज्य में स्थित 'सरदार पटेल विश्वविद्यालय' है। इसके अतिरिक्त भारत सरकार द्वारा वर्ष 2014 में सरदार पटेल की जयंती 31 अक्टूबर के दिन 'राष्ट्रीय एकता दिवस' के रूप में मनाने की घोषणा की गई थी।

स्टैच्यू ऑफ यूनिटी-

सन् 2013 तारीख़ 13 अक्टूबर। सरदार वल्लभभाई पटेल की 137वीं जयंती के अवसर पर गुजरात के पूर्व मुख्यमंत्री नरेंद्र मोदी ने राज्य में नर्मदा जिले में सरदार वल्लभभाई पटेल की स्मारक का शिलान्यास किया। इस खास स्मारक का नाम 'स्टैच्यू ऑफ यूनिटी' रखा गया।

सन् 2018 तारीख़ 31 अक्टूबर। स्टैच्यू ऑफ यूनिटी का उद्‌घाटन प्रधानमंत्री नरेन्द्र मोदी ने 31 अक्टूबर, 2018 को सरदार वल्लभभाई पटेल की जयंती पर किया था। यह प्रतिमा एकता का प्रतीक है। स्टैच्यू ऑफ यूनिटी की ऊँचाई 182 मीटर (597 फीट) है और यह इतनी बड़ी है कि इसे सात किलोमीटर की दूरी से भी देखा जा सकता है। स्टैच्यू ऑफ यूनिटी ऊँचाई में अमेरिका के 'स्टैच्यू ऑफ लिबर्टी' (93 मीटर) से दोगुना है।

❑

एक नज़र में

- 31 अक्टूबर, सन् 1875: गुजरात के करमसद गाँव में सरदार वल्लभभाई पटेल का जन्म
- सन् 1893: झबेरबाई से विवाह
- सन् 1897: मैट्रिक परीक्षा पास की
- 11 जनवरी, सन् 1909: पत्नी का देहांत
- 13 फरवरी, सन् 1913: इंग्लैंड से बैरिस्टर बनकर भारत लौटे
- 8 फरवरी, सन् 1928: बारदोली आन्दोलन से संबंधित किसान सभा की अध्यक्षता
- 7 मार्च, सन् 1930: गिरफ्तारी, तीन महीने तीन सप्ताह की सज़ा
- दिसंबर, सन् 1930: नौ महीने के कारावास की सज़ा
- मार्च, सन् 1931: कांग्रेस के कराची अधिवेशन के अध्यक्ष
- 4 जनवरी, सन् 1932: एक साल चार महीने गांधीजी के साथ यरवदा जेल में
- नवंबर, सन् 1932: बंदी काल में ही माता का निधन
- 20 अक्टूबर, सन् 1933: बड़े भाई विट्ठलभाई का विदेश में निधन
- जुलाई, सन् 1934: स्वास्थ्य बिगड़ने की वजह से जेल से रिहा
- सन् 1935 से 1940: कांग्रेस संसदीय उप-समिति के अध्यक्ष
- 9 अगस्त, सन् 1942: अहमदाबाद किले में बंदी बनाकर रखे गए
- सन् 1945: जेल से रिहा
- सितंबर, सन् 1946: अंतरिम सरकार के गृहमंत्री
- 15 अगस्त, सन् 1947: देश को आज़ाद करवाने में महत्त्वपूर्ण भूमिका निभाई
- दिसंबर, सन् 1948: स्वतंत्र भारत के पहले गृहमंत्री एवं उप-प्रधानमंत्री

- 15 दिसंबर, सन् 1950: बंबई में निधन
- सन् 1991: मरणोपरान्त भारत रत्न से सम्मानित
- सन् 2014: भारत सरकार द्वारा 31 अक्टूबर के दिन राष्ट्रीय एकता दिवस मनाने की घोषणा
- 31 अक्टूबर, सन् 2018: स्टैच्यू ऑफ यूनिटी का उद्घाटन

❑

सरदार पटेल के विचार

- आज हमें ऊँच-नीच, अमीर-गरीब, जाति-पंथ के भेदभावों को समाप्त कर देना चाहिए।
- मनुष्य को ठंडा रहना चाहिए, क्रोध नहीं करना चाहिए। लोहा भले ही गर्म हो जाए, हथौड़े को तो ठंडा ही रहना चाहिए, अन्यथा वह स्वयं अपना हत्था जला डालेगा। कोई भी राज्य प्रजा पर कितना ही गर्म क्यों न हो जाये, अंत में तो उसे ठंडा होना ही पड़ेगा।
- मेरी एक ही इच्छा है कि भारत एक अच्छा उत्पादक हो और इस देश में कोई अन्न के लिए आँसू बहाता हुआ भूखा ना रहे।
- आपको अपना अपमान सहने की कला आनी चाहिए।
- जब जनता एक हो जाती है, तब उसके सामने क्रूर-से-क्रूर शासन भी नहीं टिक सकता। अतः जात-पांत के, ऊँच-नीच के भेदभाव को भुलाकर सब एक हो जाइये।
- सेवा धर्म बहुत ही कठिन है। यह तो कठिन काँटों के सेज पर सोने जैसा है।
- संस्कृति समझ-बूझकर शांति पर रची गयी है। यदि मरना होगा, तो वे अपने पापों से मरेंगे। जो काम प्रेम व शांति से होता है, वह वैर-भाव से नहीं होता।
- अकसर मैं, ऐसे बच्चे जो मुझे अपना साथ दे सकते हैं, के साथ हँसी-मज़ाक करता हूँ। जब तक एक इंसान अपने अन्दर के बच्चे को बचाए रख सकता है, तभी तक उसका जीवन उस अंधकारमयी छाया से दूर रह सकता है, जो इंसान के माथे पर चिंता की रेखाएँ छोड़ जाती है।
- अगर आपके पास शक्ति की कमी है, तो विश्वास किसी काम का नहीं। क्योंकि महान् उद्देश्यों की पूर्ति के लिए, शक्ति और विश्वास दोनों का होना ज़रूरी है।
- इस देश की मिट्टी में कुछ अलग ही बात है, जो इतनी कठिनाइयों के बावजूद हमेशा महान् आत्माओं की भूमि रही है।

- अगर हमारी करोड़ों की दौलत भी चली जाए या फिर हमारा पूरा जीवन बलिदान हो जाए, तो भी हमें ईश्वर में विश्वास और उसके सत्य पर विश्वास रखकर प्रसन्न रहना चाहिए।
- अविश्वास भय का प्रमुख कारण होता है।
- आपके घर का प्रबंध दूसरों को सौंपा गया हो, तो यह कैसा लगता है- यह आपको सोचना है जब तक प्रबंध दूसरों के हाथ में है तब तक परतन्त्रता है और तब तक सुख नहीं।
- उतावले उत्साह से बड़ा परिणाम निकलने की आशा नहीं रखनी चाहिये।
- कठिन समय में कायर बहाना ढूँढते हैं, तो वहीं बहादुर व्यक्ति रास्ता खोजते हैं।
- कठोर-से-कठोर हृदय को भी प्रेम से वश में किया जा सकता है। प्रेम तो प्रेम है। माता को अपना काना-कुबड़ा बच्चा भी सुंदर लगता है और वह उससे असीम प्रेम करती है।
- कर्तव्यनिष्ठ पुरुष कभी निराश नहीं होता। अतः जब तक जीवित रहें और कर्तव्य करते रहें, तो इसमें पूरा आनन्द मिलेगा।
- किसी तन्त्र या संस्थान की पुनः निंदा की जाए, तो वह ढीठ बन जाता है और फिर सुधरने की बजाय निंदक की ही निंदा करने लगता है।
- स्वतन्त्रता प्राप्ति के बाद भी यदि परतन्त्रता की दुर्गन्ध आती रहे, तो स्वतन्त्रता की सुगंध नहीं फैल सकती।
- गरीबों की सेवा ही ईश्वर की सेवा है।
- जब तक हमारा अंतिम ध्येय प्राप्त ना हो जाए तब तक उत्तरोत्तर अधिक कष्ट सहन करने की शक्ति हमारे अन्दर आये, यही सच्ची विजय है।
- जो तलवार चलाना जानते हुए भी अपनी तलवार को म्यान में रखता है उसी को सच्ची अहिंसा कहते हैं।
- स्वतंत्र भारत में कोई भी भूख से नहीं मरेगा। अनाज निर्यात नहीं किया जायेगा। कपड़ों का आयात नहीं किया जाएगा। इसके नेता ना विदेशी भाषा का प्रयोग करेंगे ना किसी दूरस्थ स्थान, समुद्र स्तर से सात हज़ार फुट ऊपर से शासन करेंगे। इसके सैन्य खर्च भारी नहीं होंगे, इसकी सेना अपने ही लोगों या किसी और की भूमि को अधीन नहीं करेगी। इसके सबसे अच्छे वेतन पाने वाले अधिकारी इसके

सबसे कम वेतन पाने वाले सेवकों से बहुत ज़्यादा नहीं कमाएंगे और यहाँ न्याय पाना ना खर्चीला होगा, ना कठिन होगा।

- हमारे देश में अनेक धर्म, अनेक भाषाएँ भी हैं, लेकिन हमारी संस्कृति एक ही है।
- जो मनुष्य सम्मान प्राप्त करने योग्य होता है, वह हर जगह सम्मान प्राप्त कर लेता है, पर अपने जन्म-स्थान पर उसके लिए सम्मान प्राप्त करना कठिन ही है।
- त्याग के मूल्य का तभी पता चलता है, जब अपनी कोई मूल्यवान वस्तु छोड़नी पड़ती है। जिसने कभी त्याग नहीं किया, वह इसका मूल्य क्या जाने।
- थका हुआ इंसान दौड़ने लगे, तो स्थान पर पहुँचने के बजाये जान गँवा बैठता है। ऐसे समय पर आराम करना और आगे बढ़ने की ताक़त जुटाना उसका धर्म हो जाता है।
- प्राण लेने का अधिकार तो ईश्वर को है।
- सरकार की तोप या बंदूकें हमारा कुछ नहीं कर सकती। हमारी निर्भयता ही हमारा कवच है।
- बेशक कर्म पूजा है किन्तु हास्य जीवन है। जो कोई भी अपना जीवन बहुत गंभीरता से लेता है, उसे एक तुच्छ जीवन के लिए तैयार रहना चाहिए। जो कोई भी सुख और दुःख का समान रूप से स्वागत करता है, वास्तव में वही सबसे अच्छी तरह से जीता है।
- बोलने में मर्यादा मत छोड़ना, गालियाँ देना तो कायरों का काम है।
- ज़्यादा बोलने से कोई फायदा नहीं होता है बल्कि सबकी नज़रों में अपना नुकसान ही होता है।
- हर जाति या राष्ट्र, खाली तलवार से वीर नहीं बनता। तलवार तो रक्षा-हेतु आवश्यक है, पर राष्ट्र की प्रगति को तो उसकी नैतिकता से ही मापा जा सकता है।
- मान-सम्मान किसी के देने से नहीं मिलते, अपनी योग्यतानुसार मिलते हैं।
- यह भारत के प्रत्येक नागरिक का कर्तव्य है कि वह अनुभव करे कि उसका देश स्वतन्त्र है और देश की स्वतंत्रता की रक्षा करना उसका कर्तव्य है। अब हर भारतीय को भूल जाना चाहिए कि वह सिख है, जाट है या राजपूत। उसे केवल इतना याद रखना चाहिए कि अब वह केवल भारतीय है, जिसके पास सभी अधिकार हैं, लेकिन उसके कुछ कर्तव्य भी हैं।
- प्रजा का विश्वास, राज्य की निर्भयता की निशानी है।

- विश्वास रखकर आलस्य छोड़ दीजिये, वहम मिटा दीजिये, डर छोड़िये, फूट का त्याग कीजिये, कायरता निकाल डालिये, हिम्मत रखिये, बहादुर बन जाइये और आत्मविश्वास रखना सीखिये। इतना कर लेंगे तो आप जो चाहेंगे, अपने आप मिलेगा। दुनिया में जो जिसके योग्य है, वह उसे मिलता ही है।

- शारीरिक और मानसिक शिक्षा साथ-साथ दी जाये, ऐसी व्यवस्था होनी चाहिए। शिक्षा इस तरह की हो जो छात्र के मन का, शरीर का और आत्मा का विकास करे।

- सच्चे त्याग और आत्मशुद्धि के बिना स्वराज नहीं आएगा। आलसी, ऐश-आराम में लिप्त के लिए स्वराज कहाँ। आत्मबल के आधार पर खड़े रहने को ही स्वराज कहते हैं।

- सत्ताधीशों की सत्ता उनकी मृत्यु के साथ ही समाप्त हो जाती है, पर महान् देशभक्तों की सत्ता मरने के बाद काम करती है। अतः देशभक्ति अर्थात् देश-सेवा में जो मिठास है, वह और किसी चीज़ में नहीं।

- सत्य के मार्ग पर चलने हेतु बुरे का त्याग आवश्यक है, चरित्र का सुधार आवश्यक है।

- सेवा करने वाले मनुष्य को विनम्रता सीखनी चाहिए। वर्दी पहन कर अभिमान नहीं, विनम्रता आनी चाहिए।

- दुःख उठाने के कारण प्रायः हममें कटुता आ जाती है, दृष्टि संकुचित हो जाती है और हम स्वार्थी तथा दूसरों की कमियों के प्रति असहिष्णु बन जाते हैं। शारीरिक दुःख से मानसिक दुःख अधिक बुरा होता है।

- जीवन में जितना दुःख भोगना लिखा है उसे तो भोगना ही पड़ेगा, तो फिर व्यर्थ में चिंता क्यूँ करना?

- शक्ति के अभाव में विश्वास व्यर्थ है। विश्वास और शक्ति, दोनों किसी महान् काम को करने के लिए आवश्यक हैं।

- आपकी अच्छाई आपके मार्ग में बाधक है, इसलिए अपनी आँखों को क्रोध से लाल होने दीजिये और अन्याय का सामना मज़बूत हाथों से कीजिये।

- जीवन की डोर तो ईश्वर के हाथ में है, इसलिए चिंता की कोई बात हो ही नहीं सकती।

- काम करने में तो मज़ा ही तब आता है, जब उसमे मुसीबत होती है। मुसीबत में काम करना बहादुरों का काम है। कायर तो मुसीबतों से डरते हैं, लेकिन हम कायर नहीं हैं, हमें मुसीबतों से डरना नहीं चाहिये।
- जीवन में सब कुछ एक दिन में नहीं हो जाता है।
- हर इंसान सम्मान के योग्य है, जितना उसे ऊपर सम्मान चाहिए उतना ही उसे नीचे गिरने का डर नहीं होना चाहिए।
- एकता के बिना जनशक्ति, शक्ति नहीं है जब तक उसे ठीक ढंग से सामंजस्य में ना लाया जाए और एकजुट ना किया जाए और तब यह आध्यात्मिक शक्ति बन जाती है।
- कर्तव्यनिष्ठ व्यक्ति सदैव आशावान रहता है।
- कठिनाई दूर करने का प्रयत्न ही न हो, तो कठिनाई कैसे मिटे। इसे देखते ही हाथ-पैर बाँधकर बैठ जाना और उसे दूर करने का कोई भी प्रयास न करना निरी कायरता है।
- कल किये जाने वाले कर्म का विचार करते-करते आज का कर्म भी बिगड़ जाएगा और आज के कर्म के बिना कल का कर्म भी नहीं होगा। अतः आज का कर्म कर लिया जाये, तो कल का कर्म स्वतः हो जाएगा।
- भगवान किसी को दूसरे के दोषों का धनद नहीं देता, हर व्यक्ति अपने ही दोषों से दुःखी होता है।
- अधिकार मनुष्य को अँधा बना देता है। इसे हज़म करने के लिए जब तक पूरा मूल्य न चुकाया जाये, तब तक मिले हुए अधिकारों को भी हम गँवा बैठेंगे।
- जो व्यक्ति अपना दोष जानता है, उसे स्वीकार करता है, वही ऊँचा उठता है। हमारा प्रयत्न होना चाहिए कि हम अपने दोषों को त्याग दें।
- अपने धर्म का पालन करते हुए जैसी भी स्थिति आ पड़े, उसी में सुख मानना चाहिए और ईश्वर में विश्वास रखकर सभी कर्तव्यों का पालन करते हुए आनन्दपूर्वक दिन बिताने चाहिए।
- शत्रु का लोहा भले ही गर्म हो जाये, पर हथौड़ा तो ठंडा रहकर ही काम दे सकता है।
- जीतने के बाद नम्रता और निरभिमानता आनी चाहिए। वह यदि न आए तो वह घमंड कहलाएगा।

- चूँकि पाप का भार बढ़ गया है, अतः संसार विनाश के मार्ग पर अग्रसर है।
- मानव ईश्वरप्रदत्त बुद्धि का उपयोग नहीं करता, आँखें होते हुए भी नहीं देखता, इसीलिए वह दुःखी रहता है।
- हिंसा के बल पर ही जो सारी तैयारी करते हैं उनके दिल में भय के सिवाय और कुछ नहीं होता। भय तो ईश्वर से होना चाहिए, किसी मनुष्य या सत्ता से नहीं और भय को मिटाकर हम दूसरों को भयभीत करें, तो इस जैसा कोई पाप नहीं।
- भारत की एक बड़ी विशेषता है, वह यह कि चाहे कितने ही उतर-चढ़ाव आएँ, किन्तु पुण्यशाली आत्माएँ यहाँ जन्म लेती ही रहती हैं।
- मृत्यु ईश्वर-निर्मित है। कोई किसी को प्राण न दे सकता है, न ले सकता है। सरकार की तोपें और बंदूकें हमारा कुछ भी नहीं कर सकतीं।
- शक्ति के बिना बोलने से लाभ नहीं। गोला-बारूद के बिना बत्ती लगाने से ध ड़ाका नहीं होता।
- शक्ति के बिना श्रद्धा व्यर्थ है। किसी भी महान् कार्य को पूरा करने में श्रद्धा और शक्ति दोनों की आवश्यकता होती है।
- जल्दी करने से आम नहीं पकता। आम की कच्ची कैरी तोड़ेंगे तो दांत खट्टे होंगे। फल को पकने दें, पकेगा तो स्वयं गिरेगा और रसीला होगा। इसी भाँति समझौते का समय आएगा, तब सच्चा लाभ मिलेगा।
- सुख और दुःख मन के कारण ही पैदा होते हैं और वे मात्र कागज़ के गोले हैं।
- अधिकार मनुष्य को तब तक अँधा बनाये रखेंगे, जब तक मनुष्य उस अधिकार को प्राप्त करने हेतु मूल्य न चुका दे।
- अपने जीवन में हम जो कुछ कर पाते हैं, वह कोई बड़ी बात नहीं, जिसके लिए हम गुरूर कर सकें, क्योंकि जो कुछ हम करते हैं, उसमें हमारा क्या भाग है? असल में कराने वाला तो खुदा है।
- आत्मा को गोली या लाठी नहीं मार सकती। दिल के भीतर की असली चीज़ इस आत्मा को कोई हथियार नहीं छू सकता।
- आलस्य छोड़िये और बेकार मत बैठिये, क्योंकि हर समय काम करने वाला अपनी इन्द्रियों को आसानी से वश में कर लेता है।
- इंसान जितने सम्मान के लायक हो, उतना ही उसका सम्मान करना चाहिये, उससे अधिक नहीं करना चाहिये, नहीं तो उसके नीचे गिरने का डर रहता है।

- ईश्वर का नाम ही (रामबाण) दवा है, दूसरी सब दवाएँ बेकार हैं। वह जब तक हमें इस संसार में रखे, तब तक हम अपना कर्तव्य करते रहें। जाने वाले का शोक न करें, क्योंकि जीवन की डोर तो उसी के हाथ में है। फिर चिंता की क्या बात। याद रहे कि सबसे दु:खी मनुष्य में भगवान का वास होता है। वह महलों में नहीं रहता।
- कायरता का बोझा दूसरे पड़ोसियों पर रहता है। अत: हमें मज़बूत बनना चाहिए ताकि पड़ोसियों का काम सरल हो जाए।
- कोशिश करना हमारा फर्ज़ है। अगर हम अपने फर्ज़ को पूरा ना करें, तो हम ईश्वर के गुनहगार बनते हैं।
- चरित्र के विकास से बुद्धि का विकास तो हो ही जाएगा और लोगों पर छाप तो हमारे चरित्र की ही पड़ती है।
- जवानी को जाते देर नहीं लगती और गई हुई जवानी फिर वापस नहीं आती। जो मनुष्य जवानी के एक-एक पल का उपयोग करता है, वह कभी बूढ़ा नहीं होता। सदा जवान बने रहने की इच्छा वाला मनुष्य मरते दम तक अपने कर्तव्यपालन में जुटा रहता है।
- जिसने भगवान को पहचान लिया, उसके लिए तो संसार में कोई अस्पृश्य नहीं है, उसके मन में ऊँच-नीच का भेद कहाँ। अस्पृश्य तो वह प्राणी है जिसके प्राण निकल गए हों अर्थात् वह शव बन गया हो। अस्पृश्यता एक वहम है। जब कुत्ते को छूकर, बिल्ली को छूकर नहाना नहीं पड़ता, तो अपने समान मनुष्य को छूकर हम अपवित्र कैसे हुए?
- जीवन में आप जितने भी दु:ख और सुख के भागी बनते हैं, उसके पूर्ण रूप से ज़िम्मेदार आप स्वयं ही होते हैं। इसमें ईश्वर का कोई भी दोष नहीं।
- जैसे प्रसव-वेदना के बाद राहत मिलती है, उसी प्रकार ज़्यादती के बाद ही विजय होती है। समाज की बुराइयों को दूर करने के लिए इससे अधिक शक्तिशाली कोई हथियार नहीं।
- नेतापन तो सेवा में है, पर जो सीधा बन जाता है, वह किसी-न-किसी दिन लुढ़क अवश्य जाता है।
- प्रत्येक मनुष्य में प्रकृति ने चेतना का अंश रख दिया है जिसका विकास करके मनुष्य उन्नति कर सकता है।

- प्राणियों के इस शरीर की रक्षा का दायित्व बहुत-कुछ हमारे मन पर भी निर्भर करता है।
- पड़ोसी का महल देखकर अपनी झोंपड़ी तोड़ डालने वाला महल तो बना नहीं सकता, अपनी झोंपड़ी भी खो बैठता है।
- भगवान के आगे झुको किसी दूसरे के आगे नहीं। हमारा सिर कभी भी झुकने वाला नहीं होना चाहिए।
- मेरी तो आदत पड़ गई है कि जहाँ पैर रख दिया, वहाँ से पीछे न हटाया जाए। जहाँ पैर रखने के बाद वापस लौटना पड़े, वहाँ पैर रखने की मुझे आदत नहीं, अँधेरे में कूद पड़ने का मेरा स्वभाव नहीं है।
- यह बिलकुल सत्य है कि पानी में तैरने वाले ही डूबते हैं, किनारे पर खड़े रहने वाले नहीं, लेकिन किनारे पर खड़े रहने वाले कभी तैरना भी नहीं सीख पाते।
- वह इन्सान कभी सुख प्राप्त नहीं कर सकता, जिसने कभी किसी संत को दुःख पहुँचाया हो।
- सत्ताधीशों की सत्ता उनकी मृत्यु के साथ ही समाप्त हो जाती है, पर महान् देशभक्तों की सत्ता मरने के बाद काम करती है। अतः देशभक्ति अर्थात् देश-सेवा में जो मिठास है, वह और किसी चीज़ में नहीं।
- सारी उन्नति की कुंजी ही स्त्री की उन्नति में है। स्त्री यह समझ ले, तो स्वयं को अबला न कहे। वह तो शक्ति-रूप है, माता के बिना कौन पुरुष पृथ्वी पर पैदा हुआ है।
- स्वार्थ के हेतु राजद्रोह करने वालों से नरककुंड भरा है।
- हम कभी हिंसा न करें, किसी को कष्ट न दें और इसी उद्देश्य से हिंसा के विरुद्ध गांधीजी ने अहिंसा का हथियार आज़मा कर संसार को चकित कर दिया।
- हम खुद ही अन्यायी बन जाएँ, तो हम दूसरों से न्याय नहीं माँग सकते। गलती करने वाले को माफ़ कर दो। उसके साथ मुहब्बत करो।
- अहिंसा का बहाना न बनाइए। इसमें अहिंसा का तो नाम-ओ-निशान भी नहीं था। अहिंसा को हमनें अपनी कायरता को छिपाने का साधन बना लिया था।
- यदि हमें नयाय प्राप्त करना हो और आज़ादी लेनी हो, तो अपने खुद के दोष देखना और सुधारना, सहनशीलता, आत्मश्रद्धा और धैर्य रखना, त्याग करना- गरज

यह कि जिनसे हमें न्याय लेना है, उनके दोष देखने के बजाये उनके बड़े गुणों और चरित्र का अनुकरण करना सीखना चाहिए।

- आत्मबल के बिना कोई काम नहीं होता, भले ही अपनी ही सरकार हो। मैं आत्मबल को मानने वाला हूँ।
- ज़मीन-जायदाद चली जाएगी तो फिर पैदा की जा सकेगी, घर-बार चला जाएगा तो फिर खड़ा हो जाएगा, मगर इज़्ज़त चली जाएगी तो फिर से नहीं आएगी।
- पुरुषार्थ कठिनाइयाँ पार करने में है। परंतु मनुष्य ज़्यादातर आलसी होता है। आलस्य शरीर का ही नहीं होता मन का भी होता है।
- ईश्वर की गति अकल्प और अगम्य है। अतः उत्तम मार्ग यही है कि ईश्वर पर श्रद्धा रखकर हम अपना कर्तव्य करते रहें और सब बातें बेकार हैं। मनुष्य का सोचा कुछ होता नहीं।
- हमें जहाँ से खाने को मिलता है, उस स्थान के प्रति भी हमारा कुछ कर्तव्य है। जिस माता के स्तनों का दूध पीते हैं, उसके प्रति अपना धर्म-पालन करना चाहिए।
- अब ज़माना बदल गया है। अब हमें इंसाफ से और वफादारी से काम करना है। जितना पैसा हम लेते हैं, उसको हराम नहीं करना है। हमें पूरा काम करना है। न हो सके तो हट जाएँ।
- जब जानवर भी तंग आकर सींग उठाता है, तब मनुष्य अपनी बहन-बेटी पर ख़तरा आने से भाग जाए, तो वह जानवर से भी बदतर कहलाएगा। इसलिए हमें अपने में से कायरता निकाल देनी चाहिए।
- सारी दुनिया किसान के आधार पर टिकी हुई है। दुनिया का आधार किसान और मज़दूर पर है। फिर भी सबसे ज़्यादा ज़ुल्म कोई सहता है, तो ये दोनों ही सहते हैं। क्योंकि ये दोनों बेज़ुबान होकर अत्याचार सहन करते हैं।
- पिछला दुःखड़ा रोना कायरों का काम है। हिसाब लगाकर मुकाबले की तैयारी करना बहादुरों का काम है। दुःख के समय हम प्रजा के पास दौड़कर जाएँ, यह ठीक है। परंतु काम ऐसा करना चाहिए कि जिससे आइंदा ऐसा दुःख पैदा ही न हो।
- बुद्धिमान मनुष्यों को दूरदर्शिता रखनी चाहिए। तात्कालिक स्वार्थ न साधकर, भविष्य का विचार करना ही कर्तव्य है।
- एक-दूसरे के ख़िलाफ बक-झक करने और संघर्ष करने से फायदा नहीं है।

- जीत होने के बाद हममें नम्रता और निरभिमानता आनी चाहिए और अगर वह न आए, तो यही कहा जाएगा कि हमने घमंड किया।
- हर कौम या हर राष्ट्र खाली तलवार से वीर नहीं बनता। तलवार तो अपनी रक्षा के लिए ज़रूरी बात है, लेकिन राष्ट्र की प्रगति का माप उसकी नैतिक प्रगति से ही किया जा सकता है।
- जो पुण्य और दान हम करेंगे, वही हमारी सच्ची कमाई कहलाएगी। वरना दुनिया से चले जाने के बाद हमारे पीछे कुछ रहने वाला नहीं है।
- किसी को गाली देने या मारने में बड़प्पन नहीं। बड़प्पन है धर्म की ख़ातिर कष्ट सहन करने में।
- जो जन्म लेता है, वह मरता है। मृत्यु बिना किसी का छुटकारा नहीं। नामर्दों की तरह मरने के बजाये, बहादुरों और इज़्ज़त वालों की मौत मरना सीखिए। तोपों के धड़ाके होते हों, हवाई जहाज़ों से बम गिरते हों और मनुष्य मरते हों, तब भी इतिहास में नाम तो होता है।
- शरीर की रक्षा का आधार बहुत-कुछ हमारे मन पर रहता है। सुख-दुःख को समान मानने की आदत हमें डालनी चाहिए और अस्वाद व्रत का स्मरण करना चाहिए। इससे जीभ मान जाती है और शरीर भी समझ जाता है।
- राष्ट्र के कार्यों में सहानुभूति दिखलाना ही काफी नहीं है, उनमें बुद्धिपूर्वक भाग लेना चाहिए। हमारी भाषा कुछ भी हो, मगर जिस प्रांत में रहें, वहाँ की भाषा हमें सीख लेनी चाहिए।
- निहत्थे स्त्री-पुरुषों और बच्चों को निर्दयता से मारना बहादुर को शोभा नहीं देता, यह तो पशुता और जंगलीपन है। आप सब लोगों को लड़ाई में अपनी वीरता दिखाने के अवसर मिलेंगे, लेकिन समय और परिस्थिति देखकर लड़ने के विषय में सोचना चाहिए।
- आपकी ज़ुबान में खुले तौर पर कुछ कहने की हिम्मत नहीं है, सिर्फ कोने में बोलने की आदत है। उसे निकाल डालिए। कोने में बैठकर बोलना व्यर्थ जाता है।
- चिल्लाहट मचाने वाले विद्रोह नहीं कर सकते। बगावत करने वाले तो मूक होते हैं। वे अपना जोश अपने में भरे रखते हैं और समय आने पर उसे बाहर निकालते हैं।
- बच्चों को सफाई की तालीम दीजिए। उनके घरों में प्रवेश करके उनके माँ-बाप को शिक्षा दीजिए। अच्छे शिक्षक को लोग सिर पर रखकर नाचेंगे। अच्छा शिक्षक गाँव का इतना प्रेम-संपादन कर ले कि जब वह जाए तब गाँव रोने लगे।

- जिसे स्वतंत्रता का उपयोग करना है, उसका चाल-चलन कैसा हो? उसके मुँह से गाली और भद्दी भाषा नहीं निकलनी चाहिए। सभ्य वचन ही निकलने चाहिए। वह किसी का अपमान न करे, किसी के साथ तू-तड़ाक न करे और किसी को गालियाँ न दे। पहली पढ़ाई यही है कि सभ्यता से बोलना सीखें।
- मैं कायरों को लेकर लड़ने नहीं निकला हूँ। मैं तो उन्हीं के साथ खड़ा रहकर लड़ना चाहता हूँ, जो सरकार का डर छोड़कर बहादुर बन गए हैं।
- इतिहास हमें सिखाता है कि जब एक बार राष्ट्र के अंतर में स्वतंत्रता की अग्नि जल जाती है, तो फिर केवल दमन से वह कभी नहीं बुझाई जा सकती। इससे दूसरे ढंग पर सोचना इतिहास को भूलने और अपने आपको धोखा देने के बराबर है।
- यदि आप हिंदुस्तानी बनना चाहें, तो आपको सारे हिंदुस्तान को अपना मुल्क समझना होगा और तब हिंदुस्तान-भर के आदमी मुल्की होंगे। ज़्यादा आदमी तो हम लाएँगे ही नहीं, लेकिन हमें हिंदुस्तान-भर को एक बनाना है। हिंदुस्तानी को जहाँ-जहाँ ज़रूरत हो, उसे वहाँ जाना चाहिए। सारे मुल्क में वह मुल्की है।

❑

सरदार पटेल के पत्र

(1)

अपने जीते-जी यह दिन देखना नसीब हुआ

नई दिल्ली,
8-8-1947,

भाई हरिप्रसाद,

19 जुलाई का आपका पत्र मिला था। अनेक कारणों की वजह से आपको जवाब देने में देरी हुई। मूल कारण तो काम का अधिक भार है, इसी कारण डाक-व्यवहार को संभालना मुश्किल हो गया है।

तारीख 14 की रात को बारह बजे हिन्दुस्तान में अंग्रेज़ों की सत्ता का सूर्य अस्त हो जाएगा। अनेकों बार हम जेलों में गए, बहुत से हमारे लोग शहीदी को प्राप्त हुए, अनेकों के त्याग और बलिदान का परिणाम आ रहा है। ईश्वर की कृपा है कि अपने जीते-जी यह दिन देखना नसीब हुआ। अब हिन्दुस्तान के भविष्य को बनाने का काम हिन्दुस्तानियों के हाथ में है। अभी बहुत कुछ करने को बाक़ी है। इस बीच हमारे सामने कई कठिनाइयाँ खड़ी होने वाली हैं और हमें अपने जिस लक्ष्य तक पहुँचना है, वह तो दूर है। इसलिए बापू के मन में भारी असंतुष्टि है। लेकिन जबतक विदेशी सत्ता हमारे बीच मौजूद थी, तबतक बड़ी बाधा थी। अब हम खुद बिगाड़ेंगे, तो दोष हमारा माना जाएगा।

आप सब कुशल होंगे।

वल्लभभाई
वन्दे मातरम्

डॉ. हरिप्रसाद देसाई,
अहमदाबाद

(2)

आज का कर्तव्य
(हिन्दुस्तान के लिए सन्देश)

नई दिल्ली,
11-8-1948

जिस समाचार-पत्र का जन्म स्वतंत्र भारत में होता है, उसे जन्म से ही तन्दुरुस्त होना चाहिए। गुलामी की हालत में भारत को आज़ाद करने का जो समय था, उस समय समाचार-पत्र का जो धर्म था और जो कार्य था, उसमें और वर्तमान समय में और धर्म में ज़मीन-आसमान का अंतर है।

एक ज़िम्मेदार पत्रकार की कलम जनता पर ज़बरदस्त असर डाल सकती है। जितना जनता की भलाई के लिए डाल सकती है, उतना बुराई के लिए भी डाल सकती है।

मैं आशा रखता हूँ कि स्वतंत्रता के प्रातःकाल में कलम पर काबू रखकर संयमपूर्वक और निडरता के साथ स्वतंत्र भारत के वासी अपना कर्तव्य समझकर देश का साथ देंगे और देश के इस कठिन समय में शान्ति और अखंडता की स्थापना के प्रयास में सहायक बनेंगे।

वल्लभभाई पटेल

(3)

जूनागढ़ का कार्य कठिन है

नई दिल्ली,
22-9-1947

प्रिय भाई कनुभाई,

जूनागढ़ का कार्य कठिन है। वे लोग कुछ भी करने की दशा में नहीं है। यही नहीं कि भाग जाएँ, बल्कि आज लिखकर दें और कल बदल जाएँ। पाकिस्तान उनकी सहायता के लिए मौजूद है। आसपास के राज्य बेजान हैं। इसलिए बहुत सावधानीपूर्वक काम करना है। जल्दबाज़ी में कदम उठाने से भारी क्षति पहुँच सकती है।

अमृतलाल सेठ आदि काठियावाड़ के भाई अधीर हो उठे हैं, लेकिन उन्हें स्थिति के विषय में पूरी जानकारी नहीं है। जो भी काम करना हो, विचारपूर्वक करना चाहिए।

वल्लभभाई
वन्दे मातरम्

श्री कनैयालाल एम. मुनशी,
बम्बई

(4)

जूनागढ़ का भी सही ही होगा

नई दिल्ली,
21-9-1948

प्रिय भाई दादुभाई,

आपका पत्र मिला है। वक्त आने पर जूनागढ़ का भी सही ही होगा। आख़िर तो सारे सौराष्ट्र को गुजरात में ही मिलाना चाहिए। इसलिए इन सभी का हल एक साथ ही निकल आएगा।

बड़ौदा का जो भी हुआ है, सही ही हुआ है। आख़िर अब तो उसे भी मिला ही देना है। हैदराबाद का कार्य भी आप ही की इच्छा के अनुरूप ठिकाने लग रहा है। कुल मिलाकर सब राज्यों का अच्छा निष्कर्ष निकल आया है।

आपकी तबीयत कुशल होगी।

वल्लभभाई
वन्दे मातरम्

श्री दादुभाई देसाई,
नडियाद

(5)

आप सभी धैर्य रखिए

नई दिल्ली,
7-5-1947

भाई बलवंतराय,

आपका तीन तारीख़ का पत्र मिला। यह जानकर अच्छा लगा कि परिषद् में उपस्थिति सही रहने का अनुमान है और लोगों में उत्साह है। दीवानसाहब यहाँ आए होंगे तो मुलाकात किये बिना रहेंगे नहीं।

विधानसभा में सवाल या प्रस्ताव भेजने से कोई लाभ नज़र नहीं आता। काठियावाड़ के सब राज्य एकत्रित हो एक साथ चलने का प्रयास करेंगे और बहुत धीमी गति से चलने का प्रयास किया जायेगा। लेकिन आप सभी धैर्य रखिए। क्योंकि इस काल में धीमी गति से चलने वालों को पीछे से धक्के लगेंगे। राजाओं को यह बिलकुल स्वीकार नहीं है, इसलिए वे आगे कदम नहीं बढ़ा सकते। जिस तरह पक्षाघात से पीड़ित मनुष्य के पैर उठ नहीं पाते, उसी तरह बहुत वर्षों से गुलामी में रहे हुए राजा खुद खड़े नहीं हो सकते। तो फिर चलने की तो बात ही क्योंकर हो?

लेकिन ज़माने के आगे वें बैठ नही पाएंगे। इसलिए सब धीरज रखिए।

वल्लभभाई
वन्दे मातरम्

श्री बलवंतराय मेहता,
भावनगर

(6)

इस समय कोई बड़ा आन्दोलन नहीं करना

नई दिल्ली
10-5-1947

भाई बलवंतराय,

आपका 6-5-47 का पत्र मिला।

अनन्तरायजी के यहाँ आने की कोई ख़बर अभी तक नहीं मिली है। मुझसे मिले नहीं हैं। मैं इतना तो जानता हूँ कि यदि आये होते, तो मिले बिना न रहते।

जामसाहब कल मिलने आने वाले हैं।

विधानसभा के विषय में वहाँ आप सभी को जो रुचे, सो कीजिए। इस बारे में मुझे और अधिक कुछ कहना नहीं है। हमारी सभी विषय पर बात हो चुकी है। लेकिन रोज़ की बदलती हुई परिस्थितियों में आप सभी का जो फैसला होगा, वही ठीक माना जाएगा।

हमारी तो एक ही बात निश्चित मानी जाए कि हमें इस समय कोई बड़ा आन्दोलन नहीं करना है। वैसे, सहयोग तो स्वाभिमान की रक्षा करते हुए ही दिया जा सकता है। अपने इन सिद्धान्तों की रक्षा करते हुए जो उचित लगे, सो कीजिए।

वल्लभभाई
वन्दे मातरम्

श्री बलवंतराय मेहता,
भावनगर

(7)

यह समस्या भी हल हो जाएगी

नई दिल्ली
30-10-1947

भाई बलवंतराय,

6 तारीख़ का आपका पत्र मिला।

दीवानसाहब कॉन्स्टिट्यूएण्ट असेम्बली के लिए आए थे, उसके बाद फिर किसी दिन उनका आना नहीं हुआ। यानी मुलाकात भी नहीं हुई। लेकिन आपके विषय में वे जो कुछ भी कहें, तो मैं आपको उसकी सूचना दिए बिना न रहूँ। इसलिए चिंता करने की कोई बात नहीं है। उनके रुख़ के विषय में मैं भली प्रकार से परिचित हूँ।

बड़े-बड़े राज्यों की गुत्थियाँ सुलझती जा रही हैं। समय आने पर बाक़ी के छोटे राज्यों की भी समस्या हल हो जाएगी।

वल्लभभाई
वन्दे मातरम्

श्री बलवंतराय मेहता
भावनगर

(8)

समय के साथ काम तेज़ गति से हो

नई दिल्ली,

7-12-1947

भाई चंदुलाल,

गोंडल के ठाकोरसाहब की ओर से राहत-कार्य के लिए एक लाख रुपयों का जो दान मिला था, उसका आभार-पत्र तो मैंने लिखा था, इसी कारण मैंने आपको अलग से पत्र नहीं लिखा।

देशी राज्यों का विकास तीव्र गति से हो रहा है। आप सोच लीजिए कि इसमें गोंडल का स्थान कहाँ है। समय की माँग है कि काम तेज़ गति से हो। जो शिथिल रहेगा, उसे भविष्य में पछताना पड़ेगा।

लिखिए कि गोंडल की वर्तमान स्थिति क्या है?

वल्लभभाई

वन्दे मातरम्

श्री चंदुलाल बेचरलाल,
विद्याधिकारी, गोंडल

(9)

विधानसभा का प्रतिनिधित्व

मसूरी

23-5-1947

भाई ढेबरभाई,

18 तारीख़ का आपका पत्र मिला।

मैं आपके डर का कारण समझ सकता हूँ। लेकिन आपको घबराने की कोई आवश्यकता नहीं है। काठियावाड़ के राज्यों द्वारा चार प्रतिनिधि के चुनाव का प्रस्ताव स्वीकार किया गया है। इस प्रस्ताव को अमल में लाने का काम राज्यों का है। अब यह देखना है कि वे इसे किस प्रकार आचरण में लाते हैं।

संविधान सभा किसी दल या गुट को दूसरी तरफ स्वीकार नहीं कर सकती है। उनके पक्ष से छः प्रतिनिधियों को भेजने की बात निश्चित हुई ही नहीं है। ऐसा दल खड़ा भी होता है, तो भी आप इस बात से निश्चिन्त रहिये कि वह लम्बे समय तक टिक सकेगा। यों तो जब उनके निर्णय होंगे, तब पता चलेगा।

वल्लभभाई

वन्दे मातरम्

श्री उछरंगराय ढेबर,
राजकोट

(10)

महागुजरात की ओर

नई दिल्ली,
25-7-1948

भाई दादुभाई,

चि. साधुराम और आपका पत्र मिला। सुनकर अच्छा लगा कि साधुराम के वर्षासन का कार्य निपट गया।

महागुजरात की इकाई रचना का कार्य ज़ोर-शोर से चल रहा है। अब तो केवल बड़ौदा बाक़ी रहा है। शेष छोटे-बड़े सभी राज्यों का विलीनीकरण हो चुका है। सौराष्ट्र का एकीकरण हुआ है। उसे किसी भी समय मिलाया जा सकता है। बड़ौदा का काम किनारे लग जाने के साथ-साथ उसका भी हल निकल जाएगा। फिर एक छोटा-सा दीव का जो द्वीप पड़ा है, उसका भी हल निकाला जाएगा।

कच्छ की व्यवस्था को केन्द्रीय सरकार ने अपनी तरफ से सँभाल लिया है। वहाँ कण्डला बन्दरगाह का विकास करना है। वह पूरा राज्य पिछड़ा रहने की वजह से वहाँ कोई कार्य अभी तक संभव नहीं हो पाया है। इसलिए कराची के जैसा बन्दरगाह बना कर सिन्ध से भागे हुए लोगों को वहाँ बसाना है। आपको इस बात की जानकारी तो अवश्य हुई होगी कि विरमगाम की चुंगीवाली व्यवस्था को समाप्त कर दिया गया है।

हैदराबाद को छोड़कर बाक़ी के सभी राज्यों की उचित व्यवस्था हो गई है। कुछ राज्य छोटे होने के कारण अलग रह गये हैं। उनको मिलाने में देर नहीं लगेगी।

हैदराबाद की गुत्थी उलझी है, उसे सुलझाने में थोड़ा समय लग जाएगा। लेकिन मैं नहीं मानता कि इस कार्य को करने में कोई परेशानी हमारे सामने मौजूद होगी।

मेरी तबीयत ठीक है। पर अभी यात्रा का भार उठाने योग्य नहीं है। सँभालकर चलाने की ज़रूरत है। लगता है कि अब इधर-उधर आने-जाने की ताक़त मेरे अंदर नहीं है।

लगता है कि अब उधर बारिश हुई होगी।

आप सब कुशल होंगे।

वल्लभभाई
वन्दे मातरम्

श्री दादुभाई देसाई,
नडियाद

(11)

मंत्रियों को जनता हटा सकती है

नई दिल्ली,
8-10-1948

भाई लवणप्रसाद,

आपका 28-9-48 का पत्र मिला। उसमें आपने लिखा है कि (मैंने) आपको जवाब देने जितनी भी तकलीफ नहीं उठाई, इसका आपको बेहद दुःख हुआ है। मुझे इसके अलावा आपका कोई दूसरा पत्र मिला ही नहीं। इसलिए आपके जवाब की आशा रखना सही भी हो, तो भी (सचाई यह है कि) पत्र मुझे मिला नहीं था, मैं जवाब किसका देता?

आपके पत्र से लगा रहा है कि सौराष्ट्र सरकार के मंत्रियों ने जो काम किया है, वह आपको ज़रा भी पसंद नहीं आया है। आपको इस बात की जानकारी होनी चाहिए कि मंत्रियों को हटाने का काम अब मेरा नहीं, बल्कि जनता का है। आपने लिखा है कि मंत्रिमण्डल बहक गया है। मैं नहीं जानता कि मंत्री इसका क्या जवाब देंगे। लेकिन मैं अनुभव से कह सकता हूँ कि सौराष्ट्र की मिनिस्ट्री में जो लोग चुने गए हैं, वे सौराष्ट्र के सार्वजनिक जीवन के श्रेष्ठ व्यक्ति हैं।

इसलिए यदि वे कांग्रेस की प्रतिष्ठा को घटा रहे हों और यदि जैसा कि आप कहते हैं, यह बात सच हो, तो सौराष्ट्र की लोकतंत्री शासन-व्यवस्था के लिए वे अयोग्य माने जाएँगे और यदि वे अयोग्य हों, तो मेरे पास यह मानने का कोई कारण नहीं है कि आप उनसे कुछ अधिक योग्य हैं।

आपको समझना चाहिए कि मेरे पास तो ऐसे कामों में पड़ने की फुरसत ही नहीं है और जितने देशी राज्यों ने जनता के प्रतिनिधि-मण्डलों की स्थापना की है, अगर मैं उन सबके बीच दखल देने लगूँ और उनकी शिकायतें सुनने लगूँ, तो मेरे काम का कोई पार ही न रह जाये। प्रत्येक मनुष्य यदि अपने-अपने क्षेत्र में अपनी-अपनी मर्यादा में रहकर कार्य करे तो उचित रहेगा। इसलिए ऐसे मामलों में आपका मुझसे शिकायत करना व्यर्थ है। आपको अपनी शिकायत के विषय को सौराष्ट्र की जनता के सम्मुख रखना चाहिए। आप अपना मामला पेश करेंगे, तो जनता उनकी और आपकी परीक्षा कर लेगी।

वल्लभभाई
वन्दे मातरम्

श्री लवणप्रसाद शाह,
जामनगर

(12)

आपको बधाई देता हूँ

देहरादून,

17-5-1949

भाई अहमदअली,

4 मई का आपका पत्र मिला।

सौराष्ट्र में जनता के प्रतिनिधियों के हाथों में सम्पूर्ण सत्ता आने के परिणामस्वरूप अब आत्माराम या शम्भुभाई के या दूसरे किसी कार्यकर्त्ता के विषय में चिन्ता करने की मुझे कोई आवश्यकता नहीं रहती है। आप भी यदि कुछ लिखना चाहते हैं, तो ढेबरभाई को लिखना चाहिए।

अतएव इस विषय में अथवा ऐसे दूसरे कामों के सम्बन्ध में मैं समय न दे सकूं और दूसरे ज़रूरी कामों में से समय निकाल न सकूँ, तो मुझे आशा है कि आप इस बात को समझ सकेंगे।

यदि सौराष्ट्र के विषय में कुछ करना हो, तो मुझे ढेबरभाई के द्वारा करना होगा, क्योंकि वे आज सौराष्ट्र के सर्वेसर्वा यानी अधिनायक हैं।

आप वहाँ रहते हुए भी पुराने कार्यकर्त्ताओं को लेकर चिन्ता करते रहते हैं। देश के प्रति आपकी इस भावना के लिए मैं आपको बधाई देता हूँ।

वल्लभभाई

वन्दे मातरम्

श्री अहमदअली यूसुफअली,
व्योमार, मडागास्कर

(13)

लोग हमसे अधिक स्वच्छता की अपेक्षा रखते हैं

देहरादून,
2-6-1949

भाई ढेबरभाई,

भाई जीवणलाल ताराचंद वोरा का राजकोट से आया हुआ पत्र इसके साथ भेज रहा हूँ। उसके जवाब की प्रतिलिपि भी आपको भेज रहा हूँ। इससे आप जान पाएंगे कि सार्वजनिक काम करने में सतर्क रहना कितना आवश्यक होता है। टेण्डर के बिना काम करने से यदि लाभ होता हो, तो उसे छोड़कर भी टेण्डर से काम करना अधिक उचित है। इसी तरह लोगों को नौकरी में रखते समय भी 'पब्लिक सर्विस कमीशन' के और तत्सम्बन्धी नियम-उपनियमों के अनुसार काम करना चाहिए। लोग हमसे अधिक स्वच्छता की आशा रखते हैं, इसलिए सावधानीपूर्वक कदम बढ़ाना चाहिए।

मेरी इच्छा है कि जून के अंत तक मैं यहाँ रहूँ।

बारिश नज़दीक आने से आपके काम में आसानी हुई होगी।

इस बार काठियावाड़ में अधिक अनाज पैदा करने के लिए जितनी अधिक व्यवस्था की जा सके, उतनी करने का प्रयास कीजिये।

वल्लभभाई
वन्दे मातरम्

श्री उछरंगराय ढेबर,
मुख्यमंत्री, सौराष्ट्र,
राजकोट

(14)

धीरज ही एक मात्र साधन है

बम्बई,

7-9-1950

प्रिय भाई ठक्करबापा,

28 अगस्त का आपका पत्र मिला। भाई शामलदास की कार्यों के विषय में उन्हें जितना मीठा उलाहना दिया जाना संभव था, उतना उनके दिल्ली आने पर दिया था। लेकिन मुझे नहीं लगता कि उनपर इस बात का कोई विशेष प्रभाव पड़ेगा।

बलवंतराय के त्यागपत्र को स्वीकृति तो मिल चुकी है। मुझे ऐसा प्रतीत होता है कि इस विषय में ढेबरभाई, कानजीभाई और मोरारजीभाई इन तीनों ने पूरा विचार करके ये फैसला लिया है और चूँकि इस्तीफा मंज़ूर हो चुका है, इसलिए अब इसके सम्बन्ध में कुछ करना संभव नहीं है।

देशी राज्यों का एकीकरण तो किया, लेकिन पुराने प्रान्तों के मुकाबले देशी राज्यों के हालात बहुत ख़राब हैं और वहाँ हमारे लोग व्यक्तिगत राग-द्वेष की स्पर्धा में फँसकर बहुत नुकसान कर रहे हैं। हमें यह आशा थी कि सौराष्ट्र में कुछ ठीक चल रहा होगा। लेकिन अब यह साबित हो गया है कि (हमारी) यह धारणा भी गलत थी। निःस्वार्थ मन से काम करने के लिए तैयार होने वाले लोग बहुत कम हैं और व्यक्तिगत राग-द्वेष में, सत्ता के मोह में और उसकी स्पर्धा मे फँसने वाले बहुत हैं। इसलिए हर जगह कठिनाइयाँ खड़ी होती हैं। लेकिन जैसे-जैसे जनता गढ़ाती जाएगी और कार्यकर्त्ता गढ़ाते जाएँगे, वैसे-वैसे सब कुछ ठिकाने लग जाएगा। हम सभी को धीरज रखना होगा।

आपके स्वास्थ्य को देखते हुए, अब आपका ऐसे विषयों के लिए चिंता में होना उचित नहीं। आपको तो अब जितना मानसिक और शारीरिक आराम मिल सके, मिलना चाहिए। यों तो ईश्वर की शरण में जाना ही हमारा काम है।

जितना हमसे बन पड़ा, उतना किया।

वल्लभभाई

वन्दे मातरम्

श्री अमृतलाल ठक्कर (ठक्करबापा),
भावनगर

(15)

कच्छ का परिवर्तन करना है

देहरादून,
30-6-1948

भाई करमचंद,

13 तारीख़ का आपका पत्र मिला था। पहले भी एक-दो पत्र मिले थे। आपके पत्र से कलकत्ते में स्व. भाई मणिलाल कोठारी के साथ आपकी मुहब्बत-भरी मेज़बानी का जो आनंद उठाया था, उसकी याद आती है। मणिलाल तो चले गए और मैं महासागर में पड़ा हूँ। इस कारण हमारी कई वर्षों से एक-दूसरे से मुलाकात नहीं हो पाई है। मिलने की इच्छा बहुत होती है।

अक्टूबर की दूसरी तारीख़ के दिन कच्छ पहुँचने का विचार है। यदि उस अवसर पर आप दोनों भाई का वहाँ होना होगा, तो मिलना हो सकेगा। करीब एक साल पहले मैं कलकत्ते गया था, उस समय आपके सम्बन्ध में पूछताछ की थी, पर आप वहाँ मौजूद नहीं थे।

आपको जानकारी है कि कच्छ की बागडोर अब केन्द्रीय सरकार के हाथ में आई है। अब कच्छ का कायापलट करना है। वहाँ कण्डला का बड़ा बन्दरगाह बनाना है। उसके साथ छोटी और बड़ी दोनों रेलवे लाइनों को जोड़ना है। सरकार इन सब कामों पर खासा खर्च करने वाली है।

कराची के टूटने के बाद कच्छ का बन्दरगाह बड़ा बनना चाहिए और वहाँ बड़े पैमाने पर व्यापारियों को जगह मिलनी चाहिए, जिससे हिन्दुस्तान को कराची का बदला मिल सके।

यह जानकर बेहद खुशी हुई कि आप दोनों भाई कच्छ के शिक्षा-कार्य में अपनी रुचि दिखा रहे हैं।

आपके परिवार में सब कुशल होंगे।

वल्लभभाई
वन्दे मातरम्

श्री करमचंद लालचंद
कलकत्ता

(16)

विकास के मार्ग पर

नई दिल्ली,

20-4-1949

भाई रामसिंह,

15 तारीख़ का आपका पत्र मिला।

कई सदियों पहले की पुरानी दुनिया का कोई स्थान आज की दुनिया में देखना हो तो वह 'कच्छ' है, जिसे आधुनिक दुनिया की कोई हवा नहीं छू पायी है। सब ज्यों का त्यों यूँ ही पड़ा हुआ है। इस समय तो वहाँ अकाल की स्थिति है। पशुओं और मनुष्यों को बचाने का बड़ा प्रश्न हमारे समक्ष खड़ा हो गया है। केन्द्रीय सरकार इसपर लाखों रुपए खर्च कर रही है। इसी के साथ कण्डला को कराची में परिवर्तित करने की योजना भी तैयार हो रही है। उसके साथ दो रेलवे लाइनों को जोड़ने का प्रयास भी किया जा रहा है।

बन्दरगाह के पास सिन्धी लोगों द्वारा एक बड़ा नगर बसाने की योजना है। उसी की तैयारी चल रही है। पानी और रास्ते की व्यवस्था के लिए योजनाएँ बनाई जा रही हैं। बड़ा 'एयरोड्रोम' बनाना है। यों चारों तरफ से कच्छ की शक्ल बदलने का प्रयत्न हो रहा है और उसपर करोड़ों रुपए खर्च होने वाले हैं। आशा है कि पाँच वर्षों के अंदर-अंदर कच्छ आज़ाद हिन्दुस्तान के नक्शे पर नज़र आने लगेगा। बाक़ी आगे जैसी ईश्वर की इच्छा।

वल्लभभाई

वन्दे मातरम्

श्री रामसिंह राठोड़,

बनारस हिन्दू यूनिवर्सिटी, बनारस

(17)

जनता में शक्ति होगी तो!

नई दिल्ली,
4-1-1947

भाई मोहनलाल,

19 नवम्बर का आपका पत्र मिला।

बड़ौदा के विषय में आपने जो लिखा है, उस सारी हक़ीक़त से मैं अनजान नहीं हूँ। महाराजा साहब का अभी यहाँ आना नहीं हुआ है। उत्तरदायी शासन की माँग प्रजामण्डल की ओर से की गई है। लेकिन ऐसे कामों को करना आसान नहीं है। सत्ता छोड़े बिना प्रतिष्ठा मिलती हो, तो पाने के लिए आगे बढ़ना एक बात है, लेकिन सत्ता छोड़ना दूसरी बात है। यदि प्रजा में ताक़त होगी, तो उसको जिस चीज़ की ज़रूरत होगी, वह चीज़ उसे लेने से कोई नहीं रोक सकता है। ताक़त न हो, तो केवल भावना रखने से ही ऐसी चीज़ कहीं मिलती नहीं। मिल जाए तो पचा पाना मुश्किल होता है।

मुझे इस बात का बेहद अफसोस है कि अभी तक आपकी गलतफहमी दूर नहीं हुई है और मेरे द्वारा आपके साथ हुए अन्याय का भूत आपके मन में से निकलता नहीं है। मैं जो करता हूँ, मेरी कभी इच्छा नहीं हुई कि उसे आपसे छिपाऊँ। आपसे छिपाने का कोई कारण मेरे सामने है नहीं। कई समर्थ व्यक्तियों के विरुद्ध कार्यवाही करने में मुझे संकोच नहीं हुआ। उनकी नाराज़गी मोल लेकर भी सार्वजनिक काम में जिसे मैंने अपना कर्तव्य माना, उसका पालन करने में मैं चूका नहीं हूँ। आपके साथ अन्याय करने के बाद भी आपके डर से मैं उस बात को कबूल नहीं करता हूँ या छिपाता हूँ, अपने बल का ऐसा कुछ गुमान आप क्यों रखते? आपके साथ न्याय या अन्याय, जो कुछ भी कहें, करने वाले तो स्वर्गवासी हो चुके हैं और उन्होंने आपसे यह बात छिपाई भी नहीं थी। लेकिन आप मुझसे ही वह काम कराना चाहते थे, जो मैं कर नहीं सकता था। मैंने वह काम नहीं किया, इसे आप अन्याय मानें, यह मैं पूर्ण रूप से आपके ऊपर छोड़ता हूँ।

आपसे गलती हुई, इस बात को आप अभी तक नहीं समझ पाए हैं, इससे मैं यह समझता हूँ कि आपका नवजीवन में सेवा करना सब व्यर्थ हुआ।

मेरे विरुद्ध अपने प्रचार की बात का आपने स्वयं ज़िक्र किया है, इसकी जानकारी तो खुद आपको होनी चाहिए। मैं इस विषय के बारे में कुछ नहीं जानता।

वल्लभभाई
वन्दे मातरम्

श्री मोहनलाल भट्ट,
बड़ौदा

(18)

बड़ौदा के विषय में फिक्र होती है

नई दिल्ली,
16-4-1948

भाई कानजीभाई,

बड़ौदा का काम हर बार नई-नई कठिनाइयाँ अपने साथ लेकर आता है। इससे मुझे बड़ौदा के बारे में चिन्ता होती है। जिस जगह चौकस और मज़बूती के साथ काम होना चाहिए, वहाँ राज्य को छेड़छाड़ करने का अवसर मिलता है। हमारे लिए यह बहुत गलत माना जाएगा।

जीवराज की नियुक्ति के विषय में सार्वजनिक रूप से चर्चा नहीं होनी चाहिए थी। प्रजामण्डल को अथवा प्रजामण्डल के विधानसभा-पक्ष को उनकी नियुक्ति इससे पहले ही सर्वसम्मति से कर देनी चाहिए थी।

जब घोषणा-पत्र प्रकाशित हुआ, उस दिन उसे नाम के साथ प्रकाशित होना चाहिए था। अब तो राजा मद्रास गये हैं। वहाँ से सीधा विलायत जाने वाले हैं। कब आयेंगे, इसका जानकार कोई नहीं है? हमारी ही कमज़ोरी के कारण यहाँ से हर मामले में उन्हें लिखना पड़ता है। जीवराज के बारे में मैंने राजा को तार भेजा है। घोषणा-पत्र में मूल

अनुबन्ध से अलग जो बदलाव किया, उसके बारे में अब फिर से लड़ना होगा। वह यहाँ रहा नहीं और जब नंगे लोगों से काम लेना पड़ता है, तो कई कठिनाइयाँ खड़ी हो जाती हैं।

यदि प्रजामण्डल के मुख्य लोग एकमत होकर काम नहीं करेंगे, तो बड़ौदा हमारे हाथ से निकल जाएगा। जिसके बारे में यहाँ अच्छी आशा रखी थी, वहीं सब पोला निकल रहा है।

यदि मुख्य लोगों के मन में ही पद प्राप्त करने का प्रपंच या लालच आ जाएगा, तो हम हार जाएँगे। आपको यह काम संभालना चाहिए।

वल्लभभाई
वन्दे मातरम्

श्री कानजीभाई देसाई,
गुजरात प्रान्तीय समिति,
अहमदाबाद

(19)

राज्य से गंदगी दूर करनी ही होगी

नई दिल्ली,
13-7-1948

भाई प्राणलाल,

बीते दो-तीन वर्षों में बड़ौदा के प्रजामण्डल का कार्य बहुत अस्त-व्यस्त हुआ लगता है और अन्दर ही अन्दर व्यक्तिगत राग-द्वेष और स्वार्थ को आगे बढ़ाकर प्रजा के हित को पीछे ढकेलने का कार्य किया दिखाई पड़ता है। राज्य के अधिकारी भली-भाँति अपना एक दल बनाकर अपने मन मुताबिक कार्य करने पर उतर आए हैं। जिस टोली ने प्रजामण्डल पर हाथ डाला है, वही टोली आज मूर्ख राजा के आसपास इकट्ठा हो गई है और जो मर्ज़ी में आए वही करती दिखाई पड़ती है। ऐसा लगता है कि राज्य की पूँजी बर्बाद हो रही है। राजा की मूर्खता का खासा लाभ सुधालकर ने और उसके साथियों ने उठाया है।

अजीब बात है कि प्रजामण्डल के मुख्य लोगों के मंत्रिमण्डल में जाने के बाद भी यह सब होता रहा है। अतीत में जो भी हुआ हो, लेकिन अब आप सबके सहयोग से राज्य से गंदगी दूर करके सत्ता की बागडोर मज़बूत हाथों में लेकर काम करने का समय आ गया है। राजा को उलटे रास्ते की ओर ले जाने वाले उसे तो बर्बाद करेंगे ही, लेकिन हमें प्रजा की रक्षा समय रहते कर लेनी चाहिए। जो प्रजामण्डल सब राज्यों में सबसे आगे था, वह आज पीछे रह गया है। उसे उसकी असल जगह पर लाना चाहिए और चाण्डाल चौकड़ी को खत्म करना चाहिए।

मुझे उम्मीद है कि आप सभी आपसी मतभेदों को भुलाकर एकता से काम करेंगे।

वल्लभभाई
वन्दे मातरम्

श्री प्राणलाल मुनशी,
बड़ौदा

(20)

यह महान् ऐतिहासिक कार्य है

नई दिल्ली,

20-4-1949

भाई जगजीवनदास,

18 तारीख़ का आपका पत्र मिला। बात समझने योग्य है कि जैसे-जैसे समय बीतता है, वैसे-वैसे बड़ौदा के विलीनीकरण के विषय में जनता का उत्साह कम होता जाता है। लेकिन इस कारण के चलते उस निर्णय में कोई बदलाव नहीं किया जा सकता।

यह विलीनीकरण तो एक महान् ऐतिहासिक कार्य है, जिसका महत्त्व छोटे-बड़े लाभों और हानियों के आधार पर सुनिश्चित नहीं किया जा सकता। इस चीज़ को दीर्घदृष्टि से देखना है। यह इतनी आसानी से हुई है कि आम जनता को इसका जो मूल्यांकन करना चाहिए, वह कर नहीं सकती। इसमें मुझे कोई आश्चर्य नहीं मालूम होता।

आपने हाईकोर्ट के विषय में जो लिखा है, वह सही ही है। लेकिन अगर आज बम्बई हाईकोर्ट के मुख्य न्यायाधीश न मानें, तो वह हमारी निराशा का कारण नहीं होना चाहिए। जब बड़ौदा के प्रतिनिधि बम्बई की विधानसभा में जाएँगे, तो जो परिवर्तन करवाने होंगे, वे सभी कराए जा सकेंगे। इसलिए इस विषय में आपको निराश नहीं होना चाहिए। आपका मुझसे मिलना यदि उचित लगे, तो 25 अप्रैल के आसपास कभी भी आ जाइए। वैसे इस काम के लिए तो इस समय आने की आवश्यकता ही नहीं है। आपने जो बात लिखी है, उसके विषय में कुछ करना हो या कहना हो, तो उसे आपके मुख्यमंत्री कर सकते हैं।

वल्लभभाई

वन्दे मातरम्

श्री जगजीवनदास नारायणदास मेहता
बड़ौदा राज्य कांग्रेस कमेटी,
बड़ौदा

(21)

सत्ता का लोभ हर किसी को होता है

नई दिल्ली,
24-12-1947

भाई रावजीभाई,

खंभात के नवाबसाहब यहाँ आए हुए हैं। मेरी उनसे मुलाकात हुई थी। भले आदमी लगते हैं। लेकिन आख़िर वे नवाब हैं। किसी को सत्ता छोड़ना अच्छा नहीं लगता। हर किसी को सत्ता का लोभ होता है। आखिरकार आप वहाँ जितना अधिक ज़ोर लगाएंगे काम उतना अधिक रूप से होगा।

खंभात एक छोटा-सा राज्य है। लेकिन हिन्दुओं की बड़ी बस्ती है। इसलिए जितनी सलाह दी जा सकती है, उतनी दी है, जिससे हिन्दुओं को उचित न्याय मिले।

वल्लभभाई
वन्दे मातरम्

श्री रावजीभाई मणिभाई पटेल,
सेवामंदिर, नडियाद

(22)

प्रमुख राजनीतिक प्रश्न

नई दिल्ली,
10-5-1947

भाई श्री किशनसिंह,

1-5-1947 का आपका पत्र मिला। आपने पुराने समय की विलायत की जो बातें लिखीं, वे आज के नए युग में नाकाम मानी जाएँगी। इस समय तो ब्रिटेन भी पहले जैसा नहीं रहा। साम्राज्य के साथ राजाओं का लगाव समाप्त हो जाता है। राजा स्वयं ब्रिटिश साम्राज्य की छाया में पल-पुसकर बड़े हुए हैं, इसलिए अब उनके द्वारा भी उसकी तलाश हो रही है। वह उन्हें मिलेगा नहीं, इसलिए वे इस विषय में व्याकुल हो रहें हैं। किसी को संदेह है, कोई सपने में डूबे हैं। कोई मुसलमानों के सहयोग मिलने की उम्मीद लगाकर उनकी खिदमत में लगे हैं अथवा उनका आसरा पाने की कोशिश कर रहे हैं।

प्रमुख राजनीतिक प्रश्न तो लीग और कांग्रेस के मध्य मौजूद हैं। राजाओं का सवाल बहुत आसान है। इसलिए यदि मुख्य प्रश्न हल हो जाता है, तो राजाओं की गुत्थी जल्दी ही सुलझा दी जाएगी। मेरी समझ से यह बात परे है कि उलझन भरी इस घड़ी में आप आज क्या कर सकते हैं। समय पकने पर राजा तो सबके सब ठिकाने आ जाएँगे। मुख्य प्रश्न हिन्दू-मुसलमान का है। अंग्रेज़ तो जाने वाले हैं।

जाते-जाते यहाँ के पुराने पापी जो कुछ बिगाड़ते जाएँगे, उसे उचित रूप से सँभालने का प्रयास करना होगा।

वल्लभभाई
वन्दे मातरम्

श्री किशनसिंह चाबड़ा
बड़ौदा

(23)

धर्म के अन्धो से क्या उम्मीद की जाए!

नई दिल्ली,
23-7-1948

प्रिय भाई किशोरलाल,

आपका तार मिला। अख़बारों के माध्यम से भी समाचार मालूम हुए। फिलहाल तो वह चिन्ता दूर हो चुकी है। लेकिन भणसालीभाई का फिर से वहीं जाना हो रहा है। इसलिए फिर उपवास की परिस्थिति खड़ी होने की पूरी सम्भावना है, क्योंकि जहाँ धर्मान्ध लोगों का राज्य है, वहाँ यह उम्मीद रखने का कोई अर्थ नहीं है कि परधर्मी स्त्रियों के शील की रक्षा होगी। आप जानते हैं कि पंजाब के बँटवारे के परिणामस्वरूप और कश्मीर-सम्बन्धी विवाद के फलस्वरूप मुसलमान हज़ारों हिन्दू और सिख स्त्रियों को उठाकर ले गए और

इसी तरह सिख भी बड़ी संख्या में स्त्रियों को उठाकर ले आए। यह मानने के लिए कारण है कि कुछ हिन्दुओं ने इस कार्य में पूर्ण रूप से भाग लिया होगा। ऐसी स्थिति में स्पष्ट है कि हैदराबाद में क्या उम्मीद लगाई जाए? लेकिन भणसालीभाई को कौन समझा सकता है? बापू की उपस्थिति में तो यह काम होना मुमकिन भी होता। अब तो आप यहाँ आने वाले हैं, इसलिए आपके आने पर ही सभी बातों पर चर्चा की जाएगी।

विनोबा क्यों बीमार पड़े हैं और उन्हें क्या हुआ है, सो समझ में नहीं आया। आजकल यहाँ वर्षा हो रही है। आपकी तबीयत अच्छी होगी।

वल्लभभाई
वन्दे मातरम्

श्री किशोरलाल मशरूवाला,
वर्धा

(24)

मुंशी का प्रशंसनीय कार्य

नई दिल्ली,
24-9-1948

भाई श्री नानालाल,

आपका 18 तारीख़ का पत्र मिला।

हैदराबाद का मामला बिना किसी अशांति के निपट गया, इसे ईश्वर की कृपा और कृति कहा जाएगा। सृष्टि की शतरंज में हम सब छोटे-बड़े प्यादे हैं। इसलिए कभी किसी समय छोटे-बड़े काम में निमित्त बन भी जाते हैं! वैसे, इतना बड़ा और महत्त्व का काम हमसे कैसे हो सकता है? इसके लिए ईश्वर का आभार मानना चाहिए। आपके अभिनन्दन पत्र के लिए मैं आभार व्यक्त करता हूँ।

भाई मुंशी ने बहुत ही प्रशंसनीय कार्य किया। लेकिन आख़िर बीमार पड़ गए। वे इतिहास के पन्नों में अमर हो जायेंगे और उनके जीवन की ख़्वाइश भी पूरी होगी। उनके लिए यह कोई साधारण विषय नहीं था कि उन्हें निजाम की मित्रता मिल गई।

यों, आज यह कहना संभव नहीं कि निजाम का क्या होगा?

वल्लभभाई
वन्दे मातरम्

श्री ना.सी. मेहता,
शिमला

(25)

हैदराबाद का भारत में विलीनीकरण

नई दिल्ली,
21-9-1948

भाई रविशंकर,

आपका 6 तारीख़ का पत्र मिला है।

जूहू अथवा बम्बई की ओर आना तो बहुत चाहता हूँ। तबीयत के लिए समुद्र-किनारे आने की मर्ज़ी है और डॉक्टर की सलाह भी है। लेकिन फिलहाल तो यहाँ से निकल पाना सम्भव नहीं लगता। शरीर में चोर घुसा है। इसलिए सावधानी के साथ जितना चलाया जा सकता है, उतना चला रहा हूँ।

अभी-अभी हैदराबाद का मामला निपटाया है। लेकिन उसके कारण पैदा होने वाली ज़िम्मेदारियाँ बहुत बड़ी हैं। एक के बाद एक राज्य में राजाओं से सत्ता तो ले ली जाती है, लेकिन उसका भार उठाने वाले लोग नहीं मिलते। इस काम में काफी मेहनत करनी पड़ती है।

वल्लभभाई
वन्दे मातरम्

श्री रविशंकर महाराज,
बोचासण

(26)

भविष्य के इतिहास में हैदराबाद के साथ आपका नाम जुड़ेगा

नई दिल्ली,
25-9-1948

प्रिय भाई कनुभाई,

आपकी तबीयत सही न होने के कारण हमारी मुलाकात नहीं हो सकी। आख़िरी दिनों में आपके ऊपर ज़रूरत से कही अधिक बोझ आ पड़ा था। इसलिए आपका नाज़ुक बदन, मन बहुत मज़बूत होने के बाद भी बीमार पड़ ही गये। ईश्वर से मेरी प्रार्थना है कि आप जल्दी ही स्वस्थ हो जाएँ।

कोई आपके काम को सम्मान की दृष्टि से देखे या न देखे, आप उसकी चिंता मत कीजिए। छोटे-बड़े, सभी से गलतियाँ होती हैं। किसी की दृष्टि में आपका कोई काम किसी समय नापसन्द रहा हो, तो भी उसके कारण आपने हैदराबाद में जो ज़बरदस्त काम किया है, उसका महत्त्व कम नहीं हो सकता। हैदराबाद की जनता एक स्वर से आपकी प्रशंसा कर रही है और आपकी कर्ज़दार है। हिन्दुस्तान में भी सामान्य रूप से यही ध्वनि सुनने को मिल रही है। इसलिए किसी एक व्यक्ति द्वारा, फिर चाहे वह कितना ही महान् क्यों न हो, आपके काम की कद्र न हुई हो, तो आपको उसके कारण व्याकुल होने की बिलकुल आवश्यकता नहीं है। आप तो गीता का परस्पर अध्ययन करने वालों में से हैं। हमें तो काम से काम रखना है। अगर देश का काम होता है, तो फिर हम नाम की परवाह क्यों करें? कोई कुछ भी क्यों न कहे, फिर भी भविष्य का इतिहास हैदराबाद के साथ आपका नाम सदा के लिए जोड़ देगा। आपका एक महान् स्वप्न पूरा हुआ। इसका आपको पूर्ण सन्तोष होना चाहिए। वैसे तो सृष्टि की शतरंज में हम सब छोटे-बड़े प्यादे हैं। ईश्वर के खेल का पता किसे होता है? आख़िर निजाम ने भी आपकी मित्रता को स्वीकार किया, इसे मैं ईश्वर की अचिंत्य गति मानता हूँ। मैं चाहता हूँ कि आप जल्दी स्वस्थ हो जाएँ।

मेरी तबीयत यदि इस योग्य होती, तो मैं ज़रूर वहाँ पहुँचकर आपसे मुलाकात करता। लेकिन मैं यात्रा कर नहीं सकता हूँ, इसलिए विवश हूँ।

अच्छा हुआ कि लीलावती समय पर हैदराबाद पहुँच गई थीं।

वल्लभभाई
वन्दे मातरम्

श्री कन्हैयालाल मुंशी,
बम्बई

(27)

यह आनंद स्वाभाविक है

नई दिल्ली,
25-9-1948

भाई जयंतकुमार,

20 तारीख़ का आपका कार्ड मिला।

हैदराबाद की विजय से सारे हिन्दुस्तान को आनंद की अनुभूति हुई है और यह उचित ही है कि इस ख़ुशी में आप भी शामिल हैं। कई वर्षों के बाद पाकिस्तान छोड़कर बाक़ी का हिन्दुस्तान एक बन पाया है और अब हिन्दुस्तान में सुलह-शान्ति का कोई भय नहीं है, किसी प्रकार के कौमी झगड़ों का भी कोई डर रहा नहीं है। यह ख़ुश होने की बात तो है ही।

आपके समान नौजवानों को स्वतंत्र भारत का बोझ उठाने के लिए तैयार हो जाना चाहिए। यह ख़ुशी तभी उचित मानी जाएगी, जब आप देश के लिए स्वार्थत्याग के साथ सुचरित्रता का पाथेय बाँधने की तैयारी करेंगे।

वल्लभभाई
वन्दे मातरम्

श्री जयंतकुमार भट्ट,
जोशी विद्यार्थी भवन,
बम्बई

(28)

ईश्वर की कृपा और कृति

नई दिल्ली,
27-9-1948

भाई मोहनलाल,

19 तारीख़ का आपका पत्र मिला। उसके लिए आभार।

हैदराबाद की विजय तो ईश्वर की कृपा और कृति है। वैसे, मनुष्य क्या कर सकता है? सृष्टि के शतरंज में हम सब तो केवल प्यादे मात्र हैं। किसी समय प्यादा भी शेर का शिकार करने में निमित्त बन जाता है। लेकिन आख़िर जो भी कुछ होता है, वह तो ईश्वर की ही इच्छा है।

हैदराबाद के हिन्दू वर्षों पुरानी गुलामी से आज़ाद हुए हैं और हिन्दुस्तान के पेट की एक भयंकर सड़न समाप्त हुई है। अगर इसकी वजह से समूचा हिन्दुस्तान खुशी का अनुभव करता है, तो बात समझ में आने लायक है।

मनुष्य का आयुष्य उसके जन्म के साथ ही निश्चित हुआ रहता है। उसमें कोई हेर-फेर नहीं कर सकता। मरण तो मोक्ष का द्वार है। मूर्ख मनुष्य मरण को पहचानते नहीं हैं, इसलिए वे उससे डरते हैं। मौत से मुहब्बत, संसार का सार है। वैसे तो कोई अपनी उमर एक घण्टे के लिए भी किसी के साथ अदला-बदली नहीं कर सकता। आपकी सद्भावना के लिए आभारी हूँ।

वल्लभभाई
वन्दे मातरम्

श्री मोहनलाल पाठक,
बड़ौदा

(29)

अभी भी काफी गन्दगी दूर करनी बाक़ी है

नई दिल्ली,
7-10-1947

प्रिय भाई दादुभाई,

आपका 16 तारीख़ का पत्र मिला। इससे पहले के भी मिले थे।

मैं काम के भार तले दब गया हूँ, इसलिए जवाब नहीं लिख पाना संभव नहीं होता। फिलहाल तो देशी रियासतों में कुछ कामों की जो गन्दगी इकट्ठी हो गई है, उसको साफ करने में जुटा हूँ।

जूनागढ़ का मामला तो अब लगभग पूरा होने को है। कश्मीर का कठिन है। हैदराबाद का उससे भी कठिन है। कई छोटे राज्यों को अभी ठीक करना है। पाकिस्तान के काम को भी ठिकाने लगाना ही है।

यह सब निपट जाए और हिन्दुस्तान में शान्ति स्थापित हो जाए, तो उसके बाद भविष्य की रचना का दूसरा काम शुरू करना है।

ईश्वर की कृपा से सब ठीक ही रहेगा। आपकी तबीयत अच्छी होगी।

परिवार में सब कुशल होंगे।

वल्लभभाई
वन्दे मातरम्

श्री दादुभाई अमीन,
नडियाद

(30)

कुछ महत्त्वपूर्ण काम करने हैं

नई दिल्ली,
7-7-1948

पूज्य महारानीजी,

जब आपका जेठ सुदी सप्तमी का पत्र मिला, मैं देहरादून में था। पत्र पढ़कर बहुत आनन्द हुआ। मैं कल दिल्ली आ गया हूँ। अब आज से फिर काम करने लगा हूँ। तबीयत अब अच्छी हो गई है। लेकिन अभी पहले की तरह परिश्रम करने की सलाह नहीं है। सावधानी के साथ नियमित आराम करते हुए अमुक घण्टों तक काम करने की अनुमति मिली है।

फिलहाल यहाँ कुछ ऐसे महत्त्व के काम सामने आ गए हैं कि दिल्ली से दूर रहना भाता नहीं। इसलिए कल यहाँ आ गया हूँ।

जामसाहब की तबीयत चिन्ता का कारण बनी थी। आपके पत्र से यह जानकर आनन्द हुआ कि उन्हें एक ही हफ्ते में फायदा हुआ है। उनसे कहिए कि वे इधर की कोई चिन्ता न करें। जबतक सौराष्ट्र में ढेबरभाई और बूच हैं, तबतक यहाँ से संबंधित चिन्ता करने योग्य कोई विषय है नहीं। दोनों समझदार और चतुर व्यक्ति हैं। वैसे, हिन्दुस्तान में तो कई महत्त्व की और कठिन पहेलियाँ सामने खड़ी हैं। उन्हें सुलझाने का प्रयत्न हो रहा है। हैदराबाद में चर्चिल और उनके कुछ साथी खटपट में लगे हैं। वहाँ की सरकार अच्छी तरह काम कर रही है, इस कारण चिन्ता की कोई बात नहीं है।

जबतक जामसाहब की तबीयत बिलकुल अच्छी न हो जाए, तबतक उन्हें वहाँ से जाने के विषय में मत सोचने दीजिए। आपकी तबीयत भी पूरी तरह अच्छी हो जानी चाहिए।

धीरुभाई देसाई के पास हो आई होंगी। वहाँ के समाचार लिखिए।

बच्चे मज़े में होंगे। यहाँ दिल्ली का मौसम अभी काफी गरम है। बारिश अभी तक शुरू नहीं हुई है।

कश्मीर का कमीशन इस हफ्ते यहाँ आ रहा है। कश्मीर से अब सरहद के पठान और दूसरे 'रेडर' बहुत-कुछ तो चले गए हैं, लेकिन पाकिस्तान फौजों के साथ लगभग खुली लड़ाई चल रही है। दो दिन पहले अपनी फौज का ब्रिगेडियर उस्मान, जो शुरू से ही अपनी फौज के पुंच विभाग का मुख्य अधिकारी था और जिसने अबतक बहुत

बढ़िया काम किया था, वह बड़ी तोप का गोला लगने से मर गया। कल दिल्ली में उसकी दफन-यात्रा थी। कश्मीर में हमें बहुत खर्च करना पड़ रहा है और अब यह कमीशन आ पहुँचा है, तो इसकी वजह से मामला कितना लम्बा खिंचेगा, इस विषय में निश्चित रूप से कुछ कहा नहीं जा सकता।

वैसे, हिन्दुस्तान में ईश्वर की कृपा से शान्ति है।

मणिबहन आप दोनों को नमस्कार भेज रही है।

आप सबकी कुशलता चाहते हैं।

वल्लभभाई
वन्दे मातरम्

श्री गुलाबकुँवरबा,
ओची-लॉसेन (स्विस)

(31)

आख़िर सब अच्छा ही रहेगा

नई दिल्ली,
21-9-1948

प्रिय भाई हरिलाल,

आपका 8-9-48 का पत्र मिला।

मुझे यह जानकर आनंदित हुआ कि आपने जावरा में अच्छा काम किया और लोगों को राहत पहुँचाने में अपना अथक प्रयास किया। अधिकांश स्थानों में प्रजामण्डल की यही स्थिति है। कुछ बड़े राज्यों में अच्छे लोग मिल जाते हैं। इनकी संख्या भी गिनने लायक होती है। लोगों पर कभी ज़िम्मेदारी का बोझ नहीं आया। इस कारण उनके व्यक्तित्व का निर्माण नहीं हुआ। लोग स्वार्थी होकर जनता की मुश्किलें बढ़ाते रहे हैं। स्वतंत्र बनने और सत्ता मिलने के कारण शुरू में इनके दुरुपयोग की पूरी सम्भावना है। लेकिन आशा है कि आख़िर सब अच्छा ही रहेगा। जैसे-जैसे ऊपर से सफाई होती जाएगी, वैसे-वैसे सब कुछ ठीक होता जाएगा।

आपकी तबीयत अच्छी होगी।

वल्लभभाई
वन्दे मातरम्

सर हरिलाल गोसलीआ,
राजकोट

(32)

वास्तव में, यह रोब असहनीय है

नई दिल्ली,
21-9-1948

प्रिय भाई किशोरलालभाई,

आपके तारीख़ 27-8-48 और 17-9-48 के पत्र मिले हैं। राजाजी का सेवाग्राम पहुँचना तो अच्छा हुआ। लेकिन उनके साथ जो दबदबा रहता है, वह असह्य हो जाता है। बिना कारण के इतना बड़ा समूह अपने साथ में लिये घूमते हैं। इनसे पहले के दो गवर्नर-जनरल सारे हिन्दुस्तान का भ्रमण करते थे, पर वे बहुत ही कम लोगों की संख्या को अपने साथ ले जाते थे।

अब राजाजी राजकोट जाने वाले हैं। यदि वहाँ भी वे अपना पूरा दल लेकर जाएँगे, तो लोगों को परेशानी तो होगी ही। वहाँ तो बारिश भी नहीं हुई है। इनके वेतन और खर्च के विषय में जो सवाल असेम्बली में पूछे गए, उनके जवाब भी लोगों को पसंद आने योग्य नहीं हैं। लेकिन यह सब नाजुक काम हैं। यह एक अच्छा काम हुआ कि राजाजी के आने से भणसालीभाई के उपवास छूटे। वे उपवास करने योग्य नहीं थे। उनके कारण तो हमारी उलझन ही बड़ी थी। आख़िर जब समय और अनुकूलता मिली, तो हैदराबाद का काम हमने निपटा लिया।

अपने जाने से पहले बापू ने हरिजन के विषय में कोई उचित व्यवस्था नहीं की थी। फिर भी वह (जवाबदारी) आपने अपने सिर ली, इसलिए वह चल रहा है।

आपका तो वृद्ध शरीर ठहरा, इसलिए स्पष्ट ही है कि आप कभी भी इन पत्रों को चलाने में असमर्थ हो सकते हैं। लेकिन आगे का विचार करने लायक नहीं है। अब सब समय आने पर ही होगा।

गोमतीबहन की शस्त्रक्रिया हो चुकी होगी। उनकी तबीयत के विषय में समाचार लिखिए।

आपकी तबीयत ठीक होगी।

वल्लभभाई
वन्दे मातरम्

श्री कि.घ. मशरूवाला,
वर्धा

(33)

बापू होते तो यह सब न होता

नई दिल्ली,
8-10-1948

प्रिय भाई किशोरलालभाई,

आपका तारीख़ 27-9-48 का पत्र मिला था।

सत्याग्रह की लड़ाई में भाग लेने वालों को मुआवज़ा दिया जाए, इस तरह की वृत्ति प्रान्तों में प्रकट हो रही है। यह सत्याग्रह की लड़ाई को शर्मिंदगी से भरने वाली है। ऐसा लग रहा, मानो प्रान्तों में इसके लिए ज़िद शुरू हो गई है। कुछ लोग तो सन् 1857 के विद्रोह में सम्मिलित लोगों के वारिस होने का दावा करके मुआवज़े का हक्दार होने का भी विश्वास दिला रहे हैं। मुझे विश्वास है कि यदि बापू होते, तो वे इस प्रवृत्ति के लोगों के सम्बन्ध में कड़ा रुख अपनाते। लेकिन आज चारों ओर से हमारी नैतिक अवनति हुई है। त्यागवृत्ति तो कभी की समाप्त हो गई है। लोभवृत्ति करने तक भी ठहरे नहीं हैं और अब तो अपनी रसाई का लाभ उठाने की वृत्ति प्रबल होती दीखने लगी है। असाधारण प्रभाव और प्रतिष्ठा रखने वाला आज ऐसा कोई व्यक्ति रहा नहीं है, जो लोगों के गिरते हुए नैतिक स्तर पर प्रतिबन्ध लगा सके। ईश्वर का अनुग्रह है कि इस सबके होने के बावजूद हिन्दुस्तान टूटा-बिखरा नहीं है।

लोगों को सही मार्ग पर ले जाने का जितना प्रयास हमसे सम्भव है, उतना कर रहे हैं।

वल्लभभाई
वन्दे मातरम्

श्री कि.घ. मशरूवाला,
बम्बई

(34)

यह उपवासवाद या साम्यवाद

देहरादून,
25-6-1949

प्रिय भाई भणसाली,

आपका अंग्रेज़ी में लिखा एक पत्र कच्छ से आया, प्राप्त हुआ। वाह, यह कैसी बात है कि आप मुझे अंग्रेज़ी में पत्र लिखें। सही में साम्यवादी बन गए लगता है। लेकिन आपके लिए वाद क्या? इधर फिर जानकारी मिली है कि आपने जामनगर में उपवास शुरू किए हैं। आपका उपवासवाद तो है ही। पर साम्यवाद के साथ इस वाद की बात बैठती लगती नहीं। जब तक आप बापू की अहिंसा पर डटे रहेंगे, तब तक आप सच्चे साम्यवादी बन ही नहीं सकेंगे। आप किसी भी वाद को स्वीकार करें, उसकी कोई चिन्ता नहीं है। लेकिन यदि आप अपना गलत या अधकचरा अनुकरण करने वाले कोई अनुयायी खड़े कर देंगे, तो एक पीड़ा खड़ी हो जाएगी। किसी समय हमारी मदद की ज़रूरत पड़े, तो याद कीजिए।

शेष तो आपका वचन है कि यदि ऊपर वाले का दर्शन हुआ, तो हमें भी दर्शन कराएँगे।

वल्लभभाई
वन्दे मातरम्

प्रो. जयकृष्ण भणसाली,
कैम्प: चकर, कच्छ

(35)

ऐसे कार्यों से देश का लाभ नहीं होता

नई दिल्ली,
24-4-1950

भाई कानजीभाई,

आपका 18 तारीख़ का पत्र मिला। जनशक्ति में जो दुष्टापूर्ण लेख छपा है, उसे मैंने देखा। आपने उसे भेजा न होता, तो मुझे इस बात की जानकारी कभी न हो पाती। बेहद दुःख की बात यह है कि समाचार पत्र स्वयं को प्राप्त स्वतंत्रता का ऐसा भयंकर दुरुपयोग करते हैं। ऐसा ज़हरीला और झूठा प्रचार करने से न तो देश को और न प्रचार करने वाले को लाभ होता है। आख़िर सत्य तो छिपाया नहीं जा सकता।

मैं आपके दुःख को समझ सकता हूँ। इसमें हैरानी की बात नहीं कि आप ही की तरह अन्य लोगों को भी ऐसे गन्दे प्रचार से दुःख पहुँचता है। अब इस चीज़ को रोकने का उपाय यही है कि ऐसे पत्रों को सहायता न पहुँचाई जाए और जो करते हों उन्हें भी उनसे दूर रहने की सलाह दी जाए।

वल्लभभाई
वन्दे मातरम्

श्री कानजीभाई कापड़िया,
सम्पादक, स्वदेश,
अहमदाबाद

(36)

बापू होते तो..

नई दिल्ली,
28-10-1949

प्रिय भाई किशोरलालभाई,

मणिबहन के नाम आपके पत्र आते हैं। मैं देखता हूँ। जवाब नहीं देता, क्योंकि डॉक्टर की मनाही थी। अभी पूरी अनुमति नहीं मिली है। फिलहाल थोड़ी अनुमति दी है। लेकिन बहुत संभालना पड़ता है। कारण, दूसरा काम बहुत रहता है।

मणिबहन आपको जो लिखती हैं, उसमें सभी बातें, मेरे मन की भावना, हरएक सवाल के बारे में पूरी आती हैं या नहीं, मैं नहीं जानता। उनके जवाब में आपको ऐसी कोई बात लगे, जो गहरे सोच में डालने वाली हो, तो मुझे लिखिए। परेशान मत होइए। पत्र बन्द करने का सवाल ही नहीं है। कौन नहीं जानता कि आप अपने जर्जर शरीर से अथक परिश्रम कर रहे हैं। इसमें मेरी तरफ से आपको परेशान होना पड़े यह तो हो ही कैसे सकता है?

विनोबा के बारे में मैंने राजेनबाबू को पत्र लिखा था। वह पत्र-व्यवहार प्रकाशित हो गया, उसके कारण कितना अनर्थ हुआ है। जब मुझे इस बात की जानकारी मिली, तो मैंने मणिबहन से कहा था कि वे आपको लिखें। हिन्दी साहित्य वाले सत्यनारायण जैसों ने उसका यह अर्थ लगाया कि मैंने विनोबा के बारे में राजेन्द्रबाबू से शिकायत की है। सच बात तो यह थी कि जैसे ही पत्र मिला, मैंने मणिबहन से कहा था कि वे उसे उनके (राजेनबाबू के) पास भेज दें। मैंने किसी शिकायत के तौर पर तो भेजा ही नहीं था। लेकिन बहुतों ने उसका गलत अर्थ लगाया है।

आज का वातावरण गन्दा है। इसलिए मैंने लिखवाया था कि जिसमें मेरे हस्ताक्षर हों अथवा नाम हो, ऐसी कोई बात 'हरिजन' में प्रकाशित करने से पहले मुझे पूछ लिया जाए, तो अच्छा हो।

'सर्विस' के बारे में तो बहुत बात करनी है। लेकिन शंकर का और आपका जो पत्र-व्यवहार चलता है, उससे कुछ बातों की जानकारी तो आपको मिल सकेगी। 'सर्विस' को जो गारण्टियाँ दी गई हैं, वे सबकी सम्मति से पूरा विचार करके दी गई हैं। उनमें बापू भी थे। जवाहर, कृपलानी, राजेन्द्रबाबू और राजाजी तो थे ही। आज वचनभंग करके उनसे पीछे हटना अथवा रात-दिन उनकी आलोचनाएँ करके दिल दुखाते रहना बड़ा अन्याय है। यही नहीं, बल्कि उनका दिल तोड़कर फिर उनसे काम लेना तो बहुत

ही मुश्किल है। बापू होते, तो वे ऐसा कभी न होने देते। क्योंकि जिन परिस्थितियों में गारण्टियाँ दी गई थीं, उन्हें वे जानते थे। इसके अलावा, दूसरे तो कई कारण हैं। उनके बारे में तो मिलने पर ही बात होगी।

आज तो देश को सँभालने का काम बहुत ही कठिन हो गया है। जिसके सिर पर बोझ आ पड़ा है, वही उसे जानता है। कांग्रेस की व्यवस्था सड़ चुकी है। राज्य का बोझ उठाना और संगठन की व्यवस्था को सँभालना, स्थिति ऐसी बन गई है कि इन दोनों कामों को कोई कर नहीं सकता।

आप दोनों की तबीयत के बारे में सोचता रहता हूँ।

वल्लभभाई

वन्दे मातरम

श्री किशोरलाल मशरूवाला,
वर्धा

(37)

यहाँ के हालात भयावह हैं

नई दिल्ली,
4-10-1947

प्रिय भाई मावलंकर,

तारीख़ 7-9-47 का आपका पत्र कल मिला। दिल्ली के कौमी दंगों में डाक-तार विभाग का काम गड़बड़ा गया है। इसलिए यहाँ के डाक-घर में डाले गए पत्र तो अब निकल रहे हैं।

हम तो यहाँ इस समय उपद्रवों से घिरे पड़े हैं। कहना मुश्किल है कि इसमें से कब छूट पाएँगे। लाखों लोगों को घर-बार छोड़कर पहने हुए कपड़ों के साथ बाहर निकलने को कहना, उन्हें दूसरे प्रान्तों में भेजना और भारी अशान्ति के बीच यह सारा काम करना, कितना भयंकर है, इसका अंदाज़ बाहर वालों को कैसे लग सकता है? ऊपर से कुदरत का कोप भी उतना ही। चारों तरफ से आफतें आती दिखाई पड़ रही हैं। लोग मारे गुस्से के पागल हो उठे हैं। फिलहाल गोलीबार से कुछ शान्ति हुई है। लेकिन दिलों में गुस्सा भरा हुआ है। ईश्वर जो करे, सो सही।

आप सबकी तबीयत अच्छी होगी।

वल्लभभाई
वन्दे मातरम्

श्री ग.वा. मावलंकर,
अहमदाबाद

(38)

ईश्वर की कृपादृष्टि रही तो सब ठीक हो जाएगा

नई दिल्ली,
14-10-1947

प्रिय भाई चंदुभाई,

7 तारीख़ का आपका पत्र मिला। बहुत समय के बाद आपका पत्र आया।

सदियों की गुलामी के बाद विदेशियों के नागपाश से छूटते समय जो उथलपुथल हो रही है, वह स्वाभाविक है। पिछले 7 सालों से साम्प्रदायिक विष का सिंचन दिन-रात होता रहा है। अब उसे फूट निकलने का मौका मिला है। अपनी मर्ज़ी के ख़िलाफ हिन्दुस्तान छोड़कर जाने वाले विदेशियों को भी जाते-जाते जितना नुकसान वे कर सकते हैं, उतना करने का अवसर मिला है। इस सबके परिणामस्वरूप चारों तरफ अशान्ति फैल गई है। लेकिन आशा है कि ईश्वर की कृपा से सब कुछ ठीक हो जाएगा।

पाकिस्तान लेने वालों को उसे हज़म करने में भारी कठिनाइयों का सामना करना पड़ेगा। हमें भी नुकसान तो बहुत बर्दाश्त करना होगा। लेकिन हम इसमें से उस पार निकल जाएँगे।

आपकी तबीयत अच्छी होगी। अपने समाचार लिखते रहिए।

वल्लभभाई
वन्दे मातरम्

डॉ. चंदुलाल देसाई
भड़ौच

(39)

फिर आसमान टूट पड़ा है

नई दिल्ली,
9-4-1950

प्रिय भाई कस्तूरभाई,

आपका पत्र नहीं है। आपके जाने के बाद फिर आपके कोई समाचार नहीं मिले। आशा करता हूँ कि अब तो आप कुछ स्वस्थ हो चुके होंगे। काम में मन लगाए रहेंगे, तभी दुःख भूला जा सकेगा।

यहाँ हम पर फिर आसमान फट पड़ा है। बंगाल में जो यादवी चल रही है, उसे समाप्त करने और कोई रास्ता खोज निकालने का काम बहुत मुश्किल लग रहा है। ईश्वर करे सो सही। अपने समाचार लिखिए।

परिवार में सब अच्छे होंगे।

वल्लभभाई
जय हिन्द

श्री कस्तूरभाई लालभाई,
अहमदाबाद

(40)

राष्ट्रभाषा के विषय में फैसला हो चुका है

नई दिल्ली,
28-11-1949

भाई श्री मगनभाई,

26 तारीख़ का आपका पत्र मिला। राष्ट्रभाषा का अन्तिम निर्णय तो संविधान सभा ने कर लिया है। इसलिए अब तो उस निर्णय पर अमल करना सब का कर्तव्य हो जाता है। ऐसा लगता है कि अभी यह बात काकासाहब के गले उतरी नहीं है। लेकिन राजेन्द्रबाबू तो इसे अच्छी तरह समझ चुके हैं। गुजरात के हमारे कार्यकर्त्ताओं को भी यही मार्ग स्वीकार करना है। यहाँ राजेन्द्रबाबू की अध्यक्षता में सम्मेलन हुआ था। पिछले हफ्ते ही हुआ था। उसमें भी इसी आशय का प्रस्ताव पास किया गया था। सुना है कि उसमें देवदास, ठक्करबापा, सत्यनारायण, मौलाना, जवाहरलाल आदि सब थे। मुझे निश्चित जानकारी नहीं है। लेकिन आप पता लगाइए।

मेरी राय यह है कि अब यह नहीं होना चाहिए कि भाषा के प्रश्न को लेकर अलग-अलग संस्थाएँ हों और झगड़े चलते रहें।

आप सब पूरा विचार करके निर्णय पर पहुँचेंगे। मैं यही चाहता हूँ कि आपका प्रयत्न सफल हो।

वल्लभभाई
वन्दे मातरम्

श्री मगनभाई देसाई,
गुजरात विद्यापीठ,
अहमदाबाद

(41)

वहाँ कांग्रेस की व्यवस्था सड़ती नज़र आ रही है

नई दिल्ली,
3-8-1948

भाई रावजीभाई,

आपका पत्र प्राप्त हुआ। दो-तीन महीनों पहले रास से आशाभाई का पत्र आया था। उसमें उन्होंने लिखा था कि अगर दूसरी बार चुनाव हों, तो कांग्रेस को मत मिलने की कोई उम्मीद नहीं है। मैं इस बात को स्वीकार करने के लिए तैयार नहीं था। लेकिन अहमदाबाद में जो उपचुनाव हुआ, उससे स्पष्ट पता चलता है कि आशाभाई जो कहते थे, सो ठीक है। आपके वहाँ की कांग्रेस की व्यवस्था सड़ती लग रही है।

मन में यह विचार आता है कि एक के बाद एक प्राप्त हुई स्वतन्त्रता को हम हज़म नहीं कर सकते हैं।

अभी-अभी कांग्रेस के अध्यक्ष ने कांग्रेसमैनों को ध्यान में रखकर एक संदेश भेजा है और उन्होंने परामर्श दिया है कि कांग्रेसमैनों को सरकार के रोज़-रोज़ के चलते कामों में दख़ल नहीं देना चाहिए। उसके ख़िलाफ आपकी कांग्रेस कमेटी ने सार्वजनिक रूप से विरोध किया। इससे पता चल जाता है कि कांग्रेस के वर्तमान संचालक अपने अधिकार या कर्तव्यों के प्रति बिलकुल समझ नहीं रखते।

किसी ने यह कल्पना नहीं की थी कि गुजरात में ऐसा होगा। आपकी कांग्रेस ने यह सिद्ध कर दिया है कि अध्यक्षजी ने जो सूचना दी है, वह बिलकुल उचित है।

यह स्वीकारना भ्रमपूर्ण है कि कांग्रेसमैनों पर जो आक्षेप लगाए गए और समाचार पत्रों में जो प्रचार-प्रसार हुआ, वह सब गलत ही है। यह मानने का कोई कारण नहीं है कि टीका करने वाले सब कांग्रेस के ही लोग हैं और इसके पीछे भी उन लोगों का कोई लोभ है।

अगर संगठन को नहीं सुधारेंगे, तो जिस जगह से आज की कांग्रेस को प्राण प्राप्त हुआ है, वहीं से उसका क्षय शुरू होगा और इसका सारा दोष आज की कांग्रेस के संचालकों के सिर आ पड़ेगा।

खेद की बात है कि आप दादा के बारे में लिखते हैं। गुजरात समाचार भी अपना ही था और होना चाहिए। दादा के दोष खोजने के बदले अपने दोषों की ओर देखना चाहिए।

मुझे लगता है कि नरहरिभाई और रविशंकर महाराज भी वहाँ की कांग्रेस से बेहद नाखुश हैं। यदि ऐसा होगा, तो किसी दूसरे को दोष देने की बात है ही नहीं।

आप सबको मिलकर इस विषय पर विचार करना चाहिए।

वल्लभभाई
वन्दे मातरम्

(श्री रावजीभाई मणिभाई पटेल)

(42)

निःस्वार्थ भाव से की गई सेवा अच्छे फल लाती है

नई दिल्ली,
15-3-1949

भाई मणिलाल,

21-2-49 और 1-3-49 के आपके दोनों पत्र प्राप्त हुए थे। चुनाव का परिणाम इतना अच्छा आया है कि उससे यह साबित होता है कि कांग्रेस के प्रति लोगों की निस्वार्थ सेवा जैसी थी वैसी ही बनी हुई है। यदि हम हारे होते, तो उसके लिए कांग्रेस के कार्यकर्त्ता की ही जवाबदेही होती। इस चुनाव से यह बात पूरी तरह सिद्ध होती है कि अगर हम स्वार्थ छोड़ें और नगर की सेवा को ही सबसे आगे रखकर चलें, तो लोग तो साथ देने के लिए हमेशा तैयार ही हैं।

आप हट गए और दूसरों को भी हटाया, उसका यह परिणाम है। आपने हटकर भी कांग्रेस का साथ दिया, इससे लोगों में आपके प्रति सम्मान और विश्वास बढ़ेगा। ऐसे अच्छे परिणाम के लिए आप गर्व का अनुभव कर सकते हैं।

नए पक्ष के ठिकाने लगने तक आप उसे परामर्श और सहायता पहुँचाते रहिए। आगे क्या करना है, वो सोचेंगे।

वल्लभभाई
वन्दे मातरम्

श्री मणिलाल चतुरभाई शाह,
अहमदाबाद

(43)

आपकी विजय चाहता हूँ

नई दिल्ली,
17-10-1950

चि. आशाभाई,

10 तारीख़ का आपका पत्र मिला।

यह जानकर आनन्द की अनुभूति होती है कि आप वहाँ के रचनात्मक कामों में पूर्ण रूप से समर्पित हैं। यदि कांग्रेस के कार्यकर्त्ता अपनी खटपटें से ध्यान हटाकर आपकी तरह रचनात्मक कामों में जुट जाएँ, तो कांग्रेस की प्रतिष्ठा बढ़े और देश को लाभ हो। यह जानकर आनन्द हुआ कि दशहरे के दिन श्री रविशंकर महाराज के हाथों कुमारशाला का उद्घाटन करवा रहे हैं। जहाँ आप और रविशंकर महाराज एकत्र हुए हों, वहाँ सफलता के सम्बन्ध में संदेह हो ही नहीं सकता। आपके काम-काज की वृद्धि और सफलता चाहता हूँ।

मैं 29 तारीख़ को अहमदाबाद पहुँचने वाला हूँ। पहले तो गुजरात का प्रोग्राम दस-बारह दिनों का रखा था। लेकिन मेरी तबीयत इतना बोझ उठाने योग्य है नहीं। इसलिए अहमदाबाद को छोड़कर बाक़ी के कार्यक्रम रद्द किए हैं। फिलहाल तो तीन दिन अहमदाबाद रहकर जल्दी ही लौट आऊँगा। इस बीच आपका अहमदाबाद आना हो तो वहाँ मिल लीजिए।

वल्लभभाई
जय हिन्द

श्री आशाभाई पटेल,
रास

(44)

आपकी श्रद्धा अक्षुण्ण है

नई दिल्ली,
25-7-1948

भाई नारणदास,

तारीख़ 7 का आपका पत्र मैं आज देख रहा हूँ। आजतक मेरे पास डाक पहुँचाने की मनाही थी। अब थोड़ी छूट दी है। आपने चरखा द्वादशी के कार्यक्रम की जो पत्रिका छापी है, वह देखी। आपकी श्रद्धा दृढ़ है और इस कार्य के लिए बापू ने आपको हमेशा आशीर्वाद दिए हैं, इसलिए मुझे उम्मीद है कि इस काम में आपको इस बार भी सफलता प्राप्त होगी ही।

बालासाहब को पत्र लिख रहा हूँ। उनका जवाब आने पर आपको सूचना दूँगा।

मैं चाहता हूँ कि आपकी कल्पना के अनुरूप चरखा द्वादशी की थैली का काम सफलता पाए।

वल्लभभाई

श्री नारणदास खुशालदास गांधी, वन्दे मातरम्
राष्ट्रीय शाला,
राजकोट

(45)

क्या मेरा सन्देश आवश्यक है?

नई दिल्ली,
21-4-1949

भाई उत्तमचन्द,

4 अप्रैल का भेजा हुआ आपका पत्र मिला था। लेकिन मैं इतने सारे कामों के भार तले दबा था कि बहुत से पत्रों का जवाब देने में असमर्थ रहा। उनमें आपका पत्र भी रह गया। मुझे दु:ख है कि इसी कारण मैं सर्वोदय शिविर के उद्घाटन के अवसर पर कोई सन्देश नहीं भेज सका।

इस समय वहाँ शिविर चल रहा होगा। उसके उद्घाटन के अवसर पर तो विनोबाज़ी ने अपना प्रेरक सन्देश वहाँ पहुँचकर स्वयं ही दिया है। इसलिए और किसी के सन्देश की आवश्यकता भी नहीं है। भले देर से ही क्यों न हो, पर मेरा यह सन्देश वहाँ सबको पहुँचाइए: "वेड़छी के समान सेवारूढ़ संस्था में यह शिविर आरंभ किया गया है। इसमें जो भाई-बहन सम्मिलित हुए हैं, उन्हे बहुत जानने और सीखने को मिलेगा। उस स्थान से जो लाभ प्राप्त हो सके उसे लेकर वहाँ से जाने के बाद जिस भी स्थान में जाएँ, वहाँ दूसरों को इस लाभ की जानकारी दें।"

शिविर की सफलता चाहता हूँ।

वल्लभभाई
वन्दे मातरम्

श्री उत्तमचंद शाह,
स्वराज्य आश्रम,
बारदोली

(46)

बापू के मार्ग पर

नई दिल्ली,
21-11-1948

भाई मामा,

10 और 11 तारीख़ के आपके पत्र मिले। जवाब भेजने में थोड़ी देर हुई। आपने 2,500 रु. माँगे हैं। इस रकम का चेक आपको दादासाहब द्वारा प्राप्त हो जायेगा। मुझे यह जानकर खुशी हो रही है कि बापू ने आपको जो काम सौंपा है, आप उसी में पूर्ण मन से लगे हुए हैं। अपने-अपने क्षेत्र में जितना संभव हो सके उतना सच्चे दिल से पूरा कर देने में सार है। यह अच्छी बात है कि आप इस सूत्र का सेवन कर रहे हैं। कुछ थोड़े ही लोग ऐसा कर सकते हैं।

मैं नहीं जानता कि भाई वामनराव कौन-सा काम लेकर बैठे हैं। लेकिन कभी-कभी गुजराती अख़बारों में जो कुछ पढ़ने को मिलता है, उससे पता चलता है कि पण्डितजी को वहाँ बुलाकर उनके हाथों मेरा स्मारक खड़ा कराने वाले हैं। मैं यह भी नहीं जानता कि ऐसे काम के लिए वे पण्डितजी को क्यों कष्ट देते हैं। लेकिन वामनराव का प्रेम है, इसलिए जो उन्हें सूझ रहा होगा, वही वे कर रहे होंगे। उनकी तबीयत अच्छी होगी।

वैसे तो, बापू के रास्ते एक के बाद एक सभी को जाने की तैयारी करनी चाहिए। जितने दिन बचे हैं, उनमें उनके नाम का स्मरण करके उनके द्वारा छोड़ा गया काम जितना हो सके, करते रहना चाहिए।

(47)

उत्कृष्ट कृत्य

नई दिल्ली,
13-5-1949

भाई सोलंकी,

7 मई का आपका पत्र मित्रा। प्रांतिज में गुजरात के सफाई कर्मचारियों के प्रतिनिधियों की जो परिषद् अगले महीने में होने वाली है, उस अवसर के लिए आपने सन्देश माँगा है, तो भेज रहा हूँ:

सफाई कर्मचारियों का धन्धा गन्दा कहलाता है, फिर भी वह श्रेष्ठ है, क्योंकि जहाँ सफाई नहीं होती, वहाँ ईश्वर का वास नहीं होता। इसलिए जो सफाई अथवा स्वच्छता के लिए प्रयास करते हैं, वे ईश्वर के निकट जाने का प्रयत्न करते हैं। सफाई कर्मचारियों को यह बात ध्यान में रखनी चाहिए कि जो लोग शहर की अथवा गाँव की सफाई के लिए ज़िम्मेदार हैं, वे खुद सबसे ज़्यादा साफ रहने की कोशिश करें और यह समझकर कि बाहर की सफाई की अपेक्षा दिल की सफाई अधिक लाभप्रद है, वे बाहर की और अंदर की सफाई रखने की कोशिश करें। इससे ईश्वर मदद करेगा।

"आपकी परिषद् सफल हो।"

वल्लभभाई
वन्दे मातरम्

श्री पुरुषोत्तम जेठाभाई सोलंकी,
हरिजन विद्यार्थी आश्रम,
प्रांतिज

(48)

महापुण्य का कार्य

बम्बई,
9-5-1950

चि. सविता,

2-5-50 का आपका पत्र मिला है।

आप और अन्नपूर्णा मिलकर जो अद्‌भुत काम कर रही हैं, उसके लिए मैं आपको बधाई देता हूँ। पिछड़े हुए समाज की कन्याओं को शिक्षित करने का काम महापुण्य का काम है। गाँवों में इन कन्याओं के बीच रहकर, इनके साथ घुल-मिलकर, इनमें शुद्ध संस्कार के बीज बोने का काम कठिन है। इस काम के लिए सेविकाएँ मुश्किल से ही मिलती हैं।

आप जो काम कर रही हैं, उसका फल बहुत समय के बाद मिलेगा और जब वह फल मिलेगा, तो उसकी मिठास मालूम होगी। आपकी पूर्णाहुति का दिन तो बीत चुका है। लेकिन इस काम की पूर्णाहुति तो होती ही नहीं। अतएव ऐसे काम के लिए आशीर्वाद की अपेक्षा सदा बनी रहती है और उससे आपको उत्साह भी प्राप्त होता है।

मेरी आन्तरिक इच्छा ये है कि आपकी संस्था प्रगति करे और दिन पर दिन आश्रम की कन्याएँ शुद्ध सेविकाएँ बनकर अज्ञान के अन्धकार में रहने वाली अनेक कन्याओं के जीवन में उन्नति की ज्योति प्रकट करें।

आप सब सुखी होंगे।

वल्लभभाई
आशीर्वाद

श्री सविताबहन,
कन्या आश्रम, मढ़ी

(49)

कर्तव्य समझकर दूर रहा हूँ

नई दिल्ली,
4-4-1940

भाई धोने,

30 मार्च का आपका पत्र प्राप्त हुआ।

'सर्वोदय समाज' का दूसरा वार्षिक अधिवेशन होने वाला है, उसके लिए मुझे आमंत्रित कर रहे हैं और मेरी उपस्थिति की उम्मीद रखते हैं, इसे मैं समझ सकता हूँ।

आपको इस विषय में ठीक जानकारी नहीं होगी कि अब मेरी तबीयत यात्रा का कष्ट सहने योग्य नहीं रही है। जिन जगहों के लिए डॉक्टर अनुमति देते हैं, वहीं कभी-कभी जा पाता हूँ। यह जाना भी बहुत कठिनाई से ही होता है। जब आप सब पहले सेवाग्राम में मिले थे, उस समय मैं बिस्तर पर पड़ा था। दूसरी बार इन्दौर में मिले, उस समय भी आपने मुझे लिखा था। उस अवसर पर मेरे न आने का कारण तो मेरी अस्वस्थता ही नहीं थी। सर्वोदय के संचालकों में जो मुख्य व्यक्ति हैं, उनके विचार मेरे विचारों से थोड़े बहुत भी मेल नहीं खाते हैं। यही नहीं, बल्कि उनमें से कुछ तो यह मानते हैं कि मैं उनके काम में विघ्न रूप हूँ। इसलिए वे मेरे काम को और विचारों को नापसन्द करने लगे हैं। कुछ तो इससे भी आगे बढ़कर मुझे सरकार में से हटाने की बातें करते हैं। मैं तो हट जाने के लिए भी राज़ी हूँ। लेकिन जब तक जवाहर चाहते हैं, तब तक मुझे उनके साथ रहना ही चाहिए। इसे अपना कर्तव्य मानकर यहाँ पड़ा हुआ हूँ।

मैं नहीं चाहता कि मेरे आने से 'सर्वोदय' में घर्षण उत्पन्न हो। इसी कारण मैं दूर रहा हूँ। वैसे अगर मुझे ऐसा कोई काम बताया जाए, जिसमें मेरे ज़रिए से आप सबकी कुछ मदद हो सके, तो अपनी शक्ति-भर मैं उसे अवश्य करूँगा।

अपनी मर्यादा समझकर मैं अलग रहा हूँ। जो लोग 'सर्वोदय' में हैं, उनमें से कुछ का यह विचार है कि मेरी अपेक्षा वे गांधीजी को अधिक समझते और मानते हैं और उनमें कुछ यह मानने वाले भी हैं कि मैं तो गांधीजी को भूल गया हूँ। अपना यह धर्म समझकर कि मुझे उनके काम में बाधक नहीं बनना चाहिए, मैं अलग रहा हूँ।

मैं शारीरिक रूप से इतना प्रबल होता, तो मैं इन लोगों को समझाने का प्रयास भी करता। लेकिन अब उतनी ताक़त रही नहीं है और जो कुछ रही है, उसे मुझ पर

आए हुए बोझ को सँभालने में खर्च कर रहा हूँ। मैं चाहता हूँ कि 'सर्वोदय समाज' अपने काम में सफल हो।

मेरा पत्र न मिलने पर दु:ख मत मानिए। मैं तो अब मुश्किल से ही किसी के साथ पत्र-व्यवहार करता हूँ। किशोरलालभाई जानते हैं। आप अपनी ख़बर भेजते रहिए।

अपने परिवार के समाचार भी लिखा कीजिए।

वल्लभभाई
वन्दे मातरम्

श्री रघुनाथ श्रीधर धोत्रे,
मंत्री सर्वोदय समाज,
वर्धा

(50)

ऐसे सम्मेलनों से कुछ नहीं होगा

देहरादून,
19-6-1950

भाई जुगतराम,

14 तारीख़ का आपका पत्र मिला।

मुझे इस विषय की जानकारी मिली थी कि आपने सम्मेलन को आमंत्रित किया है। इसलिए जब नरहरिभाई मिले, तो मैंने उसके बारे में अपने विचारों के विषय में उनसे कहा। मैं जल्दबाज़ी में किसी बात का विचार नहीं करता। सर्वोदय सम्मेलन का शुरू से आज तक का इतिहास मेरी जानकारी में है। 'गया सम्मेलन' का कार्यक्रम मुझे मालूम हुआ था। वहाँ क्या-क्या हुआ, इसका पूरा-पूरा चित्र मेरे पास है। मैं नहीं मानता कि ऐसा सम्मेलन करने के लिए बापू कभी स्वीकृति देते। आज बापू के नाम से कई ऐसे काम हो रहे हैं, जिनसे मैं बिलकुल सहमत नहीं हूँ।

हज़ारों रुपए फूँक देने पर भी जिसका परिणाम शून्य निकले और जिससे अनेक लोगों का समय बर्बाद हो, ऐसे काम को बढ़ावा देना उचित नहीं और यह सब बापू के नाम से करना तो पागलपन ही है।

रचनात्मक काम करने वालों को अपनी मर्यादा समझकर अपने-अपने क्षेत्र के काम में लग जाना चाहिए और वहाँ से बाहर नहीं निकलने का निर्णय करना चाहिए। अपने क्षेत्र का काम अच्छी तरह होगा तो लोग उससे आकर्षित होंगे। इसके बाद बाहर जाने की आवश्यकता हो, तो जाया जा सकता है, लेकिन यह जाना भी इसलिए होना चाहिए कि उससे अपने क्षेत्र के काम को गति मिल सके।

आज हमारा ऐसा कोई काम नहीं है, जिसे हमने इतना सफल करके दिखाया हो कि जो लोगों के सामने आदर्श की तरह रखा जा सके। आपने जो सम्मेलन रखा है, उसमे लाख-दो लाख रुपए खर्च होंगे। इन्हें प्राप्त करने के लिए और प्राप्त हो जाने पर भी इनका सदुपयोग होता है या नहीं, इसका ठीक-ठीक विचार करने के लिए प्रान्त के नेताओं से पूछकर उनकी स्वीकृति प्राप्त करनी चाहिए। यदि उनकी स्वीकृति ली गई होती, तो मुझे उसका पता चलता।

यदि नारणदासभाई (सम्मेलन को) राजकोट अथवा पोरबन्दर ले जाने के लिए उत्सुक हों, तो उन्हें ले जाने देना चाहिए। उन्होंने इस विषय के सम्बन्ध में पूर्ण रूप से सोच लिया होगा और पर्याप्त प्रबन्ध करने की भी उनकी तैयारी होगी ही। ये तो मेरे विचार हैं। आगे आप गुजरात के नेताओं से मिलकर जिस फैसले पर पहुँचें, वो सही होगा।

वल्लभभाई

वन्दे मातरम्

श्री जुगतराम दवे,
वेडछी

(51)

सबको अपने-अपने धर्म का पालन करना चाहिए

नई दिल्ली,
1-12-1949

भाई बबलभाई,

आपका पत्र मिला था।

गुजरात के रचनात्मक काम करने वाले स्वरहीन सेवकों का ऐसा असन्तोष जानकर मुझे दुःख हुआ। ऐसा लगता है कि इसका सच्चा कारण मुख्य रूप से कार्यकर्त्ताओं का भारी अज्ञान है। आज की दुनिया की और देश की परिस्थिति से परिचित होने पर ही लोगों को समझाया जा सकता है। जहाँ लोगों का दोष हो, वहाँ उन्हें समझाने की शक्ति होनी चाहिए।

कंट्रोल हटा लेने के विषय में बोलने वालों को भी यह समझना चाहिए कि पिछले साल अकाल की स्थिति में गुजरात में जो काम हुआ, वह कभी संभव न हो पाता, यदि वहाँ कण्ट्रोल न होता। फिर किसानों और मज़दूरों को सिर्फ तसल्ली भर देते रहने से देश की वर्तमान स्थिति सुधारी नहीं जा सकती। सबको अपने-अपने धर्म का पालन करना ही है। सबके सहयोग की आवश्यकता है। अकेली एक सरकार पर ही सारा बोझ और दोष डाल देने से कुछ नहीं होगा। लेकिन यह प्रकरण पत्र द्वारा समझाने लायक है नहीं।

मोरारजीभाई और कानजीभाई वहाँ पहुँचेंगे और गुजरात के कार्यकर्त्ताओं को सभी वस्तुस्थिति समझाने का प्रयास करेंगे।

वल्लभभाई
आशीर्वाद

श्री बबलभाई मेहता
थामणा

(52)

आपको बधाई देता हूँ!

नई दिल्ली,
20-4-1949

भाई रविशंकर,

तारीख़ 31 का आपका पत्र मिला था। ईश्वर जिसकी रक्षा करता है, उसके बारे में चिंतित होने का कोई कारण नहीं रहता। आपके काम के विषय में कस्तूरभाई की ओर से सारी ख़बर मिलती रहती है। बनासकांठा के समान पिछड़े हुए इलाके में, जहाँ कोई जाता नहीं है, वहाँ आप काम कर रहे हैं, इसके लिए मैं आपको मुबारकबादी देता हूँ। अकाल के, बाढ़-संकट के अथवा ऐसे दूसरे कामों में, जिनमें लोगों की तात्कालिक सेवा की जा सकती है, मैं तो कुछ कर नहीं सकता हूँ। मुझसे तो जितना बैठे-बैठे हो सकता है, उतना ही कर सकता हूँ।

इस बार कच्छ में बहुत अच्छी सहायता पहुँचाई है। क्योंकि कच्छ की व्यवस्था हमारे हाथ में है। लाखों रुपयों के साथ घास और अनाज आदि की भी सहायता भेज रहा हूँ। इसी प्रकार गुजरात की भी जितनी सहायता की जा सकती है, उतनी करवा सका हूँ। बम्बई सरकार की तरफ से भी मोरारजी अच्छी सहायता कर रहे हैं। चूँकि राज्य हमारा है, इसलिए अगर अधिकारी अच्छे हुए, तो वे सब तरह की मदद करेंगे ही। फिर भी सार्वजनिक संस्थाओं में काम करने वाले लोग जितना काम कर सकते हैं, उस तरह का काम सरकार के लोग नहीं कर सकते। इसलिए हमारे लोगों को सरकार की सहायता से पूरा लाभ लेकर काम कर लेना चाहिए।

गुजरात में काम करने वालों की कमी नहीं है। इसलिए मुझे इस विषय में कोई शंका नहीं है कि गुजरात इस बार के भारी संकट में से बच निकलेगा। बड़ौदा में डॉक्टर जीवराज बहुत कुशल और भावनाशील हैं, इसलिए बड़ौदा राज्य में भी कोई कठिनाई खड़ी नहीं होगी। सौराष्ट्र में तो हमारे ही लोगों के हाथों में राज्य का और प्रजा का प्रबन्ध है। इसलिए मैं मानता हूँ कि इस बार भारी संकट के रहते हुए भी लोग बच जाएँगे।

अपने समाचार लिखते रहिए।

वल्लभभाई
वन्दे मातरम्

श्री रविशंकर व्यास (महाराज),
वल्लभ विद्यालय,
बोचासण

(53)

ईश्वर ने आपको अमृतस्रोत से नवाज़ा है

नई दिल्ली,
4-4-1950

भाई रविशंकर,

आप पर ईश्वर का कृपादृष्टि वाला हाथ है। आप जो काम कर रहे हैं, उसके कारण अनेक दु:खियों का भला होता है और उनको मानसिक शान्ति मिलती है।

बिना पानी वाले इलाके में भगवान ने आपको जो अमृतस्रोत दिया है वह उसकी कृपा है और आपकी मेहनत और श्रद्धा का फल है। बहुत अच्छा हुआ है कि सरकार की या दूसरों की कोरी नुक्ताचीनी करने वालों से अलग होकर आप चुपचाप काम करने में डूब गए हैं। आज तो ऐसे काम करने वाले थोड़े ही रह गए हैं। पुराने जोगी भी उलटे रास्ते पर चल पड़े हैं। तिसपर पुराने साथी बिछुड़ने लगे हैं। डॉक्टर कानूगा गए। नन्दुबहन को 'टाइफाइड' हुआ है। डॉक्टर हरिप्रसाद गए। इस तरह एक के बाद एक साथी चले जा रहे हैं। मैं तो काम के जो पहाड़ पर पहाड़ आकर पड़े हैं, उनके भार के नीचे दब गया हूँ। किसी के साथ पत्र-व्यवहार करने का समय नहीं रहता। शक्ति भी नहीं रहती। लेकिन आपका जो काम चल रहा है, उससे संबंधित समाचार मैं कानजीभाई आदि से प्राप्त कर लेता हूँ। बबलभाई यहाँ आ गए थे। उन्होंने भी खबर दी। वहाँ के काम में जुटे रहिए।

संसार विनाश के पथ पर भागा जा रहा है। इन सबसे कैसे बचा जा सकेगा, इसका मार्ग तो ईश्वर ही दिखा सकता है। परन्तु पुरुषार्थ करना हमारा कर्तव्य है।

आपकी तबीयत अच्छी होगी।

वल्लभभाई
जय हिन्द

श्री रविशंकर व्यास,
राधनपुर

(54)

कुछ भी लिखने योग्य नहीं हूँ

नई दिल्ली,
9-2-1948

प्रिय भाई किशोरलालभाई,

आपका पत्र मिला था। ढेरों पत्र आकर यूँ ही पड़े हैं। जवाब लिखने योग्य नहीं हूँ। क्या लिखूँ? हाथ उठता ही नहीं। आख़िर एक ही विचार मन में आता है कि जो ईश्वर को उचित लगा, वही सही।

इस बार उनके जाने का समय भी उचित ही माना जाएगा। समस्त संसार खुले स्वर से प्रशंसा कर रहा है। मुसलमानों ने भी उन्हें मरते समय पहचाना और कबूल किया कि उन्होंने उनके लिए ही अपने प्राण दिए हैं। इस अर्थ में उनकी मृत्यु तो सुशोभित ही हुई है।

हमारे सिर पर बहुत भार छोड़ गए हैं। देश में शान्ति नहीं, स्थिरता नहीं, बोझ उठाने में मदद करने वाला कोई नहीं।

आपकी तबीयत लड़खड़ाई हुई है। नरहरिभाई की तबीयत भी गड़बड़ ही चल रही है और अब मैं भी थकता जा रहा हूँ। काम का बोझ असहनीय होता जा रहा है। जबतक ईश्वर की इच्छा होगी, तबतक उसे ढोना ही होगा।

एक बार सेवाग्राम आना चाहता हूँ।

वल्लभभाई
वन्दे मातरम्

श्री किशोरलाल मशरूवाला,
बजाजवाडी,
वर्धा

(55)

हमारे सिर पर से छत उठ गई!

नई दिल्ली,
8-2-1948

प्रिय माई मथुरादास,

आपका पत्र प्राप्त हुआ। क्या लिखूं? मन अभी भी स्वस्थ नहीं है। दिमाग काम नहीं कर रहा। बापू के जाने की दृष्टि से तो यह समय उत्तम माना जाएगा। सारी दुनिया शोक में है। प्रशंसा कर रही है। सम्भव है कि अब लोग उनको अधिक अच्छी तरह से पहचानेंगे।

हमारे सिर पर से छत उठ गई है। सूना लगता है। लेकिन क्या किया जाए? आपकी तबीयत अच्छी होगी।

वल्लभभाई
वन्दे मातरम्

श्री मथुरादास त्रिकमजी,
बम्बई

(56)

हमारे सिर तो बिजली-सी गिरी है

नई दिल्ली,
9-2-1948

प्रिय भाई नानाभाई,

आपका पत्र मिला।

बापू गए। उनके जाने के लिए यह समय तो उचित ही था। समूचा संसार एक स्वर से प्रशंसा कर रहा है। सम्भव है कि लोग अब उन्हें अधिक अच्छी तरह पहचानें।

हमारे सिर तो बिजली-सी गिरी लगती है। ईश्वर की इच्छा के अनुरूप होकर चलना है।

आशा है, पन्द्रह तारीख़ के दिन जामनगर में मुलाकात हो सकेगी।

वल्लभभाई
वन्दे मातरम्

श्री नानाभाई भट्ट,
ग्रामदक्षिणामूर्ति,
आंवला

(57)

क्या लिखूँ?

नई दिल्ली,
9-2-1948

प्रिय भाई त्रिकमदास,

आपका पत्र मुझे प्राप्त हुआ था।

लेकिन क्या लिखूँ? लिखने योग्य कुछ सूझता ही नहीं। ऐसी दशा बनी है, मानो बिजली आ गिरी हो।

सारा संसार एक आवाज़ के साथ तारीफ़ कर रहा है। लेकिन हमारे सिर पर से तो साया हट गया है।

ईश्वर को जो रुचा, हमे उसके अधीन रहना है।

वल्लभभाई
वन्दे मातरम्

श्री त्रिकमदास द्वारकादास,
बम्बई

(58)

वे जीना जानते थे

नई दिल्ली,
9-2-1948

भाई जुगतराम,

आपका पत्र प्राप्त हुआ।

बापू तो चले गए। उनके हिस्से का कार्य समाप्त हुआ। अब जो बचा है, उसे पीछे रहने वालों को उठा लेना है। उन्होंने तो जीना जाना और मरना भी जाना। मरने का समय भी अच्छा ही माना जाएगा। जितनी हमारे अंतर्मन में शक्ति हो, उतना उनके द्वारा बताये मार्ग पर चलने का प्रयास हमें करना है।

आप सब कुशल होंगे।

वल्लभभाई
वन्दे मातरम्

श्री जुगतराम दवे,
स्वराज्य आश्रम,
वेडछी

(59)

ईश्वर को जो उचित लगा, वो सही!

नई दिल्ली,
9-2-1948

प्रिय भाई चंदुभाई,

आपका पत्र मिला।

ईश्वर को जो रुचा, वो सही। बापू के जाने के लिए यह समय उचित था। सारी दुनिया एक स्वर से गुणगान गा रही है।

सम्भव है कि उनके जाने के बाद अब लोग उनको सही रूप में जान जाएँ।

आपका स्वास्थ्य अच्छा होगा।

वल्लभभाई
वन्दे मातरम्

डॉक्टर चंदुलाल देसाई,
सेवाश्रम,
भड़ौच

(60)

अब यहाँ मन नहीं लगता

नई दिल्ली,
9-2-1948

प्रिय भाई नरहरि,

हमारे सिर पर से छत हट गई। उनकी छाया में हम उष्मा पाते रहते थे। अब यहाँ रहना अच्छा नहीं लगता।

हमारे सिर पर बहुत बोझ आ पड़ा है। कैसे उठ पाएंगे यह तो प्रभु ही जानते हैं। ईश्वर जो करे, वो सही।

आपकी तबीयत अच्छी होगी।

वल्लभभाई
वन्दे मातरम्

श्री नरहरिभाई द्वारकादास परीख,
हरिजन आश्रम,
साबरमती, अहमदाबाद

(61)

बहुत भार छोड़ गए हैं

नई दिल्ली,
9-2-1948

प्रिय नंदुबहन,

आपका पत्र तो प्राप्त हुआ था। लेकिन जवाब लिखने की हिम्मत नहीं हो रही थी। क्या लिखूँ?

कौन जानकारी रखता था कि वे इस तरह अचानक चले जाएँगे? हमारे सिर पर से उनका हाथ उठ गया। बहुत बोझ छोड़ गए हैं। पर अब क्या किया जा सकता है?

जितना वे करने में समर्थ थे, उतना तो वे करके गए हैं। कह भी गए हैं।

अब डॉक्टर की तबीयत सुधर रही होगी। चि. जितु अच्छा होगा।

वल्लभभाई
वन्दे मातरम्

श्री विजयागौरी बलवंतराय कानूगा,
अहमदाबाद

(62)

कर्तव्य समझकर जो उचित है, करेंगे

देहरादून,
25-6-1949

चि. रामदास,

आपके पत्र मिले। आपके पत्रों को पढ़कर पता चलता है कि आप मानसिक अस्वस्थता से पीड़ित हैं।

लगता है कि आप गोडसे के विषय में बहुत सोचते रहते हैं। उसके विषय में आपने राजाजी और जवाहरलालजी को भी लिखा था। उनके नाम के पत्रों की प्रतिलिपियाँ देखीं। आपको इस विषय में विचार करने की आवश्यकता नहीं।

आप जानते हैं कि हम सब जीवनभर बापू के साथ रहे हैं। जिस स्थान पर हम बैठे हैं, उस स्थान से उसके लिए हमें क्या करना चाहिए, इसे हम अच्छी तरह समझते हैं और हम यह भी जानते हैं कि बापू हमसे क्या चाहते। हमारा धर्म क्या है, इसे समझकर हम जो उचित होगा वह करेंगे। इसलिए आपको इस विषय में चिन्ता नहीं करनी है। आपको उसे समझाने का विचार भी छोड़ देना चाहिए। मैं मानता हूँ कि विनोबा और किशोरलालभाई भी ऐसा विचार नहीं करेंगे। किशोरलालभाई तो यहाँ मेरे पास ही हैं। उनके साथ बात कर ली है। वे वापस वर्धा जा रहे हैं। वहाँ मिलेंगे तो सारी बातें बताएँगे।

आप मेरी सेवा करने का विचार कर रहे हैं। मेरी सेवा तो जितनी हो सकती है, उतनी मणिबहन कर रही है। वैसे, प्रभुकृपा से मुझे व्यक्तिगत सेवा की आवश्यकता नहीं रहती।

मेरी अपेक्षा तो आपको अपनी सेवा की अधिक आवश्यकता हो सकती है। पर आपका प्रेमी परिवार आपके साथ है, इसलिए मैं मानता हूँ कि वह आपको संभाल लेगा।

ऐसा लगता है कि आप बापू की सेवा नहीं कर सके, उसका कुछ असन्तोष आपके मन में रह गया है। परंतु यह विचार भी उचित प्रतीत नहीं होता। बापू को जिनकी और जितनी सेवा की ज़रूरत थी, वह उन्हें अन्त तक मिली थी। जब उनका समय आया, वे चले गए। आपको स्वस्थ हो जाना चाहिए।

फिलहाल कुछ समय तक मैं यहाँ रहूँगा।

वल्लभभाई
आशीर्वाद

श्री रामदास गांधी,
नागपुर

(63)

बापू के मार्ग पर चलने में ही हमारा हित है

नई दिल्ली,
21-11-1948

चि. राधा,

कार्तिक सुदी प्रतिपदा का तेरा पत्र प्राप्त हुआ था।

बापू की जगह तो कोई ले नहीं सकता। फिर भी बापू को स्मरण रख अपनी क्षमता योग्य उनके मार्ग पर चलने का प्रयास करते रहने में ही हमारा हित है।

आशा रखता हूँ कि तुम दोनों कुशल होंगे।

वल्लभभाई
आशिष

श्री राधाबहन दीपकदत्त चौधरी,
कलकत्ता

(64)

अस्थि के विषय में यह कलह कैसा!

देहरादून,
29-6-1948

प्रिय भाई किशोरलालभाई,

बापू की अस्थि के विषय में दक्षिण अफ्रीका में मणिलाल की ओर से जो बखेड़ा खड़ा किया गया है, वह बेहद दु:खद है। इस विषय में सोराबजी के साथ इस तरह का कलह होना बहुत अनुचित माना जाएगा। मुझे तो इसकी जानकारी आपके माध्यम से ही मिली। मैंने तुरन्त ही मणिलाल को तार भेज दिया है। आगे क्या होता है, इसका पता चले, तो जानकारी मिले।

आपने हॉरेस अलैक्जेण्डर के पत्र के विषय में लिखा था। उसके हवाले से मैंने राजेन्द्रबाबू के साथ बातचीत की थी। आज आपका पत्र मिला। आपने जो लिखा है, वह ठीक है। बापू के जीवनकाल में दो-एक बार 'नोबेल प्राइज' के बारे में सिफ़ारिश हुई थी। लेकिन राजनीतिक कारणों से अंग्रेज़ मुत्सद्दियों ने हमेशा विरोध किया। अगर उस समय कमेटी के लोगों ने हिम्मत की होती, तो उसकी कीमत होती। मेरे विचार में आज उसकी बहुत कीमत नहीं है और मुझे इस बात का संदेह भी है कि इस तरह का प्रयास करने वाले उसमें सफलता प्राप्त कर पाएंगे या नहीं। लेकिन हम तो इससे अलग रहे हैं। इसलिए जो हो, वो देखते रहना है।

आपकी तबीयत तो जर्जर स्थिति में जैसे-तैसे चलती ही रहती है। मैं तो साढ़े तीन महीनों से खटिया में पड़ा हूँ। मुश्किल से बच पाया हूँ। लेकिन तबीयत अब कुछ ठीक है और लगता है कि कुछ समय तक तो काम चलेगा।

ईश्वर की इच्छा होगी तो बचे हुए समय में जितना हो सकेगा, उतना कर लूंगा। आपसे मिलने को जी तो बहुत चाहता है। लेकिन मैं तो यात्रा भी कर नहीं सकता।

पाँच-छह जुलाई को दिल्ली पहुँच जाने का विचार है।

गोमतीबहन की तबीयत ठीक होगी।

वल्लभभाई
वन्दे मातरम्

श्री किशोरलाल मशरूवाला,
वर्धा

(65)

आपकी आवश्यक सहायता करूँगा

नई दिल्ली,
3-8-1948

भाई जीवणजी,

28 तारीख़ का आपका पत्र प्राप्त हुआ। उसके साथ भेजे कागज़-पत्र देखे।

अभी तक तो मेरे पास इस विषय से संबंधित कोई शिकायत आई नहीं है। आएगी, तो देख लूँगा। मैं तो आपको आवश्यक साथ दूँगा। लेकिन मुख्य प्रश्न यह उठता है कि आज लोग हमारी बात जल्दी मानेंगे या नहीं। सब लोग अपनी-अपनी मर्ज़ी के अनुसार चलना चाहते हैं। ऐसी स्थिति में यह सोच लेने लायक है कि हम कानून की मदद से कितना कर सकेंगे। बापू की जीवनी लिखने वाले बहुत से लोग निकल पड़े हैं और उनमें कुछ विदेशी भी हैं। हम उनमें से किस-किस को रोक सकेंगे और कैसे रोक सकेंगे?

किशोरलालभाई आए तो हैं। एक बार मुलाकात भी हो चुकी है। अब दूसरी बार उनका आना होगा, तो कुछ बातें होंगी। कुछ जानकारी यदि योग्य हुई, तो आपको सूचित करूँगा।

वल्लभभाई
वन्दे मातरम्

श्री जीवणजी देसाई,
नवजीवन, अहमदाबाद

(66)

कोई बापू की राह ले जाने वाला होता तो!

नई दिल्ली,
12-3-1949

भाई मणिलाल,

8 तारीख़ का आपका पत्र मिला।

अपनी व्यक्तिगत स्थिति से संबंध में आपने जो लिखा, जाते समय लिखा इसलिए उसके विषय में तात्कालिक कोई फैसला करना मुश्किल है। जब आप यहाँ थे उसी समय हमसे इस विषय के बारे में बात की होती, तो निर्णय हो गया होता। बाज़पेयी से बात की और उन्होंने पण्डितजी से बात की, इससे क्या होता? पुरुषोत्तमदास यहाँ आये थे और मिले थे। लेकिन मुझे तो आपकी बात का पता ही नहीं था। इसलिए मैंने कोई बात नहीं की। इम्पीरियल इण्डियन सिटिजनशिप एसोसिएशन के पास कितने रुपए हैं और 'मर्चण्ट ट्रस्ट' के नाम पर 'ट्रान्सफर' कर दिए हैं, तो किस कारण किये हैं और उनका क्या उपयोग करने वाले हैं, इन सब बातों की जाँच करने से पहले मैं कोई जवाब नहीं दे सकूँगा। लेकिन 'गांधी मेमोरियल ट्रस्ट' की ओर से आपको आवश्यक रकम जल्दी दिलाई जा सकती है। डॉक्टर राजेन्द्र प्रसाद इस फण्ड के अध्यक्ष हैं। मैं मानता हूँ कि उनके साथ बात करने से कुछ हो सकेगा। राजेन्द्रबाबू बिहार अपने गाँव गए हैं। वहाँ से वे दूसरी या तीसरी तारीख़ को आने वाले हैं। उस समय उनसे बात की जा सकती है। इसलिए ट्रस्ट से इस प्रकार की माँग करने वाला अपना पत्र भेज देंगे, तो मैं उनसे बात करके व्यवस्था कराऊँगा।

दक्षिण अफ्रीका के हिन्दुस्तानियों की क्या स्थिति होगी, इसके विषय में दिन-रात चिंतित रहता हूँ। बापू के जाने के बाद अब इस विषय में सलाह देने वाला कोई नहीं है। हिन्दुस्तान के बँटवारे के कारण वहाँ भी बहुतों को प्रभावित होना पड़ रहा है और बँटवारा न हुआ होता, तो भी वहाँ हिन्दुओं और मुसलमानों के बीच जो मनमुटाव उत्पन्न हुआ था, उसका प्रभाव तो वहाँ कई वर्षों से पड़ रहा था और वहाँ की सरकार उसका लाभ उठा रही थी। वहाँ दोनों कौमों को एक कराने वाला कोई ऐसा व्यक्ति नहीं है, जो यह काम कर सके। तिसपर पिछले चुनावों में मलान की सरकार को सफलता प्राप्त हुई है, इसलिए वह अपनी नीति को दृढ़ता से व्यवस्था में लाने का प्रयास करेगी। आप सलाह दे रहे हैं कि दक्षिण अफ्रीका के हिन्दुस्तानियों के मामले को यु.नो. में ले जाना चाहिए। वहाँ से क्या मिलता है, सो वहाँ के आजतक के इतिहास से प्रकट है।

खोटी आशाओं में पड़ने से कोई लाभ नहीं। वहाँ के हिन्दुस्तानियों की रहनुमाई करने वाला कोई रहा नहीं। कोई बापू के रास्ते ले जाने वाला होता, तो वहाँ के हिदुस्तानियों की आवाज़ बाहर भी सुनाई पड़ती। यहाँ से तो वहाँ होने वाले काम के आधार पर ही कुछ किया जा सकता है।

आपका रास्ता तो वहाँ सबसे भिन्न हुआ लग रहा है। अलग-अलग टुकड़े पड़ जाने पर क्या हो सकता है? वहाँ सबको एकत्र करने का प्रयास किया जाना चाहिए।

इस समय वहाँ से भागना तो अनुचित समझा जायेगा। देवदास बम्बई गया है। बहुत करके आज आया होगा। मैं उससे पूछकर आपको सूचित करूँगा।

वल्लभभाई

श्री मणिलाल गांधी, वन्दे मातरम्

कैम्पः बम्बई

(पुनश्चः)

इस पत्र को लिखने के बाद अभी-अभी देवदास से मुलाकात हुई। उनसे बात हुई। वे कहते हैं कि राजेन्द्र प्रसाद से रुपए की स्वीकृति में कठिनाई की सम्भावना है। लेकिन सर पुरुषोत्तमदास को लिखना चाहिए। उनके साथ देवदास की बात हो चुकी है। इसलिए सम्भव है कि वे उसमें से मंजूर करवा देंगे। इस पर से आज सर पुरुषोत्तमदास को लिख रहा हूँ।

(67)

आपके पत्र ने तसल्ली का काम किया

देहरादून,

17-5-1949

प्रिय काकासाहब,

1 मई को बम्बई से लिखा आपका पत्र मिला था। पिछली बार जब दिल्ली में मुलाकात हुई थी, मैंने इस विषय के सम्बन्ध में आपसे बात की थी। हमारे बीच में से ही किसी ने मुझसे यह कहा था कि जहाँ-जहाँ बापू रहे थे, उन सब जगहों को राष्ट्र के स्मारक के रूप में प्राप्त कर लेना चाहिए, इस उद्देश्य का फैसला इन्दौर में हुआ था और यह काम आपको सौंपा गया था। लेकिन मैंने यह बात मान ही ली थी, ऐसी कोई बात है नहीं। आपके पत्र ने मुझे तसल्ली देने का कार्य किया है।

पोरबंदर में नानजीभाई जो स्मारक बनवा रहे हैं, उसे तो वे अपनी कल्पना के अनुरूप प्रेम से साथ ही बनवा रहे हैं। बहुत करके इस समय तो वे अफ्रीका में हैं। लेकिन यदि इस सम्बन्ध के अपने कोई सुझाव आप मुझे भेज देंगे, तो मैं उन्हें उनके पास पहुँचा दूँगा। यदि उसमें हेर-फेर की कोई गुंजाइश होगी, तो मुझे लगता है कि चूँकि वे बहुत भावनाशील व्यक्ति हैं और बापू के अनन्य भक्त हैं, इसलिए जितना उनसे बन पड़ेगा, वे ज़रूर करेंगे।

आपकी तबीयत अच्छी होगी।

वल्लभभाई

वन्दे मातरम्

श्री काकासाहब कालेलकर,
कैम्पः बम्बई

(68)

स्वयं बापू के द्वारा इसे नापसंद किया जाता

देहरादून,
19-6-1950

प्रिय भाई किशोरलालभाई,

16 तारीख़ का आपका पत्र मिला। मैं यह बात मान नहीं सकता कि मणिभुवन वाला मकान प्राप्त करने की राजाजी की बड़ी इच्छा है। मैं सोचता हूँ कि यह ख़याल देवदासभाई का होना चाहिए। मुझे जानकारी है कि जहाँ-जहाँ बापू रहे थे, वहाँ-वहाँ के मकानों को प्राप्त करने की ममता देवदासभाई के मन में जागी। मुझे बिलकुल संदेह नहीं है कि बापू के द्वारा इस बात को नापसन्द किया जाता और इससे उन्हें अत्यधिक दुःख होता। लेकिन आज बापू के नाम से बहुत-कुछ चल रहा है और आगे भी चलता रहेगा। इसे कोई रोक नहीं सकेगा। यदि इस तरह निजी सम्पत्ति बलपूर्वक प्राप्त की जाएगी, तो उसका अर्थ यह होगा कि किसी को अपने घर में किसी बड़े आदमी को मेहमान की तरह रखना ही नहीं चाहिए। क्योंकि घर में कई प्रकार की ऐसी घटनाएँ घटी हों, जिनके बारे में मकान मालिक के मन में अनेक गाँठें बनी हों और वे न छूट सकने लायक हों। राष्ट्र के नाम से ऐसे निजी मकान लेना मुझे बिलकुल उचित नहीं लगता और यह सब बापू के नाम से करना तो मुझे गुनाह मालूम होता है। हाँ, जो सार्वजनिक मकान हों, अथवा जिनका सम्बन्ध मालिक के अपने परिवार के निवासस्थान के रूप में न रहा हो, ऐसे मकानों को लेने में हर्ज़ नहीं।

मणिलाल को समझाकर उसकी स्वीकृति से वह मकान लिया जा सके, तो उसमें मुझे कोई आपत्ति नहीं मालूम होती। लेकिन बालासाहब यह जो कहते हैं कि इसमें उसे खोना क्या है, इस बात को मैं मानता नहीं हूँ। हो सकता है कि उस घर में उनके अपने सगे-सम्बन्धी बीमार रहे हों, मर गए हों, दूसरी ऐसी अनेक घटनाएँ घटी हों, जिनकी हमें जानकारी भी न हो। उसके दिल की बात का पता हमें कैसे चले?

इसलिए यदि मणिलाल के साथ परामर्श करके उसे समझाया जा सके, तो मकान उससे प्राप्त करने में मुझे किसी परेशानी का अनुभव नहीं होता। अन्यथा इसे प्राप्त करने के लिए दूसरा कोई रास्ता तो अपनाना ही उचित नहीं है।

वल्लभभाई
वन्दे मातरम्

श्री कि. घ. मशरूवाला,
वर्धा

(69)

महादेवभाई की डायरियाँ

नई दिल्ली,
13-5-1949

प्रिय भाई नरहरिभाई,

4 तारीख़ का आपका पत्र मिला। मालूम होता है कि उसके बाद कोर्ट से 'प्रोबेट' तो मिल गया। 'विल' के ट्रस्टियों में महादेवभाई के स्थान पर आपने दादासाहब (ग. वा. मावलंकर) के नाम का सुझाव दिया है। उसके सम्बन्ध में मैं उनसे पूछ रहा हूँ। मुझे भी लग रहा है कि एक दूसरे मनुष्य की आवश्यकता है।

बहुत अच्छा हुआ कि आपने डायरियों का काम बड़ी तीव्रता के साथ निपटा दिया। बापू के जाने के बाद बापू के जीवनचरित्र के विषय में और लेखों के विषय में कई लोग अपने मन मुताबिक ढंग से लेख लिखते हैं और प्रचार करते हैं। आपने जो डायरियाँ प्रकाशित कीं, उनसे वातावरण बहुत स्वच्छ हुआ है। यह जानकर आनन्द हुआ कि वेडछी में आपकी तबीयत अच्छी रहती है।

'ब्लडप्रेशर' के बारे में तो आराम, नियमित आहार और 'मसाज' और सम्भव हो तो 'बाथ' की व्यवस्था नियमित रखेंगे, तो जिस तरह बापू ने कई वर्षों तक चलाया उस तरह चलाया जा सकता है।

बहुत संतोष की बात है कि मोहन और बाबला का काम ठीक चल रहा है। वैसे, कुशल मनुष्यों की कमी गाँवों में ही नहीं है। शहरों में भी अच्छा काम करने वाले लोगों की संख्या अधिक नहीं रह गई है।

अपनी तबीयत को तो मैं जैसे-तैसे चला रहा हूँ। अगली 17 तारीख़ को देहरादून जाने वाला हूँ। यहाँ गर्मी बहुत हो रही है। काम का बोझ बढ़ता जाता है। हर तरह से यह अच्छा है कि जुगतरामभाई ने वेड़छी आश्रम के काम बढ़ा दिए हैं। लेकिन इसके साथ ही नए-नए मनुष्य मिलते जाएँ, तो काम और अच्छा हो। आज के वातावरण में नौजवानों में ऐसे कामों के प्रति आकर्षण बहुत कम देखने को मिलता है। लेकिन कुछ समय के बाद इस हवा में बदलाव होने के आसार हैं।

अपने समाचार लिखते रहिए। आप सब कुशल होंगे।

वल्लभभाई
वन्दे मातरम्

श्री नरहरिभाई परीख,
वेछड़ी

(70)

आज धैर्य और अनुशासन रहा नहीं

नई दिल्ली,
18-8-1947

भाई गुलजारीलाल,

12 तारीख़ का आपका पत्र प्राप्त हुआ। आप सीधे पहुँच गए, जानकर आनन्द हुआ। यदि आपका जगजीवनराम के साथ आना हुआ होता, तो आपकी क्या स्थिति होती, इसका अनुमान सहज ही लगाया जा सकता है। बेचारे जगजीवनराम अस्पताल में पड़े हैं। कोई तीन महीने तो उन्हें वहाँ रहना ही पड़ेगा। फिर भी ईश्वर की कृपा से जीवन बच गया है। आप बाहर की जानकारी लेकर आए, उचित किया।

अब हमें यहाँ क्या करना है, इस विषय में सोचने में देर नहीं करनी चाहिए। कठिनाइयाँ बहुत हैं। मज़दूर वर्ग में धैर्य अथवा अनुशासन का पालन होता नहीं। मज़दूरों में काम करने वाले लोग गैर-ज़िम्मेदार पाए गए हैं।

बरसात के न होने के कारण हाहाकार मची है। अकाल का भय वातावरण में फैल चुका है। अनाज का अभाव है। इन परिस्थितियों में काम करना है।

आपके आने पर बातें होंगी।

वल्लभभाई
वन्दे मातरम्

श्री गुलजारीलाल नन्दा,
बम्बई

(71)

अब इस एसोसिएशन के साथ मेरा नाम न जोड़ा जाए

नई दिल्ली,

21-4-1949

भाई शान्तिलाल,

मणिबहन के नाम का 19 तारीख़ का आपका पत्र प्राप्त हुआ।

रेलवे के मज़दूरों से मिलने में तो कोई परेशानी नहीं है। वहाँ खंडुभाई से मुलाकात कर आप अनुकूल समय निर्धारित कर सकते हैं। लेकिन अब एसोसिएशन के साथ मेरा नाम जोड़ना अथवा मुझे इस मण्डल का 'डेलीगेट' चुनना अनुचित समझा जाएगा। मैंने पहले भी एक बार यह बात आपको कही थी। मैं गृहमंत्री हूँ, इसलिए मेरा नाम हटा देना चाहिए, नहीं तो इससे हमारे काम को हानि पहुँच सकती है। बाहर के देशों में यह प्रचार होता है कि 'इण्टक' एक सरकारी संस्था है। उसमें इसे तो सीधे सबूत की तरह पेश किया जा सकता है। उसका जवाब नहीं दिया जा सकता। इस विषय में शास्त्री को और खंडुभाई से सलाह लेकर जो करना उचित हो, वो कीजिए।

मैं 6 तारीख़ की सुबह पहुँचकर 7 की शाम को इन्दौर के लिए निकल जाऊँगा।

आपका स्वास्थ्य अच्छा होगा।

वल्लभभाई

वन्दे मातरम्

श्री शांतिलाल ह. शाह,
बम्बई

(72)

मैं अब किसी यूनियन की अध्यक्षता नहीं कर सकता

नई दिल्ली,
29-7-1950

भाई त्रिकमलाल,

19 तारीख़ का आपका पत्र प्राप्त हुआ। आप मुझे अपने यूनियन के अध्यक्ष के पद पर बैठाना चाह रहे हैं, जो सही नहीं है। मैं अपने पद के कारण किसी यूनियन का अध्यक्ष नहीं रह सकता। इसलिए आपको वहाँ मेरा नाम नहीं रखना चाहिए। नंदाजी से पूछेंगे, तो वे आपको परामर्श देंगे।

अब आपका यूनियन भी अपने पैरों पर खड़ा हो चुका है और जब उसे मदद की ज़रूरत थी तब मुझसे जितना हो पाया मैंने उतनी आपकी मदद की। आज तो आपको मेरी सहायता की आवश्यकता भी नहीं है, इसलिए वहाँ से मेरा नाम हटा लीजिए।

वल्लभभाई
जय हिन्द

श्री त्रिकमलाल पटेल,
गुजरात पोस्टमैन यूनियन,
अहमदाबाद

(73)

कण्डला के कार्य के विषय में मैं चिंतित हूँ

देहरादून,
19-6-1950

प्रिय भाई कस्तुरभाई,

17 तारीख़ का आपका पत्र आज मिला। मुझे पता है कि आप वलसाड़ में बड़ा कारखाना लगा रहे हैं। उसके सिलसिले के सम्बन्ध में चि. सिद्धार्थ के साथ आप अमेरिका जा रहे हैं, जानकर मुझे खुशी हुई। आपके लिए मैं यह विशेष रूप से आवश्यक मानता था कि वातावरण में थोड़ा परिवर्तन हो और आपका मन नये कामों की ओर मुड़े। अनायास यह सुयोग प्राप्त हुआ है, इसकी मुझे तो बहुत ही ख़ुशी हुई है।

आप जानते हैं कि कण्डला के काम के विषय में मुझे बहुत चिन्ता रहती है। यह बहुत ही महत्त्वपूर्ण है कि वह बन्दरगाह उत्कृष्ट कोटि का बने और जल्दी बने। ऐसा अवसर हमको दोबारा नहीं मिलेगा। उसका पूरा लाभ लेना चाहिए। बंदरगाह के विषय में अमेरिका में कुछ अधिक जानने योग्य हो, तो जानिए।

अपने समाचार लिखते रहिए।

वल्लभभाई
वन्दे मातरम्

श्री कस्तूरभाई लालभाई,
अहमदाबाद

(74)

कोई किसी के भविष्य का निर्धारण नहीं कर सकता

नई दिल्ली,
22-4-1948

भाई रसिकलाल,

आपका पत्र मिला।

आप 30 सालों से व्याकुल हैं, तो मैं 25 सालों से हूँ। इसलिए इस विषय के सम्बन्ध में चिंतित नहीं होना चाहिए। संसार में हमारा काम पूरा हो चुका है। अब तो जितना समय बच गया है, उसमें देशसेवा अथवा ईश्वरभजन करना चाहिए। मैं चाहता हूँ कि लड़के अपना-अपना निपट लें और अपने पैरों खड़े हो जाएँ। वैसे देखा जाए, तो कोई किसी का भविष्य बना नहीं सकता।

आपने चि. उदयलाल के लिए लिखा है। लेकिन मैं यह समझ नहीं पा रहा हूँ कि बीस वर्ष की नौकरी के बाद आज उसे कहाँ बैठाया जा सकता है। वह तो बम्बई प्रान्त की नौकरी में है। वहाँ अपने अधिकारियों को सन्तुष्ट करने पर ही ऊपर बढ़ सकता है। यों तो पक्के घड़े पर काँठा नहीं चढ़ा करता। इसलिए मैं समझ नहीं पा रहा हूँ कि यहाँ से क्या कर सकता हूँ। अगर मैं कुछ करने में समर्थ हूँ, तो अवश्य करूँ।

आपकी तबीयत अच्छी होगी।

वल्लभभाई
वन्दे मातरम्

श्री रसिकलाल जतनलाल देसाई,
बड़ौदा

(75)

दुनिया के प्रति हमारा कर्तव्य पूरा हुआ

नई दिल्ली,
20-4-1949

प्रिय भाई जीवरालाल,

1 अप्रैल का आपका पत्र मिला था।

काफी समय के बाद आपके हस्ताक्षर देखकर हर्ष की अनुभूति हुई। डॉक्टर साहब अपंग होकर पड़े हैं, इसकी अपेक्षा उनका दिमाग कमज़ोर पड़ गया है, यह देखकर अधिक दु:ख होता है। शरीर का दु:ख सहन कर लेना सहज है। लेकिन दिमाग कमज़ोर पड़ जाने से आसपास के सब लोगों को परेशानी होती है और खुद बीमार को क्या हो रहा है, उसका भी पता नहीं चलता। अतएव ऐसी स्थिति न बालक के समान निर्दोष ही रहती है और न बड़ों की तरह सुख-दु:ख समझ सकने योग्य रहती है। उनकी ऐसी स्थिति के कारण हम सबको दु:ख होता है।

अभी मुझसे कुछ काम लेना बाक़ी रहा होगा, इसलिए अनेकों के आशीर्वाद से मैं तो सुरक्षित रह गया। यह अच्छा है कि डॉक्टर को आपका सहयोग है। नन्दुबहन की सही परख हो रही है। वे तो बहादुर हैं, इसलिए हिम्मत रखकर काम चला रही हैं। वैसे, अब इस दुनिया में हमारा काम पूरा हुआ है, यह समझकर बचे हुए दिनों में जो कुछ भी कर सकने में समर्थ होंगे, उसे ईश्वर के नाम से पूरा कर लेना है।

वल्लभभाई
वन्दे मातरम्

श्री जीवणलाल दीवान,
अहमदाबाद

(76)

दुनिया में हमसे अधिक पीड़ा सहने वाले लोग मौजूद हैं।

नई दिल्ली,
9-2-1950

प्रिय बहन नन्दुबहन,

आपका पत्र प्राप्त हुआ।

चि. जितु आज वापस जा रहा है। यह जानकर कुछ संतोष हुआ कि उसका प्रेम आपकी तरफ झुकता जा रहा है और पहले की अपेक्षा में कुछ बदलाव हुआ है।

आप मन ही मन चिंतित रहती हैं, यह सही नहीं है। लड़का चालीस बरस का हो रहा है। इकलौता है। उससे सब बातें बिना संकोच के करनी चाहिए। उससे या छगनभाई से कुछ छिपाना नहीं चाहिए। खुले दिल से बात करने पर मन का बोझ हल्का होगा और नींद आएगी।

पैसे खर्च हो गए, इसकी चिन्ता क्यों करती हैं? दुनिया में हमसे ज़्यादा गरीब अनेक लोग पड़े हैं। उनके तो खाने-पीने का भी ठिकाना नहीं है। ऐसे लोगों के दुःखों के सामने हमारा दुःख कुछ भी नहीं है। सबको देने और रखने वाला तो भगवान है। इस बात की चिन्ता क्यों कर रही है कि हम दान नहीं कर सकते? हम हैं कौन? सब ईश्वर की माया है। उसे जो करना होता है, करता है।

फिर भी आपको किसी चीज़ की आवश्यकता हो, तो मुझे बिना संकोच के लिखिए। आप जो माँगेंगी, मैं भेज दूँगा। लेकिन आपको मानसिक दुःख छोड़ देना चाहिए। ईश्वर की भक्ति में लीन रहना चाहिए। इस बात की चिंता मत कीजिए कि आप साधु-सन्तों को खिला नहीं सकती हैं। उन लोगों को पालने वाला ईश्वर है, हम नहीं।

आपको शीघ्र ही स्वस्थ हो जाना चाहिए। अपने समाचार लिखा कीजिए।

वल्लभभाई
जय हिन्द

श्री विजयागौरी कानूगा,
अहमदाबाद

(77)

ईश्वर के भरोसे रहिए

नई दिल्ली,

4-4-1950

प्रिय बहन नन्दुबहन,

आपका पत्र प्राप्त हुआ था। मथुरा से यहाँ आई थी उस समय सुमित्रा से मिलना हुआ था।

कल समाचार मिला कि आपको 'टाइफॉइड' हुआ है। जितु की ओर से समाचार नहीं मिले। आपको तबीयत बिगाड़नी नहीं चाहिए। मन से और शरीर से शीघ्र ही स्वस्थ हो जाना चाहिए। चिंता छोड़ देनी चाहिए। आपने पूरा जीवन श्रद्धा में और भक्ति-मार्ग में व्यतीत किया है। अब जब सच्ची परीक्षा का समय आया है, तब साहस नहीं हारना चाहिए। केवल ईश्वर के भरोसे रहिये और सारी चिन्ता उसी पर छोड़ दीजिए। दुनिया में जो कुछ होता है, वो उसकी इच्छा के अनुसार होता है।

मनुष्य की सोच के अनुरूप कुछ भी नहीं होता।

वल्लभभाई

जय हिन्द

श्री विजयाबहन कानूगा,
अहमदाबाद

(78)

वे मेरे सहयोगी थे

नई दिल्ली,
18-6-1947

चि. शान्तिप्रसाद,

आपका पत्र प्राप्त हुआ। आपके पिता श्री हरिप्रसादभाई के देहावसान का समाचार सुनकर दुःख हुआ।

गुजरात के सार्वजनिक जीवन में उनका बड़ा योगदान था। वे प्रत्येक सार्वजनिक काम में शामिल थे। हर एक लड़ाई में वे आगे रहे थे और स्वास्थ्य के ठीक न रहने के बावजूद बार-बार जेल गए थे। मेरे सार्वजनिक जीवन में आरम्भ ही से वे मेरे सहयोगी थे। गुजरात को और खास तौर पर अहमदाबाद को, उनका अभाव खटकेगा। लेकिन ईश्वर की इच्छा के अधीन रहना पड़ता है। वे जो काम अधूरा छोड़ गए हैं, उनके पदचिह्नों पर चलकर उसे पूरा करने का प्रयास कीजिए।

इसमें आश्चर्य नहीं कि उनके न होने का दुःख आपको सबसे अधिक होगा। लेकिन मैं उम्मीद रखता हूँ कि वे जो सुगंध छोड़ गए हैं, वह आपको खूब सांत्वना देने वाली साबित होगी।

उनके पदचिह्नों पर चलने का प्रयत्न यथाशक्ति करते रहिए। आपके दुःख में उनके बहुत से साथी और मैं साझेदार हूँ। उम्मीद करता हूँ कि इससे आपको कुछ आश्वासन मिलेगा।

प्रार्थना है कि प्रभु उनकी आत्मा को शान्ति दे।

वल्लभभाई
आशीर्वाद

श्री शान्तिप्रसाद हरिप्रसाद मेहता,
अहमदाबाद

(79)

धीरज धरकर सहना ही होगा

नई दिल्ली,

8-1-1948

चि. ठाकोरभाई,

भाई सन्मुखलाल के स्वर्गवास का दु:खद समाचार पाकर अत्यन्त दु:ख हुआ।

उनकी कमी गुजरात को और विशेषत: बारदोली तहसील को बहुत ही अखरेगी। डाह्याभाई मेहता के जाने के बाद तहसील की उम्मीद भरी नज़रें उनपर टिकी थीं। वे भी गए। इससे तहसील के लोगों को ज़बरदस्त निराशा होगी।

ईश्वर की इच्छा की बात है। इसमें हमारा बस कुछ चलता नहीं। माताजी को बहुत ही दु:ख होगा। आप सबके दु:ख में हम सभी साझेदार हैं। आशा है, इससे कुछ आश्वासन मिलेगा।

इसे धीरज धरकर सहना ही होगा। प्रभु उनकी आत्मा को शान्ति दे।

वल्लभभाई
आशीर्वाद

(श्री ठाकोरभाई गोरधनलाल)

(80)

मरण तो मोक्ष का मार्ग है!

देहरादून,
19-5-1949

चि. लीलावती,

16 तारीख़ का तेरा पत्र प्राप्त हुआ। तेरा पत्र दुःख और पीड़ा से भरा हुआ है। मैं तेरी मनोस्थिति को समझ सकता हूँ। बापू की कमी तो कमोवेश मात्रा में सबको अखरती ही है और तेरी जैसी प्रवृत्ति तो विशेष रूप से अखरती है। पूज्य बापू ने हमें क्या सिखाया है, इसका ध्यान रखना चाहिए। उन्होंने जो सिखाया है यदि उसे चित्त में रखें, तो अनेक विपदाओं में से रास्ता खोजने की बात सूझे। तेरे सिर एकाएक मुसीबतें आ पड़ी हैं। लेकिन ईश्वर मुसीबतों में ही हमें परखता है। सोना जितना तपता है, उतना शुद्ध होता जाता है। इसी तरह मनुष्य के मन पर जैसे-जैसे दुःख का भार बढ़ता जाए, वैसे-वैसे वह ईश्वर के समीप जाने का प्रयत्न करे और हिम्मत न हारे। तभी कहा जाएगा कि उसने बापू का रास्ता अपनाया है।

तेरे भाई तो कई वर्षों से बीमार थे और अपने अन्तिम दिनों में तो वे बहुत दुःखी रहने लगे थे। अब वे उस दुःख से छुटकारा पा गए हैं। तुझे उनके लिए शोक नहीं करना चाहिए। छोटे-बड़े सबको जाना तो है ही। इस दुनिया में दुःखी बनकर रहने और अपना या दूसरों का भला न कर सकने की स्थिति में दूसरों पर बोझ-रूप बनकर दुःख में सड़ते रहने की अपेक्षा इस दुनिया से बिदा हो जाना ही अच्छा माना जाएगा। वैसे देखा जाए, तो मरण मुक्ति का द्वार है। बापू ने हमें यह बात बार-बार सिखाई है। हमें इसे भूलना नहीं चाहिए।

मुझे यह देखकर दुःख हुआ है कि तू इस बार हिम्मत हार गई है। अभी भी कुछ समय तक विचार कर। अब आख़िर के एक साल के लिए फिर हिम्मत करके अगर तू अपनी पढ़ाई पूरी कर सकेगी, तो बहुत अच्छा होगा। तेरा संकल्प पूरा होगा और भविष्य में भी तुझे जो काम करना है, उसमें तुझे सन्तोष रहेगा। तू अगले साल ज़रूर पास हो जाएगी और फिर तू निश्चिन्त होकर, सेवाग्राम जाकर बापू के स्थान में तुझे जो काम करना है, उसे पूरा कर सकेगी। तेरा जीवन को वहाँ सफलता मिलेगी।

तेरी भाभी बहुत बड़े दिल की हैं। उन्होंने हिम्मत के साथ तुझे अनुमति दी है, इसके लिए वे धन्यवाद की पात्र हैं। उन्हें तेरी सहायता की ज़रूरत तो पड़ेगी ही।

लेकिन उनकी बहादुरी से तुझे भी सीखना है। अब तू अपना काम पूरा कर ले और सेवाग्राम जाने की जल्दी मत कर।

तू जानती है कि पिछले कई वर्षों से मुझे भी आँतों की बीमारी लगी है, जो तेरे भाई के लिए प्राणघातक सिद्ध हुई है। मैं बहुत सँभल-सँभल कर काम चला रहा हूँ। ऊपर से अब मुझे दिल का दर्द भी रहने लगा है। यहाँ आराम के लिए आया हूँ। थोड़ा-बहुत आराम यहाँ मिल सकता है। वैसे, काम की तो कोई सीमा है नहीं।

सुशीला के पत्र मेरे नाम आते हैं। वह इस साल के अन्त तक वहाँ रहने का विचार कर रही है।

तू साहस मत खो। अम्तुस्सलाम अपने काम में गहरी उतर गई है। बहादुरी दिखा रही है। भट्टी में पड़ी हुई है।

अपने समाचार लिखा करना।

वल्लभभाई
आशीर्वाद

श्री लीलावतीबहन,
सेवाग्राम (वर्धा)

(81)

जो ज़रूरी है, उसका शोक करना व्यर्थ है

नई दिल्ली,
16-2-1950

प्रिय भाई कस्तुरभाई,

दिन-रात आपके ख़याल आते रहते हैं। अपनी शारीरिक दुर्बलता के कारण मैं आने में असमर्थ हूँ। नहीं तो सब काम छोड़कर आपके साथ ही रहने की चाहत बनी रहती है। संसार की माया ही ऐसी है कि प्रिय-से-प्रिय चीज़ चली जाती है, फिर भी हम कोई उपाय नहीं कर पाते। इसका कोई उपाय नहीं है। इसलिए गीता में कहा है: जो अनिवार्य है, उसका शोक नहीं करना चाहिए।

मैं 32 वर्ष की उम्र में विधुर हुआ। दोनों बच्चे छोटे थे। घनश्यामदास भी लगभग इसी उम्र में अकेले पड़ गए। सब बच्चों को छोटा छोड़कर उनकी पत्नी चली गई।

दुनिया के ऐसे अनेक उदाहरण हमारे सामने हैं, जिनमें हमारी अपेक्षा बहुत दु:खदायक घटनाएँ घटी हैं। सुहृद गया, तो छोटे बच्चों को छोड़कर उसकी पत्नी चली गई।

दुनिया के ऐसे अनेक उदाहरण हमारे सामने हैं, जिनमें हमारी अपेक्षा बहुत दु:खदायक घटनाएँ घटी हैं। सुहृद गया, तो छोटे बच्चों को छोड़कर अचानक चला गया।

शारदाबहन पुण्यशीला और सती-साध्वी महिला थीं। वे सौभाग्य लेकर गईं। उन्हें दु:ख देखने का अवसर नहीं मिला। ऐसी इस दु:खद घटना के अच्छे पहलुओं का विचार करके दु:ख को भूलने का प्रयत्न करना चाहिए। मन मज़बूत करना चाहिए। सबसे अच्छा उपाय तो काम में जुट जाने का है।

जो बहुत से लोग मिलने आते हैं, वे सांत्वना नहीं दे पाते। वे उलटे बार-बार घाव की याद दिलाते हैं। जल्दी-से-जल्दी काम में जुटकर बात को भुलाने का ही प्रयास करना चाहिए। शरीर के लिए खतरा पैदा हुआ, तो अधिक दु:ख आ पड़ेगा। इसलिए शीघ्र ही स्वस्थ हो जाइए और परिवार के सब लोगों को साहस बाँधने का काम कीजिये।

अधिक क्या लिखूँ?

आप समझदार हैं, पर आपका दिल बहुत पोचा है। इसीलिए आपके ख़याल आते रहते हैं।

प्रार्थना है कि ईश्वर आपको शीघ्र ही स्वस्थ बनाए।

वल्लभभाई

सेठ श्री कस्तूरभाई लालभाई,

अहमदाबाद

वन्दे मातरम्

(82)

मैंने ऐसे कौन-से पराक्रम किए हैं?

पूना,
14-10-1945

प्रिय कनुभाई,

आपको मेरे विषय में कुछ लिखने का काम सौंपा गया है, तो क्या लिखेंगे? मैंने ऐसे कौन-से पराक्रम किए हैं कि आप लिख सकें?

चि. मणिबहन क्या दे सकती है? उसके पास कुछ नहीं होगा। एक बार मेहनत करके स्कूल से मेरी जन्मतिथि खोज निकाली थी। तभी से जानकारी हुई कि 31 अक्टूबर को जन्म हुआ था। इसे अब 70 साल होने जा रहे हैं।

दाँडी मार्च के समय मैं गिरफ्तार किया गया। उस समय बार एसोसिएशन में भूलाभाई ने जो भाषण किया था वह छपा था। वे ही भूलाभाई और धीरू आज मानते हैं कि भूलाभाई के अवनति का कारण मैं हूँ।

इसलिए मनुष्य के मरने के बाद ही इस बात का फैसला हो सकता है कि उसके नाम की स्मारक बने या न बने। ईश्वर ही जानता है कि मरते समय तक हमारी आबरू सुरक्षित रह सकेगी या नहीं। अतएव इस समय कुछ लिखेंगे, तो इसका क्या भरोसा कि मैं अन्त तक वैसा ही रहूँगा?

आणंद पत्र लिख दिया है। 26 को बम्बई में रखने के लिए लिखा है।

आप सब कुशल होंगे।

चि. जगदीश को बधाई दीजिए।

वल्लभभाई
वन्दे मातरम्

श्री कन्हैयालाल मुनशी,
बम्बई

(83)

श्री विट्ठलभाई का जीवन चरित्र

नई दिल्ली,
31-8-1950

भाई गोरधनभाई,

25 तारीख़ का आपका पत्र मिला। स्वर्गीय विट्ठलभाई का जीवन चरित्र पढ़ा। आप उन्हें जिस रीति से जानते हैं उस रीति से उनको जनता के सामने सार्वजनिक रूप से रखने में आपने उनके प्रति अपनी अनन्य भक्ति का और निष्ठा का प्रमाण प्रस्तुत किया है। इसके लिए मैं आपको बधाई देता हूँ।

22 अक्टूबर को उनकी प्रतिमा का उद्‌घाटन होने वाला है। उसके लिए मुझसे आग्रह किया जाने वाला हो, तो मुझे अभी तक उसकी कोई जानकारी नहीं है। इस काम को मेरे हाथों कराना उचित न होगा। लेकिन इसके विषय में जब मेरे सामने किसी की माँग आएगी, तब मैं समझा सकूँगा। इस क्रिया को करने में मुझे संकोच होना स्वाभाविक है, इसे आप समझ सकेंगे।

मैं कुछ दिनों बाद बम्बई पहुँचने वाला हूँ। नासिक कांग्रेस में जाने से पहले पहुँचूंगा। उस समय आपकी मुझसे मुलाकात होगी, तो काम के उपयुक्तता के विषय में और यह कार्य किससे करवाया जाए, इसके विषय में मैं आपसे बात करूँगा। तब आप मुझे बम्बई में मिलिए।

आपकी तबीयत अच्छी होगी।

वल्लभभाई
वन्दे मातरम्

श्री गोरधन पटेल,
बम्बई

(84)

इस बार मौत की पकड़ से बच गया हूँ

कैम्पः देहरादून,

1-7-1948

भाई श्री गंगाधरराव,

28 तारीख़ का आपका पत्र मणिबहन ने मुझे दिखाया था। मेरी तबीयत दिन-पर-दिन सुधरती जा रही है और 6 जुलाई को मैं वापस दिल्ली जाने के विषय में सोच रहा हूँ। इस बार मैं मौत की पकड़ से बच गया हूँ। लेकिन आप तो जानते ही हैं कि आज की आयु-मर्यादा के हिसाब से हम अपनी उम्र जी चुके हैं। हमारा काम भी पूरा हुआ है। दुर्भाग्य से अभी नई पंक्ति खड़ी नहीं हुई है।

मेरी लम्बी बीमारी के कारण हैदराबाद की समस्या अभी हल नहीं हो सकी है। लगभग चार महीनों तक निष्क्रिय स्थिति में पड़ा रहा। अब उस प्रश्न पर गौर कर रहा हूँ।

उम्मीद है, उम्र के हिसाब से आपकी तबीयत ठीक रहती होगी।

वल्लभभाई

वन्दे मातरम्

श्री गंगाधरराव देशपांडे,
बेलगाँव

(85)

मेरा स्वास्थ्य भी ठीक नहीं है

नई दिल्ली,
25-9-1948

भाई करमचंद,

22 तारीख़ का आपका पत्र प्राप्त हुआ। उसे पढ़कर खुशी हुई।

आपकी तबीयत ठीक नहीं रह रही है। मेरी भी गड़बड़ ही है। स्वाभाविक है कि जैसे-जैसे समय बीतता है, वैसे-वैसे उम्र का प्रभाव होता है।

अब टूटे हुए बर्तन का उपयोग जितनी सावधानीपूर्वक से किया जा सके, उतना करना है।

आप सब कुशल होंगे।

वल्लभभाई
वन्दे मातरम्

श्री करमचन्दभाई,
52 मरीन ड्राइव,
बम्बई

(86)

ईश्वर का आभार व्यक्त करता हूँ

नई दिल्ली,
21-4-1949

परम स्नेही सर पुरुषोत्तमदास,

30 तारीख़ का आपका पत्र प्राप्त हुआ था। उसके लिए आभार मानता हूँ। असंख्य हिन्दुस्तानियों की सहानुभूति और प्रार्थना के कारण ईश्वर ने दुर्घटना से बचा लिया। इसके लिए ईश्वर का आभार व्यक्त करता हूँ।

भविष्य में यात्रा के लिए विशेष प्रबन्ध और सावधानी रखने का बंदोबस्त करूँगा।

आपकी तबीयत अच्छी होगी।

वल्लभभाई
वन्दे मातरम्

सर पुरुषोत्तमदास ठाकोरदास,
बम्बई

(87)

स्नेहियों की प्रार्थना सफल हुई

नई दिल्ली
20-4-1949

भाई श्री कालिदास,

30 तारीख़ का आपका पत्र मिला था। आपके समान अनेक स्नेहियों की प्रार्थना के कारण मैं सुरक्षित बच निकला। इससे ऐसा लगता है कि ईश्वर को मुझसे अभी और काम लेना बाक़ी है।

आपकी भावना के लिए आभार।

वल्लभभाई
वन्दे मातरम्

श्री कालिदास झवेरी,
अहमदाबाद

(88)

यह बहुत अच्छी देशसेवा है

नई दिल्ली,
16-10-1950

चि. दादूभाई,

28 तारीख़ का आपका पत्र प्राप्त हुआ। आप विदेश में पड़े हैं, तो वहाँ रहकर वहाँ बसे हुए हिन्दुस्तानियों की यथासम्भव सेवा करने में ही आपका कल्याण है। वहाँ का स्थान छोड़कर यहाँ आने के विषय में विचार कर रहे हैं, तो वो आपकी भूल है। ऐसा करने से वहाँ का अवसर भी हाथों से जाएगा और यहाँ का भी नहीं कर सकेंगे। इसलिए सम्भव हो, तो वहीं रहकर काम करने का विचार कीजिये। वहाँ रहने वाले हिन्दुस्तानियों में जो खामियाँ हों, उनकी तरफ उनका ध्यान आकर्षित कर उनमें सुधार लाने का प्रयास कीजिए। परदेश में हिन्दुस्तानियों के सम्मान को बढ़ाने वाला व्यवहार करने और करवाने का प्रयास करना ही अच्छी-से-अच्छी देशसेवा है।

वल्लभभाई
वन्दे मातरम्

भी दादुभाई पटेल,
मोम्बासा

(89)

हिन्दुस्तानियों के हाथ में ही अब हिन्दुस्तान का भविष्य है

नई दिल्ली,
8-8-1947

प्रिय भाई कस्तूरभाई,

28 तारीख़ का आपका पत्र मिला। ज्योतिषियों की भिन्न-भिन्न सलाह बहुत आई हैं। यह मानने का कोई कारण नहीं है कि उनमें कोई हेर-फेर हो सके, तो हिन्दुस्तान के भविष्य में भी हेर-फेर हो। हम कोई विधि करें या न करें, फिर भी 14वीं और 15वीं के बीच रात के ठीक 12 बजे सत्ता का परिवर्तन हो जाने वाला है और यह तो कानून से हुआ है। विधियाँ तो सब नाम की हैं।

उत्सव तो केवल उत्साह है। वैसे, पार्लियामेन्ट का कानून बना है और उसमें निश्चय किया गया है, इसलिए 14 तारीख़ की आधी रात को इस देशपर से अंग्रेज़ों की सत्ता समाप्त हो जाती है। बाद में नाममात्र को कुछ विधियाँ होंगी। हम तो 14 तारीख़ की रात को 11:30 बजे इकट्ठा होने वाले हैं और ठीक 12 बजे (ब्रिटिश) पार्लियामेण्ट को आख़िरी सलाम हो जाने वाली है।

आपकी सूचना तो ठीक है और भी कइयों ने ऐसी सूचनाएँ भेजी हैं। सम्मतियाँ अलग-अलग प्रकट हुई हैं। लेकिन छठी का लेख तो लिखा जा चुका है। इसलिए जो ईश्वर ने सोचा होगा, वह होकर ही रहेगा।

यह एक बड़ी बात है कि अब हम विदेशी सत्ता से मुक्त हुए। हिन्दुस्तान का भविष्य अब हिन्दुस्तानियों के हाथ में है। यह कोई नहीं कह सकता है कि वे उसे बिगाड़ेंगे या सुधारेंगे? हमारे जीवन का काम इस तरह पूरा हुआ माना जाएगा। कठिनाइयाँ तो बहुत हैं और नई-नई खड़ी होने वाली हैं। लेकिन उन सबका सामना करना चाहिए। इसमें सबका साथ ज़रूरी है।

आप सब कुशल होंगे।

वल्लभभाई
वन्दे मातरम्

सेठ श्री कस्तूरभाई लालभाई,
अहमदाबाद

(90)

सोमनाथ के जीर्णोद्धार के लिए

1 औरंगजेब रोड,
नई दिल्ली,
2-1-1949

भाई श्री नानजीभाई,

28 तारीख़ का आपका पत्र देखा।

जूनागढ़ में साहित्य परिषद् की महासभा हो रही है। उस समय सोमनाथ महादेव के जीर्णोद्धार के लिए आपने जिस रकम की घोषणा की है, उसकी ब्योरेवार जानकारी देने में कोई हर्ज़ नहीं है। आप इसकी घोषणा प्रसन्नतापूर्वक कर सकते हैं।

इस समय गुजरात विकट संकट में फँसा हुआ है। लोगों को राहत पहुँचाने के लिए इस सिलसिले में जो कुछ भी हो सके, वो अवश्य कीजिए।

आपकी तबीयत अच्छी होगी।

वल्लभभाई
वन्दे मातरम्

श्री नानजी कालिदास मेहता,
पोरबन्दर

AD

AD

www.ingramcontent.com/pod-product-compliance
Lightning Source LLC
LaVergne TN
LVHW050853051026
849532LV00006BA/2228
* 9 7 8 9 3 9 0 6 0 5 2 0 0 *